UNA VITA
EXTRA

8 minuti in Paradiso
con mio padre

Sono stati fatti tutti i tentativi per preservare il racconto degli eventi, dei luoghi e delle conversazioni contenute in questo romanzo così come li ricorda l'autore. L'autore si riserva il diritto di modificare i nomi delle persone e dei luoghi se necessario e può aver modificato alcune caratteristiche e dettagli identificativi di oggetti, occupazioni e luoghi di residenza al fine di mantenerne l'anonimato.

Pubblicato da St. Petersburg Press
St. Petersburg, FL
www.stpetersburgpress.com
Copyright ©2023

Tutti i diritti sono riservati. Nessuna parte di questa pubblicazione può essere riprodotta, distribuita o trasmessa in qualsiasi forma o con qualsiasi mezzo, comprese fotocopie, registrazioni o altri metodi elettronici o meccanici, senza la preventiva autorizzazione scritta dell'editore, salvo il caso di brevi citazioni incorporate in recensioni critiche e alcuni altri usi non commerciali consentiti dalla legge sul copyright. Per richieste di autorizzazione contattare St. Petersburg Press all'indirizzo www.stpetersburgpress.com.

Design e impaginazione di Isa Crosta e St. Petersburg Press
Cover design di Fabio Dal Boni
ISBN: 978-1-940300-75-7
ISBN eBook ISBN: 978-1-940300-76-4
Prima edizione

FABIO DAL BONI

UNA VITA
EXTRA

8 minuti in Paradiso
con mio padre

Ho la fortuna di vivere la migliore delle vite, con amore pieno e ricambiato da parte di mia moglie Alexa, che mi ha sempre supportato e sopportato in quest'impresa e in tutte le altre avventure ideali o reali. Dedico questo libro a lei, ai nostri figli Matilde e Leonardo, ai miei ragazzi più grandi Luca e Federica e, con infinito ringraziamento, al mio caro Babbo, Sergio, e alla mia adorata Mamma, Erika. Vi amo con tutto l'amore possibile e impossibile.

INTRODUZIONE

UN SEGRETO BEN CUSTODITO

~

Per otto anni ho custodito un segreto. Non l'ho fatto per proteggere me o la mia famiglia da chissà quale pericolo. Né perché fosse qualcosa di cui vergognarsi. Ho preferito tenerlo per me e confidarlo a poche, pochissime persone, in tutto una decina, scelte quasi per caso o perché si sono trovate nel momento opportuno con mente aperta e animo sensibile o perché mi sono trovato sempre in sintonia con loro.

Renderlo un fatto noto era ed è stato ben più complicato di fare un semplice clic sull'opzione *pubblico/privato* nel profilo di Facebook, Instagram o LinkedIn. Cosa c'è di male a pubblicare una foto dove ti si vede con più pancia e meno capelli? Penso, non un granché. Qualche risata e tutto passa.

Quello che sto per raccontarvi nelle pagine che seguono è, per me, ancora così intimo e sconvolgente che ho anche pianto mentre le mie dita scorrevano sulla tastiera. E quando ho spento il computer, perché per-oggi-basta-così, sono andato a letto col tremore nelle ossa e il respiro corto.

Qualcuno dei miei conoscenti, vorrei dire ognuno di loro, e me ne scuso profondamente, rimarrà scioccato.

Otto anni fa sono morto.

Il mio cuore si è fermato, all'improvviso. Tempo scaduto. Addio!

Sono morto per otto minuti.

In quella frazione di tempo, forse impercettibile nell'arco di una vita ma capace di segnarla in modo indelebile, ho trovato risposte a domande per le quali non ho mai cercato una risposta certa e definitiva. Dalle più semplici, che ci accompagnano fin da bambini. Chi sono veramente? Chi erano i miei genitori? A quelle più spirituali e profonde. Qual è il senso della vita e, ancora di più, qual è il valore della vita? In quegli otto lunghissimi minuti durante i quali il mio cuore ha smesso di battere ho percorso la via dei ricordi sepolti, quelli dei miei primi 59 anni, quelli travasati nel mio subconscio dai racconti dei miei genitori e sui loro genitori.

Ho camminato insieme agli angeli che mi sono sempre stati vicini e che, finalmente, ho potuto riconoscere.

Ho visto passare davanti ai miei occhi cento anni di storie, di generazioni devastate dalle guerre, dalle tirannie. Cento anni di amicizie e tradimenti, di sgomento e di felicità.

Ho onorato eroi. Persone di ogni età ed etnia, che hanno sacrificato la loro vita per quella dei compagni.

Ho visto la morte. L'ho vista tante volte. Quella virtuale di mio padre quando aveva appena 16 anni e quella reale quando ne aveva 79, quella di suo padre, che non ha mai potuto conoscere, quella di sua madre che è riuscito a ritrovare, quella di mia madre, dei cento, mille marinai al servizio della Patria.

Ho visto la mia morte.

Sono entrato in Paradiso. Ho ritrovato mio padre, morto dieci anni prima di me. Mi ha accompagnato in un viaggio fatto di scelte difficili, a volte irreversibili, mi ha guidato attraverso la luce rigenerante del *dopo*.

E, quando la sentenza *Game Over* scorreva impietosa sul monitor dell'ospedale, un miracolo mi ha rimandato dov'ero partito. Il cuore, gli eroi, gli angeli, mi hanno promesso un'altra chance.

Ho avuto in dono una vita extra.

Otto anni fa sono morto. E sono rinato.

E proprio questo è il mio segreto, che fa di me l'uomo più fortunato del mondo.

Ho la fortuna di essere un adulto, addirittura un *senior*, che guarda al mondo con gli occhi di un bambino, che si emoziona osservando i petali di un fiore, la scia di un aereo tra le nuvole, il sorriso della donna che amo e delle persone che nemmeno conosco.

Ho la fortuna di scoprire ogni istante lo straordinario nell'ordinario, e invito chiunque a fare altrettanto.

Ho visto una luce ineguagliabile, bianca, eterna, rassicurante, non accecante. Da quel giorno la rincorro, cerco di descriverla, riprodurla, tramandarla.

Ho finalmente trovato il coraggio di raccontarvi il mio segreto, senza timidezza o censura. Non si tratta di una biografia, non ne avrei il desiderio, né l'ardire di annoiare anche il più gentile dei lettori.

Sono eventi realmente accaduti. In quegli otto minuti li ho vissuti attraverso gli occhi, il cuore, la pancia di mio padre. È stata l'unione della sua vita con la mia, fuse nel sangue e nella mente. Dove lui ha pianto anch'io ho sofferto, dove lui ha sorriso, anch'io ho gioito.

In quegli otto minuti ho riscoperto l'essenza delle nostre vite.

Ciò che mi sento di poter dire, con tutta l'energia di cui sono capace, è che la vita è bella, bellissima. È un regalo e va vissuta appieno.

E, dopo quest'esperienza, vi garantisco che ci sono eroi e angeli attorno a noi.

Non li vediamo, ma ci sono. Anche noi lo siamo, anche se non lo sappiamo.

CAPITOLO I

DON SERGIO, MIO PADRE

~

Mio padre era un uomo straordinario. Giocava a poker con il destino. E non partiva mai con una mano fortunata. Se la procurava. Sfidava il tempo, le correnti, il denaro. Sempre a viso aperto. Aveva paura ma davanti alla paura non indietreggiava. Aveva coraggio e ogni volta lo alimentava dal nulla. Era un perfetto irresponsabile, con un enorme, ineguagliabile senso di responsabilità verso la sua famiglia, mai verso se stesso.

I suoi occhi erano profondi, limpidi, ci potevi nuotare dentro, come acqua cristallina e trasparente, dove le onde ti cullavano, dove non esistevano pericoli o dove li avresti potuti vedere da lontano, confidando nella sua difesa sempre pronta. Attraverso il suo sguardo vedevi la tempesta arrivare e capivi che sapeva come affrontarla, l'aveva superata decine e decine di volte. Ti aggrappavi a lui, sapendo che non ti avrebbe mai tradito. Amava il mare anche se il mare gli aveva tolto la vita, lo amava anche perché gli aveva restituito la vita.

Giocavamo a scacchi continuamente, lo facevo vincere. Lui lo sapeva e mi regalava, ogni volta, la sensazione che avrei potuto fare di più per vincerlo. Mi amava intensamente e spesso mi sono chiesto e mi chiedo, ora che non c'è più, se pur non dimostrandoglielo apertamente lui poteva misurare l'intensità del mio amore, soprattutto sapendo che non era misurabile.

La risposta è sempre la stessa: lo sapeva. Ne ero e ne sono certo. Ricordo i suoi occhi, ricordo il suo tono di voce, ricordo il suo abbraccio caldo e avvolgente, le sue intromissioni nei miei pensieri. "Cosa stai pensando?". "Niente di speciale, Babbo". Non insisteva mai. Sapeva a cosa stavo pensando o s'immaginava chissà quale esperienza stessi vivendo in quel momento. Ma tanto bastava. Eravamo in sintonia, anche quando litigavamo e abbiamo litigato molto e a volte anche in brutto modo. Ci amavamo.

Andavamo insieme alle corse dei cavalli. Quando ero ragazzino, poco più che tredicenne, mi portava come fossi un trofeo. Come fossi una specie di guru da sfidare. Lui preferiva ronzini malandati con un totalizzatore assurdo.

"Guarda, guarda il numero 7, quello col fantino in casacca arancione. Il fantino fa fatica a tenerlo, tanto vuole scattare come un razzo. Lo danno 20 a 1 vincente. Quello è il nostro cavallo. Tieni 1.000 dollari, valli a piazzare prima che gli altri se ne accorgano e il suo totalizzatore si abbassi. Lo prendiamo pieno!".

Ubbidivo, perché era il suo gioco, non era certo la sua intuizione. Era un uomo intelligente, mai un credulone. Ero sicuro stesse mentendo sapendo di mentire. Ero certo si fosse accorto che in realtà il fantino stava faticando non poco per tenere in piedi quel baio pezzato, che aveva voglia di tornarsene subito in stalla per farsi un bel sonno.

Gli altri cavalli lo superavano nel riscaldamento prima della corsa e lo sfottevano come fosse lo scemo del villaggio. I suoi finimenti erano di terza o quarta mano e gli andavano larghi. La nasiera era consumata e mezza attorcigliata. Gli penzolava sopra la bocca tanto da formare una palla di cuoio e stoffa rossastra. I suoi avversari giravano la testa verso di lui, e mostrandogli chi un nuovo paraocchi d'oro, chi delle giarrettiere rosse poco sopra gli zoccoli, sembrava gli dicessero: "Ciao, pagliaccio, non ne hai avuto abbastanza?".

Per non parlare del fantino. Nei miei appunti, le sue

corse finivano sempre allo stesso modo, con il naso dietro il sedere dei suoi concorrenti, scansando gli spruzzi di cacca lanciati in corsa dagli altri cavalli, tutti più veloci del suo. Gli altri arrivavano alla fine con gli occhiali più o meno intrisi d'erba, sabbia e fango a seconda del piazzamento finale. Lui tagliava il traguardo tutto inzaccherato, con ostinazione e dopo aver speronato con rabbia il ronzino di turno.

Chi mai avrebbe potuto puntare anche un solo centesimo su quella coppia di disperati? Mio padre. Più che una strategia era un metodo, che usava anche nella vita. Rischiare grosso, perché il passo debole non paga, e soprattutto non ti dà adrenalina.

Assistevo a questo spettacolo cercando di assorbirne tutti i lati positivi, anche se molti di questi mi risultavano incomprensibili in quel momento. Vedevo le sale corse riempirsi di persone apparentemente per bene che si rovinavano, di brutti ceffi che ti proponevano sottobanco l'affare clamoroso o la soffiata di una combine fra proprietari di scuderia e gente di malaffare.

A mio padre non si avvicinavano, lo rispettavano. "Don Sergio, permette?", si scansavano al suo passaggio, alzandosi e offrendogli la poltroncina di prima fila. Eravamo in Venezuela, a Caracas. L'ippodromo mi sembrava un luogo di fantascienza, dove tutto poteva accadere nel giro di pochi minuti, anche l'essere colpiti in testa da una saetta. Tra i sentimenti o le sensazioni del momento non c'era preoccupazione. Lui non ne aveva, perché mai avrei dovuto averla io? Solo perché ero un ragazzino? No, ero con lui!

Mio padre fumava grossi sigari cubani. Se li faceva arrivare direttamente dall'Avana, dove avevamo vissuto qualche anno prima e dove, anche lì, soprattutto lì era Don Sergio.

Ma che dico *vissuto*!

A Cuba, mio padre era come il padrone dell'isola, dell'intero Paese. Anche Fidel Castro lo chiamava Don Sergio.

A dire il vero, penso sia stato proprio quel gigante con la barba a rivolgersi a mio padre per la prima volta in quel modo.

Avevo quattro anni quando il capo della rivoluzione cubana mi afferrò con le sue mani, molto più grandi di quelle di mio padre, tanto che avevo sullo sterno i suoi due pollici, mentre le restanti otto dita mi stringevano la spina dorsale. L'ansa tra pollice e indice di ciascuna mano faceva da perfetto appoggio sotto le mie ascelle.

Mi sollevò sopra la sua testa fino a farmi toccare il cielo. Lo so che vi può sembrare esagerato, ma avete mai ripensato a quando eravate degli scriccioli e tutto il resto sembrava fuori dalla vostra portata? I fratelli, gli amici, sempre più grandi di voi, anche se avevano solo un paio d'anni in più ... però, erano di più, di più in ogni cosa.

Sono nato il 31 maggio 1956 a Rapallo, una bella cittadina della riviera ligure. Sul mare! Quando mia madre Erika rimaneva incinta, mio padre trovava il modo di farla andare in Italia a partorire. Era un passaggio obbligato: i loro figli dovevano essere tutti della stessa nazionalità, altrimenti avrebbero rischiato di trovarsi uno contro l'altro in un'altra eventuale guerra mondiale. Claudio, il primo, di quattro anni più grande di me, era nato in Italia, dunque anche gli altri dovevano essere italiani.

Sono stato concepito a Filadelfia, in Pennsylvania, durante l'ennesimo trasferimento dei miei genitori, quella volta dagli Stati Uniti al Messico e poi a Cuba, che a loro era sembrata finalmente la destinazione giusta o, quantomeno, un po' più stabile delle altre. Anche in quel caso, mia madre aveva preso un aereo per l'Italia e, subito dopo il parto, aveva raggiunto di nuovo mio padre. Ero americano, italiano e, a tutti gli effetti, si poteva dire che ero anche cubano.

"Don Sergio - Fidel gli dava del tu, come vecchi amici, ma sempre con il Don davanti al nome - Non puoi impedire che si compia il futuro del figlio di questa terra! È un cubano, la nazione lo reclama. IO, lo reclamo".

Il suo tono perentorio e il suo gesto teatrale mi sono stati tramandati da mia madre, per la quale sono sempre stato, prima di tutto, un gattino in cerca di coccole.

Quando la mia dolcissima Mamma mi ripeteva quelle parole, il mio adorato Babbo partiva con il suo racconto delle notti passate ascoltando Fidel e di come sarebbe ben presto cambiata l'atmosfera.

"Voleva vicino a sé tutte le persone che avevano un valore per lui, soprattutto quelle estranee alla sua famiglia, di cui non si fidava", spiegava mio padre, che subito aggiungeva: "E quando dico valore, dico qualcosa che lui sapeva di non avere e che un giorno avrebbe potuto utilizzare".

Don Sergio aveva una fabbrica di carta, era proprietario di librerie in città ed era l'unico editore di giornali e riviste, indipendente rispetto al regime di Fulgencio Batista. Con quella fabbrica avrebbe potuto stampare nuova moneta per Castro, il quale avrebbe smesso di dipendere da americani o europei. Libri e giornali avrebbero potuto essere la sua grancassa personale.

Castro, dai racconti di mia madre, era in grado di parlare dalle prime ore del mattino fino alle prime ore del mattino seguente. Con la parola faceva due giri di orologio completi. Nel Paese erano tutti incollati alla radio, ogni verbo aveva un peso nel cuore e nelle speranze della gente, poi largamente deluse. Alla fine, spossati i suoi ascoltatori (non lui), ordinava una giornata di riposo per tutti.

"Quello che mi stai mostrando non è figlio di Cuba, è MIO figlio!". Quel giorno, mio padre non ebbe esitazioni

Una Vita Extra

nel rispondere a Fidel Castro, che mi mise a terra senza scuotermi, ma con la rabbia dipinta sul volto.

"Devi abbracciare la rivoluzione, devi mettere tutto quello che hai nella rivoluzione, lo devi ai tuoi figli, lo devi a Cuba!", rafforzò il concetto Fidel, chiarendo, benché non ce ne fosse bisogno, quale fosse il suo obiettivo.

La bellezza dei racconti dei miei genitori, decenni dopo quei fatti, era tutta nella loro speciale forza d'animo, nella loro capacità di infondermi sempre fiducia, mai odio, per quanto ne avessero per quell'uomo che in modo brutale avrebbe poi strappato loro quella posizione così fortunata e duratura, quanto irripetibile. Difesa da mio padre, senza mai cedere, anche ai tempi di Batista, anch'egli impaziente di prenderne possesso, ma sempre respinto a mani vuote.

Don Sergio e il Comandante Fidel si sfidavano guardandosi dritti negli occhi, benché il cubano dovesse piegare la testa perché, con i suoi quasi due metri, era almeno venti centimetri più alto di mio padre. Uno dei due bluffava, entrambi forse. Mio padre di sicuro.

Nessuno dei due indietreggiava. Castro non solo voleva, non solo ordinava le chiavi dell'impero di carta. Insieme ai fogli esigeva anche il libero pensiero che solo l'inchiostro di Don Sergio era in grado di valorizzare. Ma mio padre ha sempre risposto solo a se stesso, non per credo politico o per etica. Così era e così è sempre stato.

"Non farò da megafono alla tua rivoluzione. Non sarò il tuo burattino!", gli sparò mio padre.

Fidel si trattenne dallo stritolare seduta stante quel *gusano*, quel verme italiano. Lo avrebbe fatto in un altro modo, più schiacciante e definitivo.

Quando si arrivava a questo punto del racconto, mio padre gongolava come un piccolo Davide dopo aver sconfitto il gigante Golia con la sua fionda. Sai che ti stanno per fracassare le ossa, vendile a caro prezzo! Le peggiori sconfitte avranno il profumo di una vittoria inebriante.

Questo era il suo metro di giudizio e così sono stato educato.

Anche mia madre sorrideva. Il che mi ha sempre fatto capire quanto si amassero i miei genitori, di un amore senza limiti.

Non venne sparso sangue quella sera. Castro avrebbe calato le sue carte il giorno dopo, raccogliendo la rivincita, senza dover neanche mostrare la sua scala reale al tavolo.

L'analogia con il gioco del poker non è casuale. Non posso dire che fosse un professionista, perché non mi ha mai detto di esserlo. So solo che il mio Babbo con il poker ha sempre vinto grandi fortune, e le ha sempre perse, immediatamente. E noi con lui! E, credetemi, non è una critica. A questo punto è un elogio.

Subito dopo avermi sollevato e aver ricevuto quel convinto *"Rivoluzione? No, grazie!"* da parte di Don Sergio, Castro dette il via libera alla nazionalizzazione dei beni e delle imprese dei residenti stranieri, non più solo quelle degli americani.

Era l'agosto del 1960, il barbuto comandante aveva già deciso di esercitare il primo ordine da dittatore comunista, ma era venuto a offrire a mio padre di farne parte. Una posizione di potere in cambio della sua fabbrica e, soprattutto, del suo pensiero libero sulla sua carta stampata.

I militari che una volta rispondevano al corrotto dittatore Batista da quel momento erano comandati da Fidel e dai suoi alfieri. Entrarono nelle case dei quartieri residenziali e negli uffici del centro dell'Avana saccheggiandoli e portando via gli uomini, colpevoli a loro dire di campagna anti-castrista.

Molti dei nostri vicini sparirono nel nulla. Mia madre, negli anni, cercò di averne traccia, di rimettersi in contatto, ma senza nessun risultato, nemmeno attraverso le diverse ambasciate.

Quanto accadde in quei giorni tremendi a Cuba turbò

in maniera particolare mia madre che aveva già vissuto gli orrori di una dittatura spietata. Ebrea, nata a Berlino nel 1927, Erika era riuscita a sfuggire alle persecuzioni di Hitler insieme a parte della sua famiglia. Molti altri avevano perso la vita nei campi di concentramento.

Contesti sociali, spinte ideologiche, situazioni economiche diametralmente opposte. Ma le scene di violenza e di oltraggio contro le libertà individuali erano identiche nella loro disumanità. Giovani armati entravano nelle case, trascinavano a forza le persone, le caricavano su camionette. Questi avevano la barba da rivoluzionari, gli altri avevano i capelli biondi e gli occhi chiari. I primi erano invasati comunisti, i secondi erano indemoniati nazisti.

Insieme a mio padre, mia madre avrebbe poi vissuto la crudeltà di altri regimi perversi e totalitari, come quello di Batista, segnati dalla dissoluzione dei valori e dall'allungarsi delle liste di proscrizione, che fossero ebrei, anti-castristi o *Desaparecidos*. Regimi ugualmente marci e feroci, consolidati nel terrore e nell'ignoranza.

Mio padre non si sarebbe mai mosso da Cuba se non fosse stato costretto a lasciare il Paese. Capì che Fidel non stava bluffando. Il sequestro dei beni era stato decretato, le camionette erano già in arrivo. Decise di nascondere i beni più preziosi, denaro, gioielli, titoli di proprietà, documenti della cartiera e delle librerie.

Aveva un aiutante, Alejandro Cuní. Aveva vissuto con noi fin dall'inizio, era cubano, mai uscito dal Paese, nero come la pece, una scultura d'uomo. Era legatissimo a mio padre e mio padre a lui. Non so dire se Cuní fosse il nome, il cognome o un soprannome. La nostra casa era circondata da un vastissimo terreno coltivato. Mio padre lo aveva dato in usufrutto ad Alejandro e alla sua famiglia, sua moglie e un paio di bambini con i quali giocavamo.

Mio padre e Cuní seppellirono in quel terreno un piccolo baule con dentro quei tesori. Scavarono insieme una buca profonda e costruirono con cemento e paglia una capanna per gli attrezzi proprio sopra il nascondiglio. Noi ragazzi assistevamo alla scena dalle finestre. La luna si rispecchiava sull'unica superficie bianca. Era la canottiera senza maniche di Cuní che fluttuava come un fantasma sopra quelle piantagioni di frutta.

L'idea era di tornare a riprendersi il tesoro non appena il comandante dittatore fosse stato deposto. O, in caso di sua longevità di potere, lasciare la casa, i terreni e il tesoro a Cuní.

Mio padre ha atteso tutta la sua vita quel momento, ma ad andarsene è stato prima lui. Neanche Cuní, né sua moglie, né i suoi figli sono mai potuti arrivare a riprendersi quelle carte e quei gioielli.

Riuscimmo a lasciare l'isola il giorno dopo. Con solo i vestiti che avevamo addosso e poco più.

CAPITOLO II

DIAMANTI IN UN'AUTOMOBILINA GIOCATTOLO

~

All'aeroporto dell'Avana non si riusciva quasi a respirare. Migliaia di stranieri in cerca di un volo per fuggire da Cuba. Nella sala d'imbarco, tra le gambe dei miei genitori e di altri passeggeri in attesa, me ne stavo per terra a giocare con un paio di macchinine che ero riuscito a mettermi in tasca.

"Erano piene di gioielli. Diamanti, smeraldi, rubini. Tutto ciò che di prezioso c'era rimasto lo avevamo infilato nelle tue automobiline. Il denaro c'era stato sequestrato subito, all'arrivo in aeroporto".

Quando mia madre mi raccontava quell'episodio, e lo ha fatto mille volte, i suoi occhi s'illuminavano d'orgoglio. L'idea geniale era stata sua, mio padre aveva poi esagerato nella quantità di gioielli stipati in quei giocattoli.

"Vroom, vroom, vrooooom", aggiungeva mimandomi nei gesti e nei suoni da bambino.

"Ti vedevamo giocare e pregavamo: fai che Fabio non si metta, come al solito, a far scontrare le macchinine!". Il racconto, a questo punto, assumeva i toni misti di dramma e commedia.

"Per fortuna era andato tutto bene, nessuno faceva caso alle tue macchinine e i nostri unici beni erano salvi. Ma che paura!", concludeva ogni volta mia madre, mentre il suo viso si rabbuiava pensando a Cuní.

Una volta arrivati in aereo a Panamá, destinazione scelta da mio padre perché i voli per gli Stati Uniti o l'Europa erano strapieni, si venne a sapere che la nostra casa era stata devastata e il terreno coltivato dato alle fiamme, come la casa di Cuní, del quale si seppe solo che era stato prelevato da una camionetta militare e torturato. Scomparso nel nulla, come la sua famiglia.

La scena in aeroporto, tra quelle gambe alte come alberi secolari, mi ha sempre riportato a quella stessa sensazione di cui vi ho già parlato. Quando sei piccolo, vedi attorno a te un mondo popolato da giganti.

Sto parlando di quella percezione che ti accompagna fino all'età dello sviluppo, quando finalmente, tutto si livella e il mondo ti appare ritagliato su misura, anche per te, non solo per i tuoi idoli di gioventù.

A volte questa livellatura può risultare deludente, tanto da indurti a chiederti a distanza di anni: "Come ho potuto vedere quella persona, quell'edificio, quell'auto così grandi e importanti, così dominanti?". I difetti, gli eccessi, le differenze ti fanno sobbalzare. Non so a voi, ma a me le auto danno la misura della relatività, senza voler offendere il genio Albert Einstein, che per me resta il numero uno in assoluto, anche perché era collega scienziato di mio nonno materno e lo sento quasi come un progenitore. Inoltre, un libro sulla vita di Einstein mi è stato regalato da mio padre all'età di sei anni ed è l'unico che davvero mi abbia entusiasmato anche negli anni a seguire.

Mio padre, ad un certo punto della mia infanzia, aveva una Porsche 356 Carrera del 1960. Era stratosferica. O, meglio, così la vedevo.

Era coupé, grigio ferro, faceva i 200 chilometri all'ora senza battere ciglio. Noi ragazzini, sedevamo dietro, un paio alla volta. Per la verità, non esistevano i sedili posteriori, solo una stretta piattaforma in velluto, ma noi ci stavamo ben comodi.

"Pronti?", sogghignava mio padre pigiando più volte sul pedale dell'acceleratore. Teneva il volante con guanti di pelle a marchio Porsche. Sosteneva che se li era fatti fare apposta. Non lo mettevamo in dubbio. E il rombo del motore era eccitante.

La Porsche scattava come un missile verso la luna, la forza di non so quanti cavalli ci mandava a sbattere contro il lunotto posteriore. Ridevamo isterici. Tutto sembrava enorme. La Porsche, gli alberi del viale dove mio padre si divertiva a fare il suo mezzo miglio lanciato.

Ho visto quella stessa Porsche più volte durante i miei anni dell'università. E anche di recente. È un'auto da collezionisti, una *classic car*, come si chiamano oggi le vecchie regine della strada. L'ho vista anche in un autosalone accanto alla nuova Carrera. D'istinto mi sono precipitato ad acquistarla.

"Scusi, posso provarla?".

"Certamente, è la 911, appena uscita della casa tedesca, sfiora i 300 all'ora e passa da 0 a 100 in meno di 4 secondi...", il venditore era pronto a sciorinare altri dettagli della macchina.

"No, no. Dicevo quella classica. Di che anno è? 1960?".

"1961!".

Brillavano una a fianco all'altra. La nuova, dati tecnici alla mano, era lunga 4 metri e 519 millimetri. Quella del '61 era 4 metri e un millimetro. Di larghezza praticamente uguali - 1,666 metri contro 1,852 - se non fosse stato per la bombatura sopra le ruote della 911.

Impossibile! Messe a confronto in un circo, la prima sembrava un nano, la seconda il gigante sui trampoli di legno.

Solo mezzo metro di differenza, ma quasi sessant'anni. Il mondo si è allargato a dismisura con la mia crescita? Come poteva sembrarmi allora così grande, spaziale? Al posto di guida mi sentivo impacciato. A malincuore l'ho lasciata dov'era.

Come avrete intuito, ho sempre amato le macchine, il loro design, le curve e le cromature, la tecnologia ogni anno più avanzata. Mio padre, soprattutto dopo quella scena all'aeroporto dell'Avana, mi regalava una montagna di macchinine giocattolo per alimentare la mia fantasia (e la sua), io le truccavo. Nella mia mini-officina allargavo le ruote usando quelle di altre auto ormai, aumentavo i tubi di scappamento con le cannucce, applicavo decalcomanie e strisce adesive per farle partecipare a gare che avrei immaginato subito dopo.

Ho continuato a comprare ogni nuovo modello anche da adulto con la scusa che era per i miei figli. È sempre stata una scusa risibile, visto che volevo sceglierlo io!

Con i cavalli? La stessa sensazione. Accompagnavo mio padre all'ippodromo e tutto mi sembrava inarrivabile, le gambe dei purosangue erano alte come grattacieli.

Forse è stato anche per livellare quella percezione che, da smisurato padre di famiglia, ho acquistato una puledra da corsa di un anno e mezzo; stupenda, velocissima, un razzo soprannaturale. Ho detto a me stesso, e ho dichiarato a mia moglie senza pudore, che era una regalo per nostra figlia che fin da piccolissima collezionava cavallini di ogni forma, razza e misura, in gomma, plastica dura, peluche.

La prima corsa, Betfair Lady, questo era il nome della mia, della nostra cavalla, l'ha vinta pagando 16 contro 1.

Nessuno aveva puntato un centesimo su quella debuttante di una scuderia sconosciuta. Nemmeno io. Don Sergio non c'era più, altrimenti avrebbe fatto il pieno con la mia meteorite travestita da ronzino.

Non ho ceduto all'azzardo perché - molto stupido, direte voi - non mi interessava l'aspetto economico della corsa, quanto quello atletico, estetico. Puro orgoglio fine a se stesso. Ok, dicevo, forse la prossima gara scommetterò sulla mia cavalla. Certo, una volta passata al rango di favorita. In realtà la prima vittoria portava in dote un ricco premio, con il quale mi ero ripagato l'acquisto e l'allevamento per almeno altri sei mesi.

Una settimana prima della seconda gara, mi chiamò l'allenatore, con voce sommessa, tremolante.

"Betfair Lady... Betfair Lady...".

"Betfair Lady, cosa??", alzai il tono di voce al telefono, già immaginando chissà quale disastro.

"È scivolata, è caduta dal van... Si è spezzata la gamba anteriore sinistra...".

Ogni tanto riguardo il video della prima corsa e i miei occhi si riempiono di lacrime per l'emozione di quell'arrivo. A 350 metri dall'arrivo era ultima. Davanti a lei, nove cavalli, tutti in lotta per tagliare il traguardo con l'imboccatura spinta in avanti, il fantino allungato sulla loro schiena e la voce del telecronista in delirio.

"Blue Wave porta l'attacco decisivo su Gabardin, Holly Source e Belle Epoque che tengono l'incollatura. Arrivo incertissimoooooo!".

"Blue Wave si stacca, Gabardin e Holly Source rispondono, cercando di farsi largo. Blue Wave affonda il colpo... MA DALL'ESTERNO ARRIVA COME UN SILURO BETFAIR LADY! ED È LEI CHE PIAZZA LA STOCCATA VINCENTE!!! BET-FAIR-LA-DYYYYY!!!!!".

Custodisco quel ricordo con gioia e disperazione. Betfair Lady era stata azzoppata dalla mafia che rende cupe le corse dei cavalli con le scommesse clandestine, per eliminare un concorrente. Venni a sapere, molto tempo dopo, che forse, dico forse, l'allenatore aveva ricevuto soldi per girarsi dall'altra parte mentre qualcuno faceva cadere la mia cavallina. O fu costretto a prenderli sotto minaccia.

La storia, in ogni caso, non sarebbe cambiata per me,

mia figlia e la super cavalla, costretta ad abbandonare le corse e dedicarsi a far nascere altri possibili campioni. Decisi di venderla a un bravo allevatore che si sarebbe preso cura di lei e dei futuri purosangue. Non ne ho saputo più nulla, con i cavalli avevo chiuso per sempre.

Scusate la divagazione sentimentale. Dicevo che gli occhi di un ragazzo vedono cose che da adulto hanno tutta un'altra prospettiva.

"Quando sarai grande, capirai", tutti noi, almeno una volta nella vita abbiamo mal digerito questa frase dei nostri genitori e abbiamo poi cercato di farla ingoiare ai nostri figli.

Cosa, esattamente, avrei dovuto capire? Che ciò che si vive da piccoli non conta, non ha lo stesso significato o, più in generale, è pura fantasia?

Quando cresci e ripensi ai tuoi primi anni, e non ritrovi gli stessi riferimenti che ti sembravano sicuri, incontestabili, il primo istinto è di sentirti come un povero idiota. Poi, inverti la linea di pensiero e l'idiota non sei tu ma il tuo vecchio idolo. In questo caso, non ho scelto né l'una, né l'altra faccia della medaglia. O, per lo meno, non in maniera definitiva e integralista. Piuttosto, ho sorriso alle mille sfaccettature della vita, ammirandola come un grosso diamante.

Ciò che mi pareva grandioso, lo era veramente. Anche se il tempo ne aveva ormai smussato o ridisegnato le forme. Così ho sempre visto Claudio. Io una formica, lui uno forte, super fico. Irraggiungibile. E, comunque, per inciso, con tutte le sue panzane, e le raccontava grosse, è sempre stato un grande, un modello di vita, sempre pronto a presentarsi come il numero uno in tutto con simpatia, mai con prepotenza. Un vero tuttologo, parlava di tutto e su tutto, con aneddoti ed esperienze impensate.

Quanto ho amato Claudio. Ora anche lui, come mio padre e mia madre, fa parte del cielo immenso.

La mia giovinezza è stata caratterizzata da grandi fortune e cicli positivi. Avevo tutto quello che potevo desiderare e i miei genitori governavano il destino. Non c'era nulla che sfuggisse loro di mano.

A volte mi sono chiesto se il ricordo di un passato felice era soltanto frutto della mia personale percezione del mondo, della barriera che avevo eretto per tener lontano da me ogni guaio o dolore.

Ho sempre trovato una buona risposta nel leggerne il risultato. Cosa mi è rimasto di quegli eventi? Li ho vissuti facendo perno sull'istinto più che sulla razionalità? Li ho trasformati in energia positiva? Tanto meglio. Ottimo.

Poco importa se, confrontando con i miei fratelli, in tutto eravamo sei, quest'infanzia idilliaca, le mie memorie raramente coincidevano con le loro. Solo con Claudio, il quale però mi ricordava i singoli episodi negativi che avevo rimosso o riformulato, ma lo faceva in modo così divertente che avevano un effetto nullo sulla mia versione dei fatti, anzi la corroboravano.

Certo, sono ben conscio, e lo ero anche da bambino, che se abbiamo cambiato Paese in continuazione, lasciandoci dietro quanto era stato costruito fino ad allora, non era tutto rosa e fiori, qualcosa era andato storto e il controllo della situazione da parte della mia famiglia non era poi così solido. Ne sono consapevole, ma non rinnego nessuno dei miei ricordi, anche se oggi riaffiorano alla mente in una sequenza ruvida, per non dire traumatica.

Mio padre mille volte è stato ricco, ricchissimo. Mille e una volta è rimasto con le tasche vuote. È partito svantaggiato, ha sempre cercato di recuperare un destino beffardo. Era fatto così, ho sempre ammirato la sua dote naturale di tornare a galla e nuotare meglio e più forte di prima.

Attenzione, non vorrei lo si considerasse uno con le mani bucate, uno nato per sperperare denari solo per il gusto di spenderli, uno incapace di assumersi il dovere di mantenere una vita, non dico da nababbo, ma almeno dignitosa per sé e la sua famiglia. Tutt'altro!

Don Sergio era estremamente generoso. Caricava sulle sue spalle tutto il peso di quell'altalena tra periodi bui e grande agiatezza. Mia madre era la sua anima gemella in tutto e lo assecondava senza fiatare, complice e artefice della loro esistenza.

I figli e le persone che nei vari momenti dipendevano da lui, anche intere famiglie, vivevano nell'oro, nel benessere.

Con i miei fratelli, a mano a mano che crescevamo capivamo il sistema e non solo ci adeguavamo. Ne diventavamo parte consapevole.

Credeva nel destino e ben sapeva che, per quanto corresse veloce, ogni volta più veloce, il destino lo era un pochino più di lui e lo lasciava dietro di un'incollatura. Forse era per questo che scommetteva sui ronzini apparentemente senza speranza, credo si identificasse con loro e in questo modo li rendesse grintosi e vincenti come lui. Li elevava al rango dei cavalli di razza, li spronava con la forza del pensiero a dare di più. Così, faceva con noi.

Nella sua indole, il puledro di sangue nobile era fantastico sì, ma aveva i limiti di non aver conosciuto la fame. Voglio dire, interpretando il pensiero di mio padre, inevitabilmente poi diventato il mio, chi ha tutto dalla nascita e non deve procurarsi di che sfamare se stesso e gli altri, non è portato a guardare fuori dal proprio recinto, semplicemente non ne ha bisogno. Non conosce la sofferenza, quella che alimenta il pensiero sottile, l'intuizione, l'azzardo, quella che stimola l'ingegno, non l'inganno. Non è portato a condividere la ricchezza, figuriamoci la carestia, che può funzionare da inarrestabile molla per stimolare l'altruismo anche negli esseri più aridi.

Mio padre era un vincente, anche quando perdeva. E

meno soldi aveva in tasca più si prodigava per gli altri, per la famiglia, per chiunque ne avesse bisogno.

Le sue ricchezze non derivavano dal gioco. Erano solo frutto della sua inventiva. Le scommesse erano un veicolo per ampliare le sue conoscenze, per arrivare dove non aveva tessere di appartenenza, senza essere costretto a sottoscriverle. Erano un vanto personale come fossero state continue rivincite a braccio di ferro con il destino, con una posta spesso alta da pagare.

So bene che i suoi tempi non sono stati i miei e non saranno quelli dei miei figli. Non credo d'aver commesso l'errore di valutare la sua vita senza tenere conto della differenza tra il momento in cui mi trovavo e quello in cui si dibatteva lui. Di una cosa sono certo perché l'ho vista e digerita da adulto, sognatore e idealista ma anche razionale. La sua integrità è sempre stata fuori discussione! Non si è mai piegato al sotterfugio, al ricatto, alla paura. E l'ha sempre pagato caro.

La fabbrica di carta, le librerie, i giornali all'Avana, non erano il frutto di vincite al poker. Non gliel'ho mai chiesto, me l'avrebbe detto da solo, con sorriso beffardo. Come mi disse invece di un'altra fabbrica di carta di cui una decina di anni dopo diventò proprietario in una notte, grazie alla mano sbagliata di un ministro in Venezuela e di come, in un altro giro di tavolo, l'avrebbe poi dovuta cedere a un polacco, un tale Kowalsky. Il quale, però, aveva barato e, dunque, non meritava di incassare la vincita.

Appena possibile, mio padre mi portava a Cagua, a due ore da Caracas, nell'entroterra venezuelano, nulla più di quattro case sgangherate e la sua fabbrica di *Pulpa, Papel y Cartón*. Aveva ricevuto da quel ministro la proprietà di un terreno con un capannone vuoto e lo aveva riempito di macchinari per la lavorazione della carta in tutte le sue forme, dalla carta moneta a quella igienica. Attrezzature all'avanguardia e ultra moderne, arrivate (voglio dire, comprate regolarmente, facendo debiti che avrebbe ripagato non so come) dall'Italia e dalla Germania.

Anche questa è stata parte delle lezioni di vita ricevute fin da piccolo. Mai arrendersi, di fronte a nulla. Mio padre interpretava questa regola più che con ostinazione, con ossessione. Castro gli aveva rubato il suo impero di carta, lui lo rimontava pezzo per pezzo in Venezuela, una decina di anni dopo.

A Caracas vivevamo in collina, l'unica che guardava sulla metropoli fatta di grattacieli e sul formicaio di casette di cartone ed eternit. Erano mondi che si incrociavano all'orizzonte, entrambi ben distanti da noi. La strada che portava alla nostra grande casa si arrampicava sulla collina e formava una rotonda attorno agli alti recinti della nostra proprietà. L'ingresso era poco prima della curva, con un viale di alberi e fiori, cui mia madre si dedicava con passione. Dietro il cancello c'era il garage. Tutto il pian terreno della villa era costituito dal garage. La casa era fatta a piani discendenti per assecondare la cima della collina. Tre piani si affacciavano dall'altra parte della rotonda, sulla parte discendente della strada. Il garage si apriva su entrambi i lati della casa.

Mio padre era spesso a Cagua per seguire l'installazione dei macchinari. In quei giorni - lo misuravamo dal viso di mia madre - la nostra vita era un tran-tran perfetto, come lo definiva lei. Casa-scuola, scuola-casa.

Una telefonata di mio padre avrebbe cambiato quella routine come un fulmine a ciel sereno. "Caricate tutto sui camion che stanno arrivando a casa e partite. Ci vediamo in Colombia".

Mia madre si affrettò, e noi con lei, a mettere via tutto nei bauli che teneva in garage. Erano per lei una presenza obbligata. Paese nuovo, nuova casa. E mia madre svuotava nuovamente i bauli. Lenzuola, vestiti, tappeti, tovaglie, piatti, libri, dischi, statue, dipinti, ori e argenti, album di fotografie. Ci voleva almeno un mese per risistemare i cosiddetti effetti personali, il cui numero aumentava di volta in volta. Mio padre non si liberava di nulla, mia madre nemmeno. Io ho imparato a viaggiare leggero, sono colpevole - non pentito - di aver lasciato ogni volta ai miei fratelli il compito di aiutare mia madre con la pratica dei bauli. Non c'era nulla d'indispensabile per me lì dentro, riuscivo a dileguarmi senza dare nell'occhio.

Quella volta aiutai. Era come un gioco fino a quando suonarono alla porta. Era tardo pomeriggio e avevamo ormai finito di caricare tutto su un paio di grossi camion con l'aiuto dei guidatori. Erano già stati pagati e sapevano il punto di ritrovo, non c'era bisogno di spiegazioni. Mia madre aprì la porta e si trovò davanti un paio di uomini dall'aria poco raccomandabile. Erano gli uomini del Kowalsky, armati. Entrarono spingendola insieme alla porta.

"Dov'è suo marito?", chiese uno di loro, mentre l'altro si guardava intorno.

In casa non c'era più nulla, salvo i mobili di cucina e le librerie vuote incassate nel muro, la grande sala con pavimento di marmo a scacchi bianchi e neri era anch'essa vuota. Cercavamo di dare un tocco di normalità a quella scena simulando il gioco della dama, dove le pedine eravamo noi.

"Non so, non l'ho sentito tutto il giorno... no, non so...", disse mia madre con aria compassionevole cercando di tener buono l'energumeno che, per disprezzo o per accentuare la sua pericolosità, spense con la scarpa il mozzicone di sigaretta che aveva appeno gettato sul marmo.

"Andiamo!", fece al suo compare. "Aspettiamolo in macchina, se non si fa vivo entro un'ora prendiamo uno dei marmocchi e ...".

Mia madre non perse altro tempo. Appena chiusa la

porta dietro quei due, ci radunò come farebbe un'anatra con i propri anatroccoli, incitandoci a uscire dalla porta che dava sul retro. Dietro la curva i camion erano già con i motori accesi, alcuni di noi salirono con mia madre sul primo, altri sul secondo e partimmo, lasciando le luci e un vecchio televisore acceso per far credere ai brutti ceffi che eravamo ancora in casa.

Mia madre lasciò anche la sua macchina che era parcheggiata davanti al garage dalla parte dell'ingresso. Era una station wagon Chevrolet color bronzo, alla quale non aveva mai dedicato un momento della sua devozione. Le auto non erano certo il suo argomento preferito, e non potendole impacchettare nei bauli, erano per lei come dei vuoti a perdere. Altre volte, mio padre le avrebbe vendute o regalate a qualcuno. Non quella volta, non c'era tempo.

Mia madre non amava impartire lezioni, benché sapesse parlare e scrivere in sette lingue e avesse capito fin da bambina come attutire le tragedie della guerra, ricostruirsi una serenità e ricominciare. Era una donna pratica, senza fronzoli. Amava la verità e non mostrava mai riverenza verso l'effimero. "Ciò che viene con il fin-fi-rin-fì se ne va col fin-fi-rin-fà", era una delle sue filastrocche preferite. Non le ho mai chiesto da dove l'avesse tirata fuori, era un misto di portoghese e spagnolo italianizzato che traduceva ben chiaro il suo pensiero. Se qualcosa non è guadagnato, non ti appartiene o arriva dal nulla, al nulla ritorna.

L'unione tra Erika e Don Sergio aveva quel non so che di prodigioso, specialmente a riviverlo grazie ai ricordi. Due anime opposte, perfettamente combacianti. Lui un fatalista convinto, lei razionale. Lui impulsivo, lei logica. Una cercava di mettere le radici, l'altro la sradicava. Non saprei dire chi sorreggesse l'altro. Chi alla fine fosse la parte dominante, mio padre sul momento, mia madre alla lunga. Non riesco a immaginare niente di più contrastante e al tempo stesso inalterabile, come la loro unione. E, per mia fortuna, come quella tra me e Alexa, la mia anima gemella. Ma su questo tornerò più avanti.

Viaggiammo tutta la notte e tutto il giorno seguente, senza sosta, nessuno dava il cambio ai due camionisti che non davano segni di fatica, come se l'avessero fatto milioni di volte. Non c'era autostrada, per un buon migliaio di chilometri solo strade mal cementate o piene di buchi e larghi tratti sterrati. Nessuna comunicazione con mio padre. Mia madre anche se era terribilmente in pensiero non lo dava a vedere. L'ultimo pezzo era in salita verso le Ande, con direzione Cucuta una città colombiana a oltre mille metri di altezza con due-trecentomila abitanti, tutti, vecchi e bambini, più o meno abituati a repentini cambi climatici e a sostenersi con le foglie di coca.

La masticazione delle foglie di coca, senza mai deglutirle, è una tradizione sviluppata nel corso dei secoli dagli andini, pare derivata da un uso celebrativo da parte delle popolazioni Inca. Si tramanda di generazioni in generazioni. Anche i nostri camionisti si rifornirono presso un banchetto lungo la strada. Presero a masticarla, formando dei boli che si spostavano da una guancia all'altra. Era una scena disgustosa anche perché trasudavano saliva, che scendeva lungo le loro magliette sudate, formando strisce grigiastre. Io ero nel camion con Claudio che rideva e imitava il nostro guidatore.

L'uomo masticava lentamente e ci aggiungeva ogni tanto della *llijta*, un composto di ceneri vegetali che aveva preso al banchetto insieme alla coca. Pescava da un sacchetto di tela e continuava a impastare il tutto arrotolandolo tra lingua e denti. Quella specie di cocaina fatta in casa, anzi in bocca, aveva reso a tratti euforico, a tratti narcotizzato il nostro camionista. Tiravamo a indovinare su quando si sarebbe morso la lingua con tutte quelle buche lungo la strada. A un certo punto sentimmo un

Una Vita Extra

botto dietro di noi, come se fosse caduto un masso lungo la strada. Poi un altro, quindi una raffica.

Ci sparavano addosso!

Davanti a noi c'era mia madre con gli altri miei fratelli, il loro era un camion più grande. Il nostro uomo si sporse dal finestrino senza frenare mentre prendeva l'ennesima curva in salita. Si contorceva nel tentativo di calcolare la distanza dagli inseguitori sorreggendosi alla portiera con il braccio sinistro fuori dall'autocarro. C'era una fila di camion, almeno quattro, dietro di noi. Esclamò a ripetizione una serie di *coño* e *cabrones de mierda*, più altre parolacce che ci fecero sbellicare dalle risa, anche per non dare a vedere la nostra tremarella isterica.

La barriera di confine tra Venezuela e Colombia era a pochi metri, i militari venezuelani erano assenti, si erano dati il cambio con quelli colombiani, un paio di giovani denutriti, poco meno che ventenni, che alzarono la sbarra senza pensarci due volte, visto che il primo camion con mia madre non accennava a frenare.

Passammo il confine mentre gli spari continuavano. Sentivamo il rumore delle lamiere colpite. Mio padre era nel camion dietro di noi, anche lui attraversò la frontiera. Poi un altro camion. Gli altri due vennero colpiti alle gomme dagli uomini del Kowalsky.

Mio padre aveva perso metà dei macchinari ma sorrideva guardando gli sgherri inchiodati sul fronte venezuelano. Quando questi fecero dietro-front, Don Sergio sparì per una buona mezzora nel piccolo ufficio di frontiera. "Devo fare qualche telefonata", disse.

Quando tornò, pagò con rotoli di denaro i due camionisti venezuelani e si voltò verso un altro gruppo di uomini colombiani che aveva contrattato nel frattempo. Questi salirono sui camion che c'erano rimasti e li vedemmo sparire dietro un altro paio di curve.

"Erika mia, è tutto sistemato. Casa, scuola".

"Ricominciamo!".

Mia madre baciò il suo eroe, che ci strinse tutti.

"Andiamo in aeroporto", comandò mio padre al tassista che c'era venuto a prendere con un pulmino tenuto in piedi con nastri adesivi e cinghie elastiche.

Cucuta aveva un piccolo scalo con un'unica destinazione, Bogotá, la capitale. Una settimana dopo, mia madre era impegnata con la pratica dei bauli, nella nuova casa. Noi frequentavamo una nuova scuola, un istituto di preti olandesi, l'unico che accettasse l'ammissione ad anno scolastico già inoltrato.

Il cambio della scuola procedeva di pari passo con il movimento dei bauli. Nei miei primi 17 anni di vita credo d'aver cambiato scuola una ventina di volte. A causa degli obblighi differenti da Paese a Paese, ho dovuto ripetere la prima elementare tre volte e in tre lingue diverse. La giostra scolastica per me è iniziata a quattro anni, poco prima della morsa di Fidel e la fuga dall'Avana.

Non ho mai capito perché mio padre per tutta la vita amasse fumare quei lunghi e grossi sigari, forse per mantenere il suo legame profondo con Cuba. Non ne avrei capito altri motivi.

Ecco, caro Babbo, se devo trovare un punto di disaccordo, quello è sempre stato nei sigari. Non ne ho mai sopportato la puzza, che per te era aroma, profumo, libertà di pensiero. No, non mi è mai piaciuto quell'acido e orrendo olezzo di sigaro. Mi rimaneva cucito addosso come uno scafandro, cercavo di non respirarlo.

Facevi roteare nuvole di fumo quando giocavamo a scacchi. Sbuffavi come una ciminiera quando ci sedevamo all'ippodromo in attesa della partenza dei cavalli. Stavo in apnea cercando di rendermi utile, di darti la dritta giusta. Memorizzavo le graduatorie dei cavalli, dei fantini, delle scuderie, degli ippodromi, ricordavo le velocità minime, medie, massime, di ogni gara.

Sapevo esattamente chi avrebbe vinto. Peccato che era sempre il favorito della corsa. Che puntualmente vinceva. E come a scacchi, mio padre m'intrappolava nel fumo, sorridendo.

Per lui, puntare sui cavalli che al totalizzatore pagavano qualche centesimo, suonava un po' come chiedere l'elemosina sui gradini di una chiesa. Inoltre, il Don Sergio che ho amato odiava le cose facili. S'innamorava sempre di quello che aveva le più alte probabilità di perdere. E perdeva. Perdeva denaro ma non il sorriso. Anzi, quello gli aumentava.

Lo amavo perché i fatti, prima o poi, gli davano ragione. A discredito dei miei calcoli e senza la soffiata corrotta, era riuscito più di una volta a fare il botto. Quando uno di quei cavalli *a tre gambe* tagliava il nastro vincente contro tutto e tutti, per me era una lezione di vita. Un'altra delle tante insegnatami da mio padre.

Fabino. Così mi chiamava. A volte ero *Pallino*, a volte *Pocio-Pallino*, che non voleva dire nulla eppure suonava molto amorevole, e lo era.

"Fabino, i soldi vanno e vengono". Non intendeva "la fortuna va e viene". No. Intendeva proprio il denaro. Aveva un rapporto straordinario con il denaro. Non ne accumulava. Mai. Anche se avrebbe potuto mettere insieme e conservare importanti ricchezze. Questa non era una forma di irresponsabilità verso la famiglia. Mia madre, era una donna eccezionale, mai gli rinfacciava di non aver messo soldi da parte. Sì, mio padre e mia madre si amavano senza condizioni, il loro legame era ed è eterno. Ora sono insieme, ora volano felici nel vento, come lo sono stati sulla terra.

Il rapporto di mio padre con il denaro era molto semplice. Lo spendeva. Punto.

"Qualche Santo sarà", aggiungeva quando non ne aveva più. E Dio solo sa quanti Santi abbia incontrato mio padre nella sua vita, perché non ci ha mai fatto mancare nulla. Vi confermo che ci siamo permessi tutto quello che potevamo desiderare.

Sono cresciuto con questa filosofia, ho cercato di viverla a modo mio, a volte cercando di trattenermi nello spendere ciò che non avevo. Alla fine, però, mi rendo conto che mi sono comportato e mi comporto esattamente come lui.

Ne sono felice, orgoglioso, a volte intimorito dal fatto che lui non sembrava avesse cedimenti. Io ne ho.

Ne sono fiero e rinvigorito perché, come lui, mi ritengo una persona estremamente fortunata, anche se la sorte non è sempre stata dalla mia parte, come non lo è stata dalla sua. Nei momenti decisivi, però, mi è sempre venuta incontro e ha sempre fatto la differenza.

Come la fortuna di avere degli angeli, sempre accanto a me. Anche quando sono morto.

Soprattutto quando sono morto.

Caro Babbo, è stato bello incontrarti in Paradiso. Mi aspettavi, sereno, con la tua carica luminosa, ancora più coinvolgente.

In otto minuti, abbiamo vissuto quasi cento anni, ho visto gli angeli respingere i demoni, il coraggio sconfiggere le ingiustizie, ho guadagnato conoscenza e il senso del tempo.

Mi sembrava di avere gli occhi aperti, ti ammiravo con tutta l'intensità possibile, nuotavo nel suo sguardo, mi lasciavo sostenere dalla tua voce spirituale.

Contemplavo la mia vita che non scorreva più, eppure filava ordinata e calma. Avevo gli occhi chiusi ma ci vedevo, sentivo il mio respiro, anche se il mio cuore si era fermato.

Ti ho sorriso. Con la mente, senza muovere gli occhi o le labbra. Il sorriso era potente e corrisposto, forse era il tuo che mi rinvigoriva l'anima. Cerchi d'amore puro si espandevano nel bianco infinito, come un sasso lanciato nell'acqua.

Ho sentito il calore della vita eterna.

Mi sono lasciato trasportare in un'altra dimensione.

Non ho percepito fisicamente alcun cambiamento, né ho avvertito il trascorrere di quei minuti. Anzi, nessun orologio, neppure immaginario, avanzava.

Era come se non ci fossimo mai separati, non mi sorprendeva essere lì, né mi sconvolgeva l'idea che tra me e lui si fosse rimarginata la distanza che c'è tra la vita e la morte. Perché semplicemente non ne vedevo la differenza.

Oggi, posso felicemente raccontare ciò che ho visto quando ho varcato quella soglia.

Quando ho percorso il cammino all'incontrario e sono tornato alla vita ho custodito il mio segreto, forse per non essere assalito da domande, le cui risposte possono generare incredulità, se non addirittura derisione.

Perché ti è capitato, stavi già male? Perché ti hanno rispedito indietro? Esiste un destino già scolpito nella pietra, già infuso nel nostro DNA, o possiamo riscriverlo con le nostre azioni, spesso inconsapevoli? Hai fatto queste domande a tuo padre?

No, non le ho fatte. In quel momento non le avevo.

Né avevo quella principale, la pietra miliare di tutti gli interrogativi.

"Cosa c'è dopo la vita?".

CAPITOLO III

UNA BALLERINA IN ACCADEMIA

~

Era come se avessi paura di rispondere alla più umana delle curiosità.

Com'è il *dopo*?

Cosa c'è di là, dall'altra parte, nell'alto dei cieli, com'è il Paradiso?

Sono sfaccettature della stessa richiesta d'informazioni o di rassicurazioni, che viene rivolta a chi, come me, è morto ed è rinato.

Ero già di là. La conoscenza era già in me. Anche quelle risposte erano già in me.

Il *dopo* era già in me, ne facevo parte.

Ed è proprio del *dopo* che vi voglio parlare. Rivelare il mio segreto ha acquisito un significato profondo.

"È un segreto positivo, è un messaggio d'amore e di speranza!", mi sono detto. "Devo farlo sapere".

Non è un segreto sulla vita dopo la morte, è il segreto della vita!

Ora so cosa c'è al di là della vita. La vita fisica e quella spirituale non hanno discontinuità. È come se l'avessi sempre saputo. Tutti noi lo sappiamo, anche se non ce ne rendiamo conto!

A un tratto le mie dita sulla tastiera hanno preso a volare leggere come farfalle su un fiore.

Vivo nel miracolo di essere ancora qui. Voglio dirvi, assolutamente devo dirvi, perché la vita stessa è un miracolo. Perché, quando sono morto, non ho visto un buco nero senza fine, ma solo luce, la luce radiosa del mio spirito e quella eterna di mio padre, unite come lo sono sempre state.

Nessuna conversione, nessun attrito, non l'ombra di panico o disperazione, non l'idea di aver lasciato dietro di me i miei affetti, mia moglie, i miei figli. Loro sì, nel dolore e nella tragedia. Io provavo felicità piena.

Ero già insieme a mio padre, che non era ancora nato. Vivevo attraverso di lui il suo primo viaggio nella vita.

"Babbo, stiamo viaggiando nel tempo".

"Sì, Fabino". La sua voce risuonava nella mia mente con delicatezza, il tono era caldo e calmo, proprio come la ricordavo.

Mio padre mi ha preso idealmente per mano e mi ha condotto alle origini della sua esistenza e della mia, laddove si congiungeva con la sua. La sua e la mia anima si sono fuse quel tanto che era necessario per permettermi di capire da dove vengo in realtà. Chi era lui, per comprendere chi sono io.

E, soprattutto, perché mi trovavo di là, con lui.

"Guarda le origini della mia vita, qui potrai scoprire l'amore che mi ha generato, l'amore che ti accompagnerà nella tua vita". Annuii.

Ricordo con precisione quel momento. Avrebbe potuto rimarcare ben altre cose della sua prima tappa, ben altri stati d'animo forse. Mi tramandava solo l'amore. Non ho mai avuto dubbi su questo, né quando ero in vita, né in questo momento.

Mio padre è nato in Italia, a Firenze, il 6 marzo 1926, sotto il segno dei Pesci. È stato concepito poco distante, a Livorno, una sera di tarda primavera, sotto una luna distratta e dispettosa. È stato il frutto di un incontro furtivo, il primo atto del suo destino, la partitura di un dramma sinfonico.

***

Il fascismo aveva raccolto come stracci le speranze di una popolazione stremata dalla Grande Guerra. Speranze derivate dalla disperazione e dalla fame, ma alle quali milioni di persone si erano aggrappate come all'unica scialuppa in mezzo all'Oceano. Poco importava se era in realtà solo un pezzo di legno, che galleggiava a fatica. Già si notavano all'orizzonte i prodromi di un altro devastante conflitto.

L'Accademia Navale di Livorno era molto più di una scuola militare, era il culto della Patria. Era parte integrante, maestosa, della città, dello scalo portuale prescelto dal regime fascista per dominare i commerci nel Mediterraneo e per accentrare l'arruolamento di giovani eccellenze marinare. Si entrava in Accademia per merito, dove per merito s'intendeva l'appartenenza ai ceti sociali più ricchi e nobili.

Giorgio Porzio era un cadetto, un ragazzo cresciuto in una famiglia borghese, benestante, sempre orientata a servire il Re e l'Italia. Era un fior di prossimo ufficiale. Bellissimo nella sua uniforme, una statua da ammirare, un uomo su cui basare le fortune belliche di un Paese.

Un uomo, una missione, nessun tentennamento nel suo ruolino d'istruzione, niente fallimenti nelle sue opzioni di vita e di carriera. Ma una, la prima e unica, gli fu fatale; ancora prima, molto prima di intraprendere il cammino per il quale gli era stato cucito addosso un abito troppo stretto.

Come lui, frequentavano l'Accademia tanti altri ragazzi aitanti, di famiglie borghesi. Erano i candidati ideali delle madri in cerca di marito per le proprie figlie. Avevano cognomi importanti, erano dei predestinati. Educati all'ordine e alla disciplina. Al comando e al rispetto.

Dall'America si stava diffondendo anche in Europa

il charleston. Veloce e brillante. Un ritmo di derivazione jazzistica, sincopato in quattro quarti. Era un ballo brioso, scoppiettante. Da lì a poco, a Parigi, una stella di nome Joséphine Baker, avrebbe fatto impazzire i pasciuti signori delle prime file alle Folies Bergère, con la sua minigonna fatta di banane di stoffa e perline.

Adele aveva studiato danza fin da piccola. La sua famiglia era agiata, aristocratica. I suoi genitori possedevano terreni, case in Toscana, tra Arezzo e Firenze. Per il suo 18mo compleanno le avevano regalato un anello con lo stemma di famiglia. Dentro uno scudo d'oro c'era un castello sullo sfondo, sovrastato da un guerriero in armatura.

Quella ballerina era una baronetta. In quei tempi bui e instabili per la maggioranza delle famiglie, lei avrebbe potuto permettersi il lusso di giocare con le bambole fino all'età del matrimonio. Matrimonio per il quale la madre, per regola nobiliare, avrebbe scelto lo sposo.

Adele aveva scelto invece di impegnarsi duramente nella danza classica. Sognava di essere la prima ballerina al Teatro alla Scala di Milano. Avrebbe avuto il mondo ad applaudirla. Lavorava senza pietà per se stessa. I suoi piedi soffrivano nelle scarpette da ballo. Erano roventi sotto la stoffa di raso, tutto il peso del corpo sulla punta delle dita. Per lei ballare era tutto, era una fatica molto più che sopportabile, necessaria. Era il suo avvenire.

Come altre ballerine d'opera, anche Adele rinfrancava il corpo e la mente con il ballo moderno, puro movimento ed energia.

Il charleston era vibrante. Dalla Carolina del Sud aveva superato rapidamente l'oceano fino a invadere le sale musicali italiane. Andava oltre le scritture musicali europee. La ballerina gettava le gambe all'indietro e all'esterno, con le ginocchia unite e le mani alternate sui fianchi. Contorsioni e salti suggerivano un nuovo modo di concepire e sperimentare il ritmo. Accanto alle percussioni tipiche, rullante, cassa, timpani, era nato un altro strumento, ancora oggi chiamato charleston. Due piatti di metallo posti uno sopra l'altro, rovesciati l'uno rispetto all'altro. Mossi da una pedana si baciavano con insistenza segnando le acrobazie della ballerina.

Non era l'opera lirica, non era nemmeno jazz, che prendeva d'assalto schiere di giovani come un moto popolare. Era qualcosa di più accattivante. Adele, incrociando freneticamente braccia e gambe, mandava in visibilio il pubblico dell'Accademia, una platea di giovani in uniforme riunita in auditorio per la serata di gala di fine corso.

Molti di questi erano sottufficiali, tutti loro sognavano l'America. La gonna plissettata di Adele svolazzava sul palcoscenico, sconvolgeva la mente dei ragazzi in divisa, ormai preda dell'eccitazione. I cadetti fischiavano, le urlavano inviti a cena (e dopo cena!). Giorgio se ne era follemente innamorato. Al primo istante, al primo sguardo di lei. Adele lo aveva folgorato con i suoi occhi azzurri e con le sue acrobazie che esaltavano la sensualità del suo corpo. Lo puntava e lo martellava con i suoi colpi d'anca. Anche per lei era stato amore a prima vista.

Giorgio faceva a gara con gli altri cadetti per mettersi in mostra. Si spingevano, si tiravano per le giacche. Una serata come quella valeva un anno di marce forzate, ore e ore immobili di guardia in garitta. Adele era la stella della serata, anche se altre ragazze piroettavano con lei. Le fascette nei capelli, le giarrettiere nere sprigionavano profumi inebrianti. Cipria, rossetti ed essenze ingabbiavano il respiro di quei futuri ufficiali, che fantasticavano sulla parte *libera* di quella libera uscita dall'Accademia, l'unica in un anno di ferma forzata. Miravano tutti al dopo- spettacolo.

Giorgio aveva guadagnato il suo sorriso, Adele lo inchiodava con il movimento veloce dei suoi fianchi. I piatti del charleston coprivano le grida dei cadetti. Tutto il resto scompariva.

Poco distante l'Accademia, gli uomini della città si davano appuntamento presso le case colorate. In città ve n'erano quattro. I nomi erano per lo più anonimi, i più le identificavano per i colori predominanti dei divani e delle tende nelle stanze. La Rosa, l'Azzurra, la Verde e la Bianca. Erano i casini, o case chiuse, o case di tolleranza, o bordelli controllati o, come spesso li chiamavano in Toscana, i villini.

Lo Stato assegnava la gestione, controllava le tenutarie, i frequentatori, i molestatori. I ragazzi dell'Accademia andavano alla Rosa, la migliore delle quattro, la più cara. I genitori sostenevano volentieri queste spese. Mai avrebbero permesso loro di azzuffarsi in qualche altro bordello, specie se clandestino o di *mala morte,* così definito a causa del rischio più alto di contrarre malattie veneree o di essere derubati.

La più popolare era la Bianca, forse a ricordare il fatto che alcune delle signorine avevano già superato i Cinquanta se non i Sessanta e i capelli, sotto vari strati di tinture, erano color sale. Le tariffe erano più basse, la probabilità di finire in stanza con una signora attempata piuttosto che una ragazza poco sopra i 30 anni era ben più alta. Le ventenni non esistevano in quella casa.

Si pagava per la durata dell'incontro, due ore, un'ora, mezzora, e a seconda del servizio svolto. Con le mani, con la bocca, alla *Spagnola* con il membro masturbato col seno, sesso completo, anale. Si pagava anche il numero di ragazze coinvolte: doppietta, tripletta. Le signorine giravano di città in città, e ad ogni passaggio si creavano i propri clienti affezionati. In genere il cambio veniva effettuato ogni quindici giorni, la cosiddetta *quindicina*.

Nelle case chiuse fasciste, scelta la ragazza, si versava il denaro stabilito dalla *maîtresse,* pagando in anticipo la prestazione, e si riceveva una marchetta, spesso a forma di gettone, che in camera si consegnava alla ragazza. Tante più marchette riusciva a raccogliere, tanto più denaro aveva la ragazza in cambio dei suoi servizi.

I bordelli illegali erano un'altra cosa, erano appartamenti privati dove ragazze non controllate dal punto di vista sanitario si accoppiavano a uomini ancora meno sani. La prostituzione era regolata da leggi severe. Il termine case chiuse derivava dalle persiane, che dovevano essere rigorosamente abbassate per riservatezza, non certo per un qualche divieto di ingresso, che non esisteva per nessuno che avesse compiuto i 18 anni. Tutti avevano accesso, anche i flanellisti, i guardoni che si trastullavano ammirando le sottovesti delle ragazze senza spendere un soldo, fin quando la maîtresse non li metteva alla porta.

"Chi non compra, liberi la sala", in questo modo la signora faceva sgombrare i perditempo. Tra i suoi compiti c'era anche la fondamentale regolamentazione del flusso di clienti e donne, per evitare le sempre possibili e pericolose relazioni sentimentali fra loro.

Alcune ragazze erano artiste del sesso, altre erano maldestre, senza garbo, né fantasia. La direttrice di turno faceva a gara per assicurarsi le migliori e via via scartare le altre. Era in gioco la reputazione della casa.

Il partito fascista, per ogni casa, aveva il suo agente di controllo. Verificava l'età del cliente, e talvolta chiudeva un occhio se il minore era accompagnato da un adulto, meglio se suo padre, e controllava che il ginecologo, il *tubista*, avesse buona cura dell'igiene delle ragazze, sottoposte a visite periodiche.

I manifesti della casa erano in tutte le stanze, per stimolare la fantasia degli avventori. Nelle fotografie in bianco e nero, le ragazze erano sorridenti, avvolte in pochi veli di pizzo, a seno scoperto, con le gambe affusolate, le scarpe nere con i tacchi e le natiche in bella vista. Erano vera e propria propaganda fascista, benché le case controllate fossero state inventate almeno sessant'anni prima del regime di Benito Mussolini. Quelle case, comunque, erano anche fonte d'informazioni per la polizia politica.

La Rosa era fuori portata per il ceto sociale meno abbiente. Sigarette e preservativi erano compresi nel prezzo, lo Stato applicava anche un'imposta più alta sulle entrate. Il rango dei clienti si distingueva dal tipo di marchetta che riuscivano a pagare, non dai loro muscoli o dal loro pene.

I giovani dell'Accademia si erano dati appuntamento alla Rosa. Uno di loro, il più navigato, aveva preso accordi con la tenutaria del casino. Niente sala d'aspetto e giostra delle ragazze per essere scelte. Ingresso riservato e subito in camera. Nessuno avrebbe avuto da obiettare sulla loro presenza alla Rosa, anche alti ufficiali ne erano clienti. E forse, proprio per non farsi canzonare da loro in caserma, avevano scelto la via anonima.

"Giorgio! Allora siamo d'accordo, sei di corvée anche tu!".

Il termine era perentorio, tra militari veniva usato per indicare un turno obbligatorio dei servizi meno raffinati, come pulire i cessi o pelare le patate. Soprattutto indicava il turno nel Villino. Quella sera nel salone dell'Accademia, i giovani quasi ufficiali facevano un chiasso inaudito con risate di eccitazione. C'era un'aria di disobbedienza assoluta; era parte della libera uscita, la parte che tutti aspettavano.

Giorgio aveva la testa altrove. "Sì, sì. Lo so. Chi arriva per ultimo paga per tutti!". Le parole gli uscirono dalla bocca da sole, la risposta ai suoi compagni di baldoria erano solo parole al vento.

Aveva appena scritto un biglietto e se lo girava tra le mani nervosamente. La scrittura era risultata tremolante e un tantino indecisa. L'aveva messo giù una, due, tre volte. Ogni volta limando e aggiungendo qualcosa. Troppo offensivo, troppo mediocre. Poco incisivo. Alla fine, gonfio di coraggio, l'aveva preparato semplice e diretto.

"Ti voglio!".

Il garzone addetto agli strumenti dello spettacolo aveva ricevuto la sua modesta paga quella sera. Eppure toccava la luna con un dito. Quel cadetto così in ordine nella divisa e così turbato nel cuore gli aveva consegnato il biglietto e gli aveva messo nella tasca del giubbetto così tante banconote che non riusciva a crederci. Oltre dieci, non sapeva contare senza prendere appunti. Erano di più, parecchie più di dieci. Erano comunque uno sproposito.

"Hai capito bene? Bussa al camerino della prima ballerina e resta lì finché non ti apre".

"Quindi le consegno il biglietto e vado via?", chiese il garzone.

"Le dai il biglietto e voli via!".

Il garzone si avvicinò al camerino. Gli tremavano le gambe, quasi fosse lui a voler uscire con la ragazza. Era preoccupato di dover ridare quel rotolo di banconote, se qualcosa fosse andato storto. Bussò secco. Poi bussò tre volte veloce. Sembrava un codice, ma non lo era. Non ebbe il coraggio di aspettare, passò il biglietto sotto la porta. Volò via, tenendosi ben stretta la tasca con i soldi.

Adele non si era ancora cambiata. Era seduta davanti allo specchio e pensava a quel ragazzo così bello in uniforme. I suoi sogni di ballerina si intrecciavano con i tormenti di chi è stata appena investita da un fulmine.

Vide il biglietto scivolare sotto la porta e le sue guance presero fuoco. Il suo cuore batteva all'impazzata. Non si alzò subito. Aveva capito di chi era il biglietto e ne aveva intuito il contenuto.

Il futuro le passò davanti veloce e violento come una tempesta. Le gambe erano molli, le dita tremolanti.

"Bambina mia. Quando verrà il momento, la tua pancia saprà riconoscerlo", le diceva spesso sua madre mentre le passava la spazzola sui capelli.

Certo, quelli erano i tempi in cui la cresceva leggendo libri di favole e principesse, pur sapendo che l'anima gemella di sua figlia sarebbe stata pesata non tanto per l'amore e la devozione, né per il rispetto dei sentimenti, quanto per i titoli familiari, conte, barone, duca, e per i poderi e terreni a disposizione della futura famiglia.

Col passare degli anni, la differenza di peso tra l'essere (amata e rispettata) e l'avere (titoli e proprietà) si era sbilanciata a favore della parte materiale di un promesso sposo. Adele non avrebbe mai ricevuto dai genitori il permesso di danzare di fronte a un pubblico adulto se non fosse stato di rango, come, per l'appunto, i cadetti e gli ufficiali dell'Accademia.

Sua madre aveva assistito allo spettacolo e con suo padre erano tornati a casa a metà serata. A riaccompagnarla a casa c'era l'aiutante di famiglia, una sorta di tuttofare, giardiniere, maniscalco, cuoco.

Lei era l'unica figlia. Suo fratello non c'era più. Era partito giovanissimo per il fronte austriaco, durante la Grande Guerra. Un telegramma dell'esercito aveva spento nei suoi genitori la fiducia di poter riabbracciare Vittorio. Era caduto durante un'azione militare nel Tirolo. Il suo amore per la montagna lo aveva portato a vestire l'uniforme grigio-verde degli Alpini.

Oltre alle offensive del nemico, i ragazzi fronteggiavano le insidie degli elementi. Tormente di neve, valanghe, trappole naturali formate dai ghiacci. L'avanzata a scatti repentini e veloci ritirate nelle trincee, spesso ricavate nella roccia, non si arrestava malgrado le condizioni proibitive. Nel tentativo di occupare le vette strategiche, per creare delle linee di combattimento fortificate e inaccessibili, i militari caricavano in spalla viveri ed equipaggiamenti e tiravano i muli carichi dei pezzi d'artiglieria.

Nell'adempimento del proprio dovere, sentito sino al sacri-

ficio, il Sotto Tenente degli Alpini Vittorio Dal Boni immolava la sua giovinezza sul fronte austriaco. Col cuore infranto da un dolore inestinguibile, nella certezza che il suo sacrificio non sarà vano, porgiamo alla Famiglia l'espressione del più sentito compianto.

Qualche giorno dopo il messaggio dell'Esercito, su Adele si concentrarono tutte le attenzioni dei genitori, cui era venuto a mancare il figlio maschio, una leva importante per farsi riconoscere ancor più come servitore della Patria e del Re.

Fino a quel momento, a lei erano state riservate le lezioni di pianoforte, di danza e di bon ton. Se ne occupava quasi esclusivamente sua madre, talvolta la nonna. La costruzione di una brava ragazza da maritare era il principale obiettivo, sia per la giovane, sia per la famiglia.

In pochi anni passati tra la Grande Guerra e la dittatura fascista, si era cementato il culto del militarismo, del vigore atletico, della virilità. La figura del maschio glorioso, capace di guidare l'Italia e Roma a nuovi fasti imperiali. Alla stretta di mano, considerata borghese, anti-igienica e segno di scarsa autorità, veniva sostituito il saluto romano obbligatorio, con il braccio destro alzato e teso, inclinato fino all'altezza degli occhi, il palmo della mano rivolto in basso e le dita unite.

Semplicità e compostezza invece di frivolezza e disordine nel portamento e nel vestire, nel parlare. Il modello giovanile era ispirato alla pulizia, niente barbe sul viso, fisico asciutto. Per le donne niente trucco o cosmesi, all'epoca sinonimo di vanità e di poca serietà. Maschi e femmine non seguivano gli stessi formulari e nelle scuole non erano ammesse le classi miste.

Il ruolo sociale della donna nei canoni del fascismo era quello di madre di famiglia, per dare più figli, forti e sani, al nuovo impero italiano. Anche la madre di Adele lavorava da tempo, e di fino, alla lista dei papabili sposi. Di lì a poco, la ragazza sarebbe stata preparata per l'appuntamento galante con un bravo-giovane-di-buona-famiglia.

Il Ventennio plasmava le nuove generazioni. Erano passati tre anni e mezzo da quel piovoso ottobre 1922 e dalla Marcia su Roma, con la quale Benito Mussolini, che reclamava per sé la carica di nuovo capo del governo, aveva convinto Re Vittorio Emanuele a non dichiarare lo stato d'assedio, sollecitato invece dalle altre coalizioni politiche.

Il Re aveva convocato Mussolini per formalizzargli l'incarico di formare un nuovo governo. Il Duce si era presentato un paio di settimane dopo in Parlamento con la lista dei ministri, tenendo nelle sue mani le redini del dicastero dell'Interno e la carica di ministro degli Esteri, chiaro segno di potere dentro e fuori il Paese.

La sua fotografia era in sintonia con il messaggio che avrebbe dato inizio al Ventennio fascista. Vestiva la *redingote*, un soprabito stretto in vita, lungo oltre le ginocchia, aperto sopra i pantaloni neri e le scarpe con le ghette.

Potevo fare di quest'aula sorda e grigia un bivacco di manipoli, potevo sprangare il Parlamento e costituire un Governo esclusivamente di fascisti. Potevo: ma non ho, almeno in questo primo tempo, voluto.[1]

Malgrado questa forma di diniego delle istituzioni, il suo governo era stato votato a larghissima maggioranza.

Negli anni a seguire, la legalità e l'ordine sociale vennero calpestati dallo squadrismo, gruppi di paramilitari armati che localmente reprimevano avversari politici. I saccheggi e le azioni intimidatorie misero a ferro e fuoco case, uffici, chiese. Mussolini, da principio, cercò di contenere i fasci più intransigenti, poi ne fece un uso indiscriminato. Per aumentare la sua autorità e il suo consenso visitò l'Italia in lungo e largo.

Grandi folle lo accoglievano festanti, attratte dall'uomo del popolo che era salito al potere. La fotografia che veniva rilanciata dalla gente in strada, dalla radio, dalla stampa e dal cinema, lo proponeva come duce, statista, condottiero. Era pilota, nuotatore, mecenate, bonificatore di paludi, costruttore di nuove scuole e centri sportivi, urbanista, fondatore di nuove città. Lui prometteva trionfi, una nuova rinascita, lavoro, istruzione. Le masse lo idolatravano.

Nel gennaio 1925, cinque mesi prima di quel ballo in Accademia, Mussolini aveva concentrato su di sé tutto il potere, il governo era ufficialmente diventato totalitario, una dittatura. L'adesione al regime era larghissima, a tratti plebiscitaria, e il grado di entusiasmo variava a seconda del ceto sociale e dell'età. Ragazzine e giovanotti crescevano nell'ideale di un Paese vittorioso in tutti i campi.

Adele, chiusa in camerino, credette di sentire il respiro del ragazzo fuori dalla porta, lo immaginò ancora stregato dalle sue acrobazie sul palco. Ripercorse i suoi sogni di bambina e si passò la spazzola sui capelli, seguendo inconsciamente i movimenti lunghi e delicati, imparati da sua madre. Si rimirava allo specchio, ma la sua attenzione era altrove.

Sapeva che avrebbe dato un dispiacere, molto più di un dispiacere, a sua madre, a suo padre. L'incanto della sua vita, secondo il modello della genitrice di una schiera di aitanti servitori del Duce, del Re, della Patria, stava per essere spazzato via da una tempesta ormonale.

La ragazza raccolse il biglietto. Era piegato in quattro. Lo aprì con impazienza come avrebbe fatto con un invito a un provino alla Scala di Milano. Sperando di leggere quello che già immaginava nel suo cuore. Gli occhi si riempirono di curiosità e desiderio.

Aprì la porta di scatto, anche se erano passati almeno dieci minuti da quando quel garzone aveva bussato. Si era arrovellata su come avrebbe potuto gestire la situazione con l'aiutante di famiglia, con i suoi genitori, con il copione da promessa sposa già scritto per lei.

L'ipotesi di una fuga d'amore si mescolava ai sogni di un futuro da prima ballerina alla Scala. Fate e gnomi si erano dati appuntamento nella sua testa, la pizzicavano come punte di spillo.

La luce soffusa del camerino si rifletté sul viso di Giorgio. Lui se ne stava in perfetto assetto militare, da alza bandiera. Tacchi uniti, petto fiero, spalle dritte. Adele ne fu accecata.

L'eleganza della divisa, i capelli ben curati, il viso scolpito, gli occhi luminosi di quel giovane, che si era così esplicitamente dichiarato.

Si tolse il cappello e lo tenne stretto davanti alla cintura.

"Sei bellissima, come ti chiami?", la fissò con dolcezza e riverenza.

"Adele. Adele Dal Boni", rispose con un sospiro profondo cercando di trattenere il rossore che si espandeva sulle gote, per un misto di timidezza e di calore che la pervadeva tutta.

Un conto era stuzzicare l'interesse di quel giovane durante il ballo sul palco, cosa che l'aveva fatta sentire irraggiungibile per quanto lei avrebbe voluto essere catturata fin da quegli istanti. Altro, era trovarselo davanti, eccitato, e lei senza scorta o protezione alcuna.

"Balla ancora, per favore. Voglio guardarti per ore e ore".

Adele non si avvicinò a lui. Le braccia le scesero molli lungo i fianchi, il biglietto cadde leggero davanti ai suoi piedi.

"Questa volta voglio che balli solo per me".

Le porse la mano. Con il palmo aperto e disteso.

"Vieni con me". La sua voce era suadente, sensuale e autorevole al tempo stesso.

Adele prese istintivamente le scarpe e un lungo scialle che mise sopra gli abiti di scena e si lasciò tirare per mano dal cadetto, non curandosi di chiudere neanche la porta del camerino, saltellando ripetutamente sul piede sinistro e poi sul destro per infilarsi le scarpe e tenere il passo con il suo cavaliere.

Un'autista aspettava il giovane davanti l'Accademia. Nessuno parlò. Lui le aprì la portiera e fece attenzione a non sciuparle il velo di seta quando la richiuse. Durante il breve tragitto non si dissero una parola, l'intimità era già parte di loro. Ogni tanto incrociavano gli sguardi, fermando l'attimo per renderlo ancora più sublime.

Il tragitto fu breve, intenso, memorabile. Lui scese dall'auto e invitò la sua dama allungandole la mano per aiutarla a scendere. Lei con elegante torsione e le ginocchia strette si appoggiò al suo gentiluomo, trattenendo lo scialle con un braccio attorno alla vita. Lo scialle le coprì le spalle e il corpo. Le gambe, a dispetto del suo tribolare con la seta, rimasero scoperte.

Entrarono in un palazzo d'epoca, signorile. Lei non si fece domande, in cuor suo sapeva che non l'avrebbe portata in un luogo non all'altezza del momento. Il portiere e i garzoni lo salutarono quasi in maniera militare, lei si sentì rincuorata e più libera dai condizionamenti familiari nel riconoscere tanto rispetto per suo quel seduttore sconosciuto.

Lui non sapeva nulla di lei, il cognome gli aveva rivelato radici nobiliari e men che meno avrebbe pensato di offenderla. Il suo animo era in sintonia con la purezza di Adele, non il suo ardore invece. Nelle sue vene il sangue ribolliva.

Quando la porta della stanza si richiuse alle loro spalle, rimasero fermi, fissandosi negli occhi. Lui fece cadere il cappello, che ancora una volta, per educazione e abitudine, teneva stretto davanti al corpo. Le sfiorò appena il viso con una mano, si studiarono, ancora immobili, memorizzando ogni singolo dettaglio del volto. Si penetrarono con lo sguardo.

Il primo bacio fu infinito, le mani di lui l'avvolsero in un abbraccio vigoroso. Le sollevò il vestito con le labbra ancora incollate alle sue. Le frange di paillettes gli frustarono il petto, con un tintinnio melodioso e pungente. Quel suono fu l'ultimo tentativo inconscio di risvegliare i due dalla passione. Non venne colto.

La baciava sul collo, le mordeva le orecchie. Si stringeva forte a lui piantandogli le unghie nella schiena. I loro corpi inseguivano la musica che era dentro di loro. Le mani di lui erano ovunque; si spinsero a piccoli passi verso la stanza, poco al di là del salottino d'ingresso. Della sua divisa era rimasto ben poco. Il suo abitino da charleston, le scarpe da ballo, le mutandine sul pavimento di mogano, descrivevano il loro frettoloso e ondeggiante percorso verso il letto.

Le gambe di Adele si stringevano attorno alla vita di Giorgio. Erano entrambi prigionieri del desiderio.

La loro vita stava per cambiare, per sempre. Si accarezzavano e si giuravano amore, si stringevano e si promettevano oceani di felicità.

La ballerina e il sottufficiale caddero appagati in un sonno armonioso, di tenerezza e complicità. Non avevano avuto il tempo di raccontarsi le loro aspirazioni, di chiedersi perché erano lì, o perché avrebbero sempre voluto esserlo. L'avrebbero fatto all'indomani, un indomani che arrivò troppo presto. La luce del mattino bagnò con urgenza i loro visi.

Un pulviscolo dorato filtrava dalle tende di raso della suite dell'albergo Excelsior, che i genitori di Giorgio avevano prenotato per tutti gli anni dell'Accademia per seguirne le promozioni anno per anno. Suo padre viveva a Milano, in Lombardia, trecento chilometri a nord dell'Accademia. Il padre di suo padre era stato ufficiale e così suo bisnonno. Andando indietro nei tempi dei tempi la sua famiglia era vissuta nella fierezza delle medaglie, nel rigido rispetto dei comandi, nell'onore degli alti gradi militari.

Giorgio li aveva disonorati.

Giorgio era sposato. I genitori avevano scelto per lui la carriera, la moglie e madre dei suoi futuri figli, tutto era stato pianificato fin dai primi anni di vita. Lui aveva frantumato i loro piani, tutti, in una notte struggente d'amore.

CAPITOLO IV

UNA TIGRE IN GABBIA

~

Adele si strinse a Giorgio facendosi largo tra le lenzuola stropicciate, poggiò lievemente il suo viso sul petto di lui. Prese a baciarlo di nuovo. Lui la tenne stretta, le sue braccia attorno alle spalle di Adele. L'abbraccio del mattino era una conferma dei giuramenti della sera prima. Lei si lasciò andare, sorridente, accanto al corpo di Giorgio.

La notte non aveva placato la loro voglia di giocare. Tutt'altro. La ragazza prese a solleticargli il naso con i suoi capelli, mentre lui catturava il suo corpo con una gamba. Adele premeva i polsi di Giorgio contro il cuscino per tenerlo fermo mentre lei si stendeva sul suo bacino. La luce del giorno premiava la flessuosità del corpo nudo di quella giovane ballerina. Lui era senza parole per la sua bellezza e senza fiato per l'emozione.

Adele cominciò a mordergli con finta cattiveria il labbro inferiore, il seno era schiacciato contro il suo petto. I piedi disegnavano la riga sulle gambe di lui. Lei era insistente, provocante. Giorgio non reagiva, alla ragazza poteva sembrare un felino sul punto di scattare per possederla ancora. Lei non aspettava altro che diventare preda di un corpo così caldo e avvolgente.

"Sono sposato…".

Con un filo di voce si liberò di un peso angosciante, ben sapendo che quel macigno gli sarebbe ripiombato addosso inchiodandolo alle sue responsabilità.

Giorgio era stato allevato nel rigore militare, mai aveva

cercato di sottrarsi agli impegni che i genitori e la scuola gli presentavano. A casa sua, disciplina e lealtà erano parole scolpite nella pietra. Era l'unico maschio della nuova generazione familiare, le sue tre sorelle, tutte più grandi di lui, non avrebbero potuto dare continuità al cognome e tantomeno presentarsi in uniforme da ufficiale il giorno della laurea.

Qualche marachella l'aveva pur fatta da ragazzino, niente di serio. Qualche scherzo ai compagni di classe, non da bullo, non era il tipo, semmai da buontempone. Anche in quelle occasioni non l'aveva passata liscia ed era stato portato in direzione per un richiamo davanti ai genitori. Sua madre, Ginevra, gli avrebbe perdonato qualsiasi cosa, non che avesse un debole per il ragazzo, piuttosto perché si fidava del suo giudizio e della sua capacità di distinguere il bene dal male, come gli era stato insegnato.

Anche l'emozione del primo bacio, suo malgrado, l'aveva dovuta condividere con i suoi, prima di tutto con le sorelle, che gli fecero il terzo grado. Sofia, era la compagna di classe di Sonia, la più piccola di loro. Che coppia! Sonia e Sofia, due piccole vipere agli occhi di Giorgio. Poco più che quindicenne lei, appena nei quattordici lui. Si piacevano e si stuzzicavano da lontano, si sfidavano col sorriso. Un pomeriggio d'inverno Sofia approfittò della distrazione della sua amica del cuore che, con candida complicità si era allontanata dalla stanza per andare dalla mamma in cucina.

Giorgio seguiva le loro attività con vivida fantasia appoggiato su un fianco al muro opposto alla porta, sbirciava dalla fessura che le ragazze lasciavano aperta, solo quando sapevano che il ragazzo era lì. Faceva parte del loro gioco d'adescamento, dei primi esperimenti di conquista. Il ragazzo si scostò rapido dalla sua postazione per non farsi beccare da Sonia.

Quando tornò al muro, trasalì. La stanza era vuota, non

c'era più nessuna, come aveva potuto distrarsi?

Sofia lo sorprese. Come una pantera balzò dall'angolo dove si era nascosta e gli stampò un bacio sulle labbra. Lui si lasciò attaccare una seconda e una terza volta prima di passare all'offensiva.

"Sofia, mi raggiungi in cucina?", chiamò a gran voce Sonia per dare all'amica il segnale di ritirata.

Alla sera, era già di dominio familiare. La mamma aveva notato il viso sognante del ragazzino ma non voleva infierire più di quanto stessero già facendo le sorelle.

Suo padre, il capitano Gian Guido, informato appena rientrato a casa, si limitò a passarlo in rassegna da capo a piedi con sguardo severo e compiaciuto. Il suo bambino aveva appena scoperto la mascolinità e lui già si prefigurava il giorno in cui l'avrebbe svezzato alla giostra delle ragazze del bordello. Secondo una regola non scritta, ai padri, specie se di famiglia agiata, con stellette sulla divisa o gradi di partito, era riservata questa missione, che svolgevano con soddisfazione. Come un gagliardetto da appuntare sul petto e un vanto con amici o colleghi.

Per i ragazzi era come un debutto in società. Al tempo giusto, Gian Guido aveva scelto il meglio per il suo rampollo. Si era messo d'accordo con la *maîtresse* per un giro privato tra nuove arrivate e artiste del piacere. Suo padre si appartò con una ragazza bionda, alta e un po' rotondetta, abbondante di seno e di natiche. Giorgio scelse una ragazza acqua e sapone, con i capelli neri corti e ondulati, i capezzoli belli rosa e le coppe piccole, pelle morbida color perla. Si chiamava Wilma, o almeno quello era il suo nome per il pubblico. Quella sera le fece guadagnare molte marchette.

Altre e altre volte era andato, con commilitoni o da solo, al cambio della quindicina, al carosello delle ragazze.

Si sforzò di capire dove la sua vita aveva preso una piega per lui insopportabile. Perché, come e quando i genitori avevano deciso che era iniziata per lui la carriera di marito e, in un futuro non troppo lontano, di padre.

La sua mente era svuotata di ricordi: nessuno dei visi di quelle ragazze emergeva dalla nebbia del tempo, niente nomi, neanche un profumo. Tanto meno quello di sua moglie, Violetta. No. Aveva solo Adele dentro, sopra, nella testa, nel cuore, nella pancia. Sulla pancia.

Adele gli aveva coperto gli occhi con la mano. Era a cavalcioni sul suo ventre, poco sopra l'inguine. Lo accarezzava lieve per scatenare quel desiderio che si faceva attendere un po' troppo.

La confessione di Giorgio le tolse il fiato.

Si allontanò bruscamente come se avesse sentito un ragno camminarle sulla schiena.

"Mio Dio!?!".

Si tirò su di scatto, allontanandosi da quel corpo che d'improvviso era diventato urticante, come il tappeto a chiodi di un fachiro. Si portò le mani alla bocca per non gridare, anche se forse non ne avrebbe avuto la forza. Avrebbe voluto graffiarlo, picchiarlo, fargli male. Scoppiò a piangere tenendosi la testa stretta tra le gambe. Si rannicchiò sul bordo del letto, voleva fuggire ma non sapeva dove. Rimase lì, inchiodata.

"Non amo mia moglie, perdonami. Perdonami. Te lo giuro. È stato un matrimonio combinato fra le famiglie, eravamo già promessi sposi dall'età di 15 anni. Hanno fatto tutto i nostri genitori. Tutto era già deciso, la carriera militare, la mia vita privata, il mio posto in società. Tutto".

"Te lo giuro. T'imploro di credermi".

Giorgio scosse il corpo di Adele che aveva perso il suo calore e la sua morbidezza e sembrava ora quello di una statua marmorea del Canova. Una lama le aveva trafitto il cuore e l'aveva trasformata in pietra. Era priva di reazioni.

"Troverò una soluzione: tu sei tutto quello che ho sempre sognato nella vita", promise.

Giorgio, nello sconforto continuava a fare promesse che sapeva di non poter mantenere, ma che sperava si potessero realizzare, come per magia. Nella sua testa si affollavano in rapida sequenza lo sguardo senza appello di suo padre, la tremenda sensazione di essere strappato dell'uniforme e gettato in pasto ai leoni. La giostra impazzita delle conseguenze girava sempre più forte facendo perno sulle sue gambe.

"Adele, guardami. Ti amo, voglio vivere con te il resto della mia vita".

"Adele, ti prego. Possiamo essere felici, credimi".

Lei non si muoveva, continuava a singhiozzare, senza speranza. Le lacrime non scendevano più, aveva finito anche quelle. La sua pelle sembrava più secca di un deserto abissino. Giorgio l'accarezzava. Lei non provava nemmeno a respingerlo, non reagiva ai suoi tentativi di richiamarla a sé.

Il giovane sottufficiale cercava di farsi perdonare, di farsi amare, sapeva di essere una tigre in gabbia. Correva col pensiero da una parte all'altra della stanza, che si restringeva sempre di più. Non c'era via d'uscita. Lo sapeva benissimo ma non voleva né considerarlo, né confessarlo. La sua vita, la vita di Adele erano in grave pericolo. Lo sapeva anche lei.

Era il 10 giugno 1925. Le donne non avevano diritti. In più, la separazione dei coniugi non era ammissibile in nessun caso. Giorgio e Adele erano adulteri, criminali in un mondo chiuso al ripensamento. Privo di perdono, intriso di onore e castigo.

L'adulterio era uno dei reati più gravi, non solo verso la famiglia. Era una violazione inammissibile, un segno senza appello di mancanza di lealtà alla Patria. In più, lui era un militare. Non un militare qualunque, non un ragazzo pronto alle marce forzate in cambio di un tozzo di pane e il rancio quotidiano, non un giovane uomo destinato ad affrontare i cannoni del nemico con un esile fucile a baionetta tra le mani.

Giorgio era un cadetto dell'Accademia, l'élite dei militari di rango; un futuro capitano, colonnello, generale. Una vita in guanti bianchi al servizio del Tricolore. Un percorso ben lontano dalle trincee di fango. Tanto era l'onore, altrettanto era il dovere.

Il codice militare prevedeva il raddoppio delle pene, fino alla pena di morte in caso di disonore, tradimento, diserzione.

Lei non aveva medaglie o gagliardetti sul suo radar, né prima, né dopo quella notte d'amore. L'adulterio nel codice fascista era prima di tutto colpa della donna.

La donna deve obbedire. Essa è analitica, non sintetica. Ha forse mai fatto dell›architettura in tutti questi secoli? Le dica di costruirmi una capanna, non dico un tempio! Non lo può! Essa è estranea all›architettura, che è la sintesi di tutte le arti, e ciò è un simbolo del suo destino. La mia opinione della sua parte nello Stato è in opposizione ad ogni femminismo. Naturalmente essa non dev›essere una schiava, ma se io le concedessi il diritto elettorale, mi si deriderebbe. Nel nostro Stato essa non deve contare.[2]

Il dettato di Benito Mussolini non dava spazio a permessi o concessioni per il gentil sesso. Doveva essere madre, genitrice, generatrice di nuovi uomini per la Patria.

Molti fascisti, il Duce prima degli altri, alimentavano altre vite fuori dal focolare domestico, amavano altre donne e non solo fisicamente nelle case chiuse. Proprio lui che predicava, razzolava male. Introdusse pene severe contro la bestemmia, ma non era un uomo incline a sopportare i dogmi della Chiesa. Castigò senza pietà l'infedeltà familiare, benché fosse il primo a non rispettarla.

Secondo il credo fascista, la forza era anche nei numeri. Le donne avevano un ruolo di vertice in questo, in quanto madri, non in quanto donne.

Qualche inintelligente dice: siamo in troppi. Gli intelligenti rispondono: Siamo in pochi. Il numero è la forza dei popoli che dispongono della terra necessaria: e ciò non occorre nemmeno dimostrarlo. Ma è anche la forza dei popoli che non dispongono della terra necessaria, se sanno tendere mente e muscoli per conquistarla. Conquistarsela in Patria, utilizzando ogni palmo libero, bonificando e coltivando a regola d'arte o conquistarsela fuori, dove che sia il soverchio e il vacante. [3]

Mussolini incaricava le donne di alimentare la razza e la potenza delle sue armate, quando parlava di milioni di baionette pronte a servire il Paese.

[...] Si tratta di vedere se l'anima dell'Italia fascista è o non è irreparabilmente impestata di edonismo, borghesismo, filisteismo. Il coefficiente di natalità non è soltanto l'indice della progrediente potenza della patria [...], ma è anche quello che distinguerà dagli altri popoli, europei, il popolo fascista, in quanto indicherà la sua vitalità e la sua volontà di tramandare questa vitalità nei secoli. [...] Ora una Nazione esiste non solo come storia o come territorio, ma come masse umane che si riproducono di generazione in generazione. Caso contrario è la servitù o la fine. [...]

[...] In una Italia tutta bonificata, coltivata, irrigata, disciplinata: cioè fascista, c'è posto e pane ancora per dieci milioni di uomini. Sessanta milioni di italiani faranno sentire il peso della loro massa e della loro forza nella storia del mondo.[4]

Neanche alle ragazze dell'élite perbenista veniva concesso granché. La politica demografica, che comprese anche tasse sul celibato, ricondusse la donna, moglie e madre, a macchina riproduttiva per rendere grande la nazione.

In una notte, in una sole notte, Giorgio bruciò tutti i codici d'onore trascinando Adele in un baratro senza ritorno, nel quale lei avrebbe dovuto rispondere della colpa di aver ammaliato un alfiere del Re e di averlo portato alla perdizione. Avrebbe dovuto subire la giusta punizione per aver amato sentimentalmente e carnalmente prima di essersi vincolata a quell'uomo come sua legittima sposa.

Seduta sul bordo del letto, commiserava se stessa per aver seguito l'ardore e non la sua coscienza, per non aver saputo aggrapparsi ai suoi sogni del Teatro alla Scala e aver creduto alla fiaba del principe azzurro. L'amore della notte era diventato ormai un incubo, il profumo del mattino era acido, la sudorazione della sua pelle preannunciava l'anticamera dell'inferno.

Ripensava con sgomento a suo padre Anselmo, immaginando con paura e angoscia il loro prossimo incontro; a suo fratello Vittorio, del quale le mancava l'eterno sorriso; a sua madre Agata e alla dedizione con cui la preparava al gran giorno con l'obiettivo di farne una figlia felice o più probabilmente una consorte desolata e senza fortuna. Con sua madre avevano guardato la lista dei pretendenti e scartato quelli con la puzza sotto il naso, i panciuti, i maleducati. Lo desiderava con gli occhi chiari, sua madre bocciava gli altri. Mani grandi, pensiero fine, letterato sì, ma non prolisso. Intelligente, certamente, ma non presuntuoso.

Agata rimpolpava e accorciava quell'elenco. Suo obiettivo primario era maritare Adele con il miglior partito, scelto segretamente dalla figlia. Quell'amore fugace, irrispettoso avrebbe cambiato tutto. Adele lo sapeva e ne era distrutta.

La sua famiglia avrebbe reagito come tutte le famiglie in vista. Malissimo. Non l'avrebbe appoggiata, in niente che fosse stato appena fuori dalle regole. Non avrebbe retto alla vergogna di una figlia complice, se non istigatrice, di adulterio; colpevole di aver dissacrato l'istituzione della donna-madre.

I genitori di Giorgio avrebbero reagito nell'unico modo concepibile: un disonore da pagare duramente, anche a costo di sacrificare il proprio figlio di fronte al tribunale penale e militare.

Entrambi i giovani sapevano alla perfezione in che mondo, in che epoca stavano vivendo questa favola diventata tragedia in un battito di ali.

Lei era trafitta da un sogno d'amore infranto; lui era travolto dal rimorso per averla ferita ed era tormentato dall'idea che non avrebbe potuto fare nulla per allontanarsi in qualche modo dalla moglie, dalla famiglia, dall'Accademia. Da un processo per infamia e crimini nei confronti della Patria.

Il sole era già alto, la suite era illuminata a pieno giorno. Il grande pendolo che sovrastava la specchiera marcava implacabile lo scorrere delle ore. Era parte della stanza, parte di un palcoscenico cui nessuno prestava attenzione.

Il dramma che si stava consumando metteva tutto fuori fuoco, l'obiettivo catturava quei due ragazzi, ne accentuava il loro disorientamento. Storditi, aspettavano che si compisse il loro destino.

I colleghi di Giorgio si erano ubriacati alla Rosa, avevano fatto sesso fino a intorpidirsi l'anima. Si erano vantati delle loro prestazioni, si erano sfidati l'uno con l'altro a chi avrebbe collezionato più ragazze, come le tacche segnate su un fucile per contare i nemici abbattuti.

La notte alla Rosa era stata appagante, come al solito. Tra una ragazza e l'altra i cadetti s'incontravano nel salotto, discutevano di politica, di tattiche militari, di donne, di calcio. Si davano appuntamento ora per ora, si scambiavano le ragazze, decantandone le doti amorose, pavoneggiandosi delle loro prestazioni. Si ritrovavano nel salotto, si sfottevano e il carosello ripartiva.

L'uscita secondaria del villino sembrava il pontile di una nave, allo sbarco dopo una traversata di settimane col mare in tempesta. I ragazzi scendevano in strada barcollando per il fumo e l'alcol, storditi dal sesso. Le uniformi ciondolavano su quei corpi atletici, le giacche erano aper-

Una Vita Extra

te, le cinture non erano tirate a dovere. Alcuni procedevano con le scarpe in mano, scalzi sui ciottoli del porto.

Le pietre della strada erano ancora umide, il sole non le aveva asciugate del tutto. Quella pattuglia di sottufficiali emanava un acre, inconfondibile odore misto di tabacco e un'accozzaglia di profumi, una nuvola di vapore pungente che li avrebbe accompagnati fino all'Accademia.

Il tempo di rimettersi in sesto, di passarsi un po' di brillantina sui capelli e di presentarsi all'alza bandiera in uniforme, cappello, guanti e fucile dritto sul petto.

Il capitano in comando li avrebbe controllati con severità, li avrebbe setacciati e passati alla lente d'ingrandimento, maltrattandoli con il ghigno di chi quella stessa sera era stato nello stesso posto, ma con più esperienza di loro e con una favorita.

La serata di libera uscita terminava alle sei del mattino. Il rigore militare non ammetteva deviazioni, scuse, fallimenti. Anche la sera dell'Accademia, la sera di fine corso, non prevedeva distacchi dalla ferma obbligatoria, né permessi temporanei salvo per casi di forza maggiore, come la morte di un genitore.

Giorgio non era rientrato. Il capitano se ne accorse immediatamente, al primo giro d'appello dei ragazzi, che venivano chiamati per nome e cognome con tono deciso e assordante e dovevano rispondere senza esitazione e con voce altrettanto squillante.

"Lanfranco Antonelli".

"Presente, Signore!".

"Carcarlo Bignami".

"Presente Signore!".

Il tutto durava pochi minuti in rapida sequenza. Erano come colpi di sciabola tra il comandante e la truppa.

Arrivato alla lettera P, certo di avere risposta immediata, pronunciò:

"Giorgio Porzio".

"Diserzione!", esclamò dopo dieci secondi esatti, che contò nella sua testa con il sistema del mille-uno, mille-due, mille-tre... mille-dieci.

L'aiutante del capitano prese nota, mentre il suo superiore continuò la chiamata fino all'ultimo marinaio.

Era passato un anno dall'ultima assenza ingiustificata di un cadetto. Anche in tal caso si era trattato di un mancato rientro dalla libera uscita di fine corso. Il militare, per sua sfortuna-fortuna, era caduto da un argine della darsena ed aveva battuto la testa contro il bordo in pietra prima di finire in acqua. Era completamente ubriaco e incedeva con il corpo sbilenco, alternando curve improvvise.

I suoi amici, anche loro alticci e sovreccitati per la notte con le ragazze, avevano formato una catena umana e, aiutandosi con le cinghie dei pantaloni, l'avevano tirato fuori dall'acqua e salvato da quel pasticcio. Il cadetto, però, non ne voleva sapere di riprendere conoscenza, per l'alcol e per la botta rimediata durante lo scivolone. I suoi capelli erano intrisi di sangue. Dovettero chiamare un'autoambulanza, che lo portò in ospedale.

Se la cavò con qualche punto di sutura sulla nuca, con la reprimenda dei genitori e con una diserzione, trasformata in espulsione dall'Accademia. La famiglia, con l'aiuto di un gerarca fascista compiacente, riuscì ad evitare il processo davanti alla corte militare.

Il codice penale militare in vigore era quello del tempo di pace. L'abbandono, senza autorizzazione, del reparto di appartenenza prevedeva vari gradi di giudizio. Il mancato rientro al termine di un regolare permesso di libera uscita, era una colpa grave, punibile con l'arresto. In tempo di guerra veniva considerato un crimine passibile di pena di morte. L'Accademia adottava sempre il pugno più severo.

Terminata l'adunata, venne diramato un mandato di cattura.

"Abbiamo un disertore! Portatelo subito qui", aggiunse

il Comandante dell'Accademia nel consegnare ai Carabinieri l'ordinanza contro Giorgio Porzio.

Informarono il padre, che mosse tutte le sue conoscenze per rintracciarlo. Non poteva credere che proprio suo figlio si fosse reso responsabile di tanto disonore e di condotta irrispettosa della Bandiera. Non aveva idea di cosa fosse successo, ma rispose alla chiamata dei suoi pari:

"Lo troveremo!".

Fu più facile di quanto potesse immaginare. Il capitano Gian Guido Porzio chiamò l'Excelsior. "Preparate la mia suite, sarò lì quanto prima".

Il concierge superò l'imbarazzo e comunicò al padre che la stanza in quel momento era occupata.

"Suo figlio, Signore…".

"Ha per caso visto mio figlio, ha sue notizie?", si affrettò ad aggiungere l'ufficiale con tono apprensivo, confidando in qualche notizia non troppo brutta: un incidente, magari. Lieve, ma tale da salvare Giorgio dalla corte marziale.

"Suo figlio ha dormito da noi questa notte".

"E dov'è, ora?". Il tono diventò austero, inquisitore.

Adele era immobile, non un sospiro, non un segno di emozione. Il tempo si era fermato. Lui fissava il soffitto, perso in un mondo che correva in mille direzioni. Non si curarono del pendolo, segnava ormai le dieci del mattino. Non si accorsero che qualcuno stava bussando alla porta.

I carabinieri imposero al portiere dell'albergo di aprire la suite.

"Signore, lei è in arresto!".

Giorgio non oppose resistenza; infilò la divisa militare e si mise le scarpe. Non fece in tempo ad allacciarle. Era assente, afferrò il cappello e lo mise in testa, senza badare alla forma. Lo portarono via in manette.

Le accuse erano pesanti e di varia natura. Alla diserzione per non essersi presentato al cospetto della bandiera si aggiungeva l'adulterio. Un manifesto d'infamia per la Regia Marina, per un Italiano, per un fascista: disertore e traditore.

Adele fu lasciata dov'era, senza un commento. Senza uno sguardo né una parola da parte dei carabinieri. Non erano venuti per lei.

Il padre di Giorgio raggiunse l'Accademia, era furioso, avrebbe voluto fustigarlo a sangue. Era addolorato, avrebbe voluto salvare suo figlio. Gli venne letto il carico delle responsabilità contestate a Giorgio. Avrebbe dovuto presentarsi davanti alla corte marziale il giorno seguente. Quella civile avrebbe fatto il suo corso, più lento.

Il ragazzo sembrava non accorgersi di quello che gli stava accadendo, continuava a pensare alla notte passata, al sorriso di Adele, ai suoi occhi cristallini, alle emozioni mai provate prima di allora. Dalla sua mente erano scomparse quasi d'incanto le preoccupazioni, i timori per il futuro. Sua moglie? Non esisteva. Il codice militare? Nemmeno.

Lo segregarono in una cella grigia come la calce, pensata e disegnata per piegare i prigionieri, i nemici, portandoli all'alienazione. Vi era a malapena lo spazio per girarsi. Secondo le discipline carcerarie del Regno, al militare disertore spettava la segregazione cellulare a pane ed acqua col pancaccio e una coperta al posto del letto.

Dalla piccola finestra affacciata sul cortile interno filtrava ben poca luce. Era senza vetri, per far passare l'aria, con solo due barre orizzontali e due verticali giuntate nei punti di unione. Anche avesse avuto gli strumenti per segare le sbarre non c'era abbastanza spazio per una fuga.

Era una vecchia prigione usata durante la Grande Guerra. Nessuno vi era stato più rinchiuso fino a quel momento. Giorgio se ne stava seduto con i piedi sul tavolaccio di legno, le spalle alla parete, l'uniforme buttata addosso. La giacca per terra, i pantaloni con la cintura ancora slacciata, le scarpe anch'esse slacciate.

Quella notte all'Excelsior era stata magica. Adele lo aveva amato con tutta se stessa; lui l'aveva posseduta senza alcun freno. I due ragazzi si erano desiderati senza alcun ripensamento.

Né Adele, né Giorgio si erano posti dubbi sull'autenticità del loro amore, avrebbero potuto avere una famiglia. Avere un figlio. Ancora meglio se fosse stato concepito in quella meravigliosa notte d'amore.

Proprio così. Mio padre era già in viaggio!

***

Babbo, ricordo questa storia, me l'hai descritta nei minimi dettagli centinaia di volte. E sempre mi dicevi: "Vedi come sono stato fortunato? Sono stato concepito con Amore". Quando pronunciava la parola Amore, potevo distinguere chiaramente il suono della A maiuscola.

"Proprio come te, con Amore". La straordinaria capacità di Don Sergio di prendere solo l'aspetto positivo e annullare tutto il resto mi accompagnerà sempre, come un faro insperato nell'oceano più insidioso. "Quando intorno si vedono solo e soltanto problemi, la soluzione devi essere tu", mi diceva. E ha sempre avuto ragione.

***

Il padre di Giorgio era tormentato dalla vergogna e dai sensi di colpa verso i consuoceri e Violetta. Trovò il coraggio di comunicare il fattaccio. Non chiese il loro perdono, non lo cercava. Era, sì, ferito nell'orgoglio militare, ma era terribilmente scosso per la sorte di suo figlio. Gian Guido era all'Excelsior, sdraiato sullo stesso letto dove poc'anzi si era consumata la più grande storia d'amore e di perdizione. Con le braccia sotto la testa fissava il soffitto, disperato per suo figlio. Intanto, il suo ragazzo passava la notte in quella misera cella d'isolamento in attesa del verdetto che già sapeva non sarebbe stato clemente.

Nel silenzio della notte, le guardie camminavano battendo i tacchi a ritmo marziale lungo il corridoio di quell'ala abbandonata della prestigiosa scuola navale. I passi rimbombavano in modo tremendo, preannunciavano sentenze senza ritorno.

Il plotone si fermò davanti alla cella di Giorgio, per condurlo dinnanzi ai giudici militari. Il tintinnio delle chiavi sostituì il rumore degli stivali, senza alterarne i presagi negativi.

"Capitano! Capitano!". Il plotone invocò l'intervento di un superiore.

Giorgio penzolava dalle barre della finestrella, con la cinghia dei pantaloni attorno al collo.

La sua vita era finita proprio nel momento in cui era iniziata davvero.

Era stata una notte d'amore intenso, eterno.

Di quelli che valgono una vita.

Di quelli dai quali nasce la vita. Una nuova vita.

Il piccolo Sergio era appena stato concepito. Il destino lo stava già prendendo a schiaffi.

***

Sentivo quegli schiaffi sulla mia pelle?
NO.
Mi sono lasciato guidare dal sorriso di mio padre, ero in grado di assorbirne tutta l'energia positiva e contraccambiarla.

Forse è proprio questa la dimensione dell'Aldilà: l'amore e la sua energia positiva.

CAPITOLO V

UN RAGAZZO IRREQUIETO

~

Adele contrasse i muscoli delle gambe con forza. Non era più sulla pista da ballo. Le scarpette, i sogni, l'amore erano rimasti in quella suite dell'Excelsior. Nove mesi prima.

I suoi genitori l'avevano mandata a Firenze, da suo zio Aldo, un uomo di legge, molto stimato dal governo.

Aldo, fratello minore di Anselmo, era intelligente, pratico, di buon senso, ma assai chiuso alle relazioni sentimentali. Non si era sposato. Nessuna storia lo aveva convinto a impegnarsi sul serio. Anche perché la sua debolezza era l'ossessione per il nome di famiglia. Il nome era un valore da preservare.

In segreto non voleva passare per un seguace convinto del fascismo. Conosceva a menadito l'architrave con cui il Duce si proponeva di costruire la nuova Italia.

La nazione non è la semplice somma degli individui viventi, né lo strumento dei partiti per i loro fini, ma un organismo comprendente la serie indefinita delle generazioni di cui i singoli sono elementi transeunti; è la sintesi suprema di tutti i valori materiali e immateriali della stirpe. [..] Se un uomo non sente la gioia e l'orgoglio di essere "continuato" come individuo, come famiglia e come popolo, niente possono le leggi anche, e vorrei dire soprattutto, se draconiane. Bisogna che le leggi siano un pungolo al costume. [5]

Da un lato avvertiva la minaccia politica che gli suggeriva di farsi una propria famiglia al più presto. Dall'altro si barcamenava per difendere la sua condizione di scapolo d'oro, ormai cinquantenne. Il nome Dal Boni era diventato per lui uno scudo, sia contro le donne a caccia di marito, sia per tenere a bada gerarchi e spioni. Preferiva farsi sfottere come un caso *umano*. Sopportava di buon grado battute anche pepate sul suo essere refrattario al matrimonio, non alle donne, pur di evitare di finire nel mirino per il mancato contributo alla procreazione della nuova razza italiana.

Aveva fatto ricerche araldiche molto approfondite. Aveva ricostruito l'albero genealogico Dal Boni fin dalle sue prime apparizioni in Toscana, nel Casentino, una delle quattro valli della provincia di Arezzo, dove sorge il Monte Falterona, la culla del fiume Arno.

Il Casentino affonda le proprie radici nella più lontana preistoria. Aldo Dal Boni considerava se stesso un diretto discendente degli Etruschi, ne era un devoto studioso. L'Arno assumeva nel suo pensiero un'energia mistica.

Aveva fatto fondere metalli preziosi per forgiare l'anello di famiglia: vi erano tutti i segni del coraggio, della forza, del lavoro, della gloria. Armature stilizzate, ali di fenice, foglie di alloro. E una corona con sette perle, segno aristocratico del Barone.

L'anello con lo stemma di famiglia non era un semplice gioiello, né tantomeno una forma di snobismo. Aldo voleva rappresentare, lo sentiva come un dovere assoluto, l'eredità trasmessagli dalla civiltà etrusca.

Indossare quell'anello lo vestiva della tradizione, dell'identità, della fedeltà a un casato.

Mai avrebbe permesso uno sfregio, neppure simbolico al nome della famiglia. Per questo motivo si era tenuto lontano da fidanzamenti ufficiali, anche se a un certo punto della vita avrebbe avuto bisogno di elevarsi con una ragazza di rango superiore, soprattutto per questioni economiche.

Alla fine della Grande Guerra il suo studio legale, poco

distante da Piazza della Signoria, aveva sofferto un deflusso importante di clienti; molti imprenditori e ricchi borghesi erano sull'orlo del fallimento, altri tenevano stretti e nascosti i propri averi per paura che venissero confiscati. Il Paese, la città, erano per lo più alla fame. Bottegai, pellettieri, librai si scrutavano gli uni con gli altri e in silenzio misuravano la rispettiva situazione finanziaria.

Giada Lombardi era figlia di un commerciante di gioielli che, oltre ad avere un florido portafoglio di clienti da Venezia a Roma, era stato fortunato nell'accasarsi con una ragazza di ottima famiglia. Secondo alcuni, piuttosto che di buona sorte si era trattato di una conquista premeditata.

Giada e Aldo, alla soglia dei suoi quarant'anni, si erano spinti ben oltre il semplice corteggiamento. Lei, di otto anni più giovane, era contessa da parte di madre, la sua dote era imponente. Aldo ne era innamorato, ma poco prima di presentarsi dal Conte Lombardi per chiedere in sposa la figlia venne a sapere che quest'ultimo aveva sperperato le sue fortune con una vita da viveur e per coprire i suoi buchi aveva prosciugato anche il patrimonio della moglie, ormai ridotto al lumicino malgrado la vendita di terreni e proprietà.

Aldo avrebbe dovuto far fronte con le sue esigue risorse alla famiglia che si apprestava a formare e, in più, tenere a galla la famiglia di Giada, sobbarcandosi pignoramenti, debiti e ipoteche. Per amore della ragazza l'avrebbe fatto, se non avesse capito di essere stato anche lui preda di una caccia preordinata dal padre.

La delusione aveva fatto svanire l'idea di potersi abbandonare all'amore, mentre la spinta a salvare il suo buon nome aveva avuto un effetto rigenerante, tanto da riuscire a imporsi di nuovo.

Il valore del casato era tornato al centro dei suoi pensieri, la ricerca di una consorte poteva attendere. Quanto Anselmo gli stava chiedendo mutava drasticamente le prospettive. Non avrebbe immaginato di dover cercare d'impalmare sua nipote. E in fretta e furia.

Sapeva di dover guidare i genitori di Adele nella scelta di un marito dal nome e rango appropriato. Importante, ma non tale da offuscare quell'anello, che un giorno sarebbe andato a un nuovo maschio in famiglia, con un altro cognome. Forestiero, se proprio necessario, pur sfidando il regime, purché non così tanto da diluire il sangue etrusco.

Aldo, che di professione si curava dei guai altrui, senza mai doverne rispondere di persona, mai e poi mai avrebbe pensato di dover vivere e mettere la propria firma a un dramma personale. Come genere letterario era un tipo da dramma, più che da romanzo di cappa e spada; ma leggerlo sì, scriverlo per se stesso, proprio no.

Era il 1926, il 6 marzo, per la precisione. A Firenze l'editore Roberto Bemporad pubblicava le *Novelle per un anno* di Luigi Pirandello. Aldo ne era un appassionato lettore. Le trovava avvincenti nella disperata sovrapposizione di verità e autenticità, senza legame o filo logico. Era affascinato dai riscontri nella vita reale delle situazioni cui lo scrittore immergeva il paradosso, l'impossibilità di distinguere tra realtà e finzione.

Cercò di trarre spunto dai personaggi della raccolta *Tutt'e Tre*, nella quale per sistemare il frutto delle tresche amorose di un signorotto venne individuato, da sua moglie, un notaio molto ricco ma fisicamente sgradevole, per sposare una delle amanti dell'adultero che da questi aveva avuto un figlio.

Aldo sognava grandi orizzonti per la nipote, un futuro radioso, un marito nobile e fedele, dei figli, maschi soprattutto.

Quel pomeriggio era del tutto sospeso tra teatro e realtà, fra paradosso pirandelliano e frustrazione di un progetto generazionale.

Letizia era un'ostetrica di grande esperienza. Si raccontava di lei, a torto o ragione, che avesse aiutato a partorire alcune primipare della famiglia reale, che infanti di nobili e alti ufficiali avessero avuto lei come levatrice. Il fascismo attribuiva un ruolo primario alla donna-madre e puniva severamente l'aborto, tanto da inserirlo qualche anno più tardi nel codice penale. Di conseguenza anche l'ostetrica era un cardine della propagandata crescita demografica.

Firenze era centro intellettuale del regime e, di contro, anche serbatoio di informazione e disinformazione. Alessandro Pavolini, giovane esponente del fascismo fiorentino, squadrista sanguinario, poi asceso per volere di Mussolini a Ministro della Cultura Popolare, il cosiddetto Minculpop, appuntava molta attenzione alle prestazioni delle ostetriche, che definiva *arte dei parti*.

Le mani di Letizia avevano un alone quasi di sacralità, un'aura di mistero. Il tocco rapido e flessuoso, la mente lucida e calma, mai collera, invidia o civetteria. La sua era una sorta di chirurgia mistica. In una frazione di secondo, in un duello contro il tempo e la fisica, prendeva tra le mani quella nuova vita, ne assecondava l'uscita tirando senza forzare perché doveva sguisciare dalla vagina senza intoppi. In quell'istante, Letizia doveva tagliare il cordone ombelicale e richiamare il neonato alla respirazione e al primo pianto liberatorio.

Una manovra che aveva compiuto migliaia di volte, aveva una sua routine anche scaramantica. Quando percepiva l'attimo vitale si faceva il segno della croce invocando il sostegno dalla Vergine, alzava le mani congiungendole davanti alla bocca e lasciava riemergere dentro di sé il ricordo di sua madre che l'aveva partorita da sola, mentre suo padre era corso in cerca di aiuto. Sua madre era morta in quel momento. Sarebbe stata fiera di lei e mai le avrebbe fatto mancare il sorriso che purtroppo non poté mai vedere.

Prese respiro, portò le mani sulla testa di Adele e la

invitò ad un'ultima spinta verso il basso. Era da più di due ore che, a intervalli sempre più accorciati, eseguiva le indicazioni dell'ostetrica, contrastandole inconsciamente. Non ne voleva sapere di separarsi dalla vita che custodiva in grembo. Viveva il momento del parto come un secondo addio al suo amore Giorgio.

Le contrazioni dell'utero si erano fatte più forti, i suoi occhi erano di color rosso carminio. Aveva pianto fin dall'inizio del travaglio. Erano le lacrime che non aveva versato fin da quella sera, un fiume in piena che aveva trattenuto in mesi di apatia isterica. Sua madre l'aveva nutrita a forza, lei non viveva, non sorrideva, era assente. In cuor suo si teneva in vita per tenere in vita suo figlio, o almeno fino a quando non sarebbe nato.

I polmoni di Adele si gonfiavano e sgonfiavano più velocemente, ma era un moto spontaneo. Lei non gemeva, non urlava. Non collaborava. Nella stanza della clinica si sentiva solo la voce dell'ostetrica, sempre più decisa, incalzante. "Dai. Dai. Dai. Così!".

"Spingi. Spingi".

"Forza. Ci sei. Ci sei. Dai".

Aldo era poco distante. La sua casa era a un isolato dalla clinica.

Però era assolutamente lontano dalla clinica. La sua fatica era di tutt'altro tipo.

Fin dalle prime ore del mattino aveva ricevuto ragazzi, uomini; nobili, proprietari di fattorie, artisti, gerarchi fascisti, mercanti, notai, architetti.

Aveva ascoltato referenze, richiesto ceppi familiari, presentato la situazione, esaminato le discendenze, i titoli di studio, le ambizioni, i sostegni finanziari.

Almeno una dozzina di pretendenti sembrava non deprimere molto i sogni di Aldo, che consultava di continuo l'anello di famiglia in silenzio e senza farsi accorgere. Nella speranza di un segno risolutore.

Mentre lei era sul punto di partorire, lo zio esaminava le proposte di matrimonio che aveva collezionato per sua nipote, una ragazza non più vergine che, in cambio, garantiva una posizione sociale di tutto rilievo.

Uno scandalo per la famiglia Dal Boni, che sarebbe stato lavato con una fede nuziale. Un boccone amaro, reso digeribile grazie al denaro e a un salto di categoria, per il consorte disposto ad avere nel proprio letto una donna amata da un altro uomo, e con un figlio in arrivo.

Il regime fascista puniva e classificava, e allo stesso tempo copriva e riconosceva la fedeltà nel tono più sublime, verso la Patria. Aldo lavorava su questo da settimane.

Era chiaramente esclusa la possibilità che tra il promesso sposo e Adele potesse nascere anche una minima scintilla di amore. Era un aspetto irrilevante nelle trattative. Si badava piuttosto alle contropartite economiche e sociali.

Adele non chiese nulla, né sarebbe stata consultata nella scelta del marito, come neppure sarebbero state ascoltate le sue richieste.

L'ostetrica non mollava la presa. Lavorava sulle gambe e il respiro di Adele.

Adele si decise a spingere. Quella creatura era tutto ciò che le era rimasto, adesso la desiderava con tutta la forza del mondo. Non avrebbe più potuto trattenerla dentro di sé, sarebbe stato impossibile continuare a sottrarla al richiamo della vita.

Spinse e spinse ancora.

"Ecco. Ecco. Così. Ci siamooo!!".

Un urlo squarciò quel momento, fece tremare le pareti.

Adele visse quell'espulsione come l'applauso fragoroso del Teatro alla Scala, le prime file tutte in piedi, il direttore del balletto in tripudio, il loggione che tirava fiori fino a ricoprirle i piedi.

Da quella bellissima, tremenda notte, la sua voce non aveva raggiunto vette così alte. Prolungò quell'acuto con rabbia, scaricandosi del tutto. Strillò con quanto fiato avesse in corpo. Strinse i braccioli della sedia da parto, fino a penetrarli con le unghie.

L'ostetrica lacrimava dalla fatica e dall'emozione. Ancora una volta era stata benedetta dagli angeli, tutti col volto di sua madre.

Le suore della clinica le avevano raccontato la storia di Adele. Nell'aiutarla a partorire Letizia soffriva con lei, per lei. In quasi trent'anni di lavoro e di nascite, si era sempre immedesimata con la puerpera. Mai in questo modo.

"Adele!", tuonò l'ostetrica.

"È un maschio. Un maschio!".

Sottolineò con vigore il sesso del bambino nella speranza di un avvenire migliore di quello tipicamente riservato alle femmine.

"È un maschietto", il tono cambiò come fosse figlio suo, mentre lo porgeva all'abbraccio della sua mamma.

L'urlo di Adele si tramutò in pianto. Pianse dalla gioia e continuò a piangere appena quel piccino avvolto in panni tiepidi le sfiorò il viso. "È mio figlio", disse all'ostetrica in un misto di incredulità e protezione.

"Sergio, ti chiamerò Sergio, amore mio. Sei bellissimo!".

Quando era bambina, Aldo le raccontava fiabe e storie fantastiche di guerrieri e uomini valorosi. Il più valoroso di tutti era Sergio. Era pura invenzione di suo zio ma lei ne rimaneva incantata e si addormentava pensando al suo eroe.

Sergio, di favola in favola, era stato un cavaliere che salvava principesse, un navigatore che sbarcava su spiagge inesplorate, un violinista, un giocoliere, un generale, un principe e poi un re. Un cantante lirico, uno scienziato, un letterato, e ancora un principe. E un imperatore.

Adele non si staccava mai dal suo piccolo, aspettava solo il momento in cui Sergio avrebbe aperto gli occhi. Lei voleva essere lì, voleva trasmettergli tutto il suo amore.

Al primo sguardo l'avrebbe sommerso di baci e carezze. Il suo eroe avrebbe riconosciuto la sua mamma e insieme avrebbero attraversato deserti, montagne, fiumi.

In clinica non riceveva visite, non le era permesso.

Non un familiare, non un'amica. Nemmeno i genitori. Nessuna delle persone che conosceva o delle ragazze che ballavano con lei sarebbero mai andate a trovarla. Una ragazza madre era quanto di più disdicevole potesse capitare a una famiglia rispettabile.

L'unica ammessa era l'ostetrica per i controlli medici. Alcune suore erano gentili e premurose, nel cambiare lenzuola o prepararle da mangiare. Pregavano per lei e il suo bambino. Altre erano più brusche, vedevano in lei il peccato. In lui, il frutto del peccato.

Lo zio Aldo pensava a tutto. Così doveva essere. Fino a quando non si fosse trovato un marito e intanto passavano le settimane.

Lei aveva Sergio, un bambino stupendo, con due occhi grandi come ciliegie e un sorriso capace di illuminare la stanzetta della clinica. Le gambe sottili, magrissimo, sempre in movimento, piedi e mani.

"Un ragazzo intraprendente", commentò l'ostetrica. "Sembra voglia andar via di qui al più presto".

"Ne ho visti di bambini. Il tuo è speciale. Sa perfettamente quello che vuole. Guardalo!".

Letizia, che di esperienza in fatto di neonati ne aveva da vendere, riconobbe l'energia degli audaci in quel neonato. Ne fu colpita.

Lo zio attraversò il lungo corridoio della clinica, a passo deciso. Quando arrivò alla porta si lasciò sfuggire un sospiro. Entrava in quella stanza per la prima volta. Il bambino era nato da un paio di mesi, Aldo s'informava dall'ostetrica e dalle suore della salute di entrambi.

Bussò alla porta prima di entrare. Più per entrare nel dramma, che per rispetto o educazione.

"Ah, ecco il tuo ragazzo. Come si chiama? Dobbiamo registrarlo".

"Sergio", rispose con emozione Adele, prendendo coraggio.

"Zio, l'ho chiamato come l'eroe delle tue storie. Non trovi che sia come lo raccontavi?".

Aldo aveva in testa i negoziati; lo avevano sfinito, quasi posseduto. Non pensava ad altro, di notte aveva gli incubi e ripensava a Giada e a suo padre, e le storie di Pirandello lo rendevano ancora più agitato.

Aveva nelle sue mani il futuro di Adele e del bambino, il nome della famiglia, la costruzione di una storia che non intaccasse il nome della famiglia e fosse capace di assorbire le battute ironiche di colleghi e conoscenti, ma non lo facesse precipitare nella rubrica dei sorvegliati speciali della polizia fascista. Era un lavoro di sbalzo e cesello, un tipo d'arte che gli etruschi chiamavano *Toreutica*.

Il toreuta lavora il metallo procedendo da più direzioni; dietro, con lo sbalzo, per creare il rilievo in negativo, sulla faccia opposta della lastra; davanti, con il cesello per modellarla in positivo, arricchendola di dettagli.

I due strumenti sono complementari e il perfezionamento dell'opera avviene dominando la materia senza offenderla ma esaltandola. Aldo si sentiva un po' toreuta. Come nella lavorazione del metallo per farne un oggetto prezioso, il lavoro di fino consente la riflessione e la riflessione aiuta la ricerca.

Non si sarebbe presentato dalla nipote senza il contratto già definito nei dettagli, limato e blindato.

Adele, si lasciò andare, sapeva di potersi fidare almeno del suo amato zio.

"Si chiama Sergio".

"Sergio Dal Boni. Suona bene! Non pensi, zio?".

"Ecco…", la gelò Aldo con voce sommessa.

La suora che era nella stanza ritirò i piatti in fretta.

Era come invisibile in quel momento, ma preferì esserlo davvero. Uscì e chiuse la porta senza fiatare.

La stanza era piombata in un silenzio che si tagliava col coltello.

"Ragazza mia...

... Ecco, non sarà esattamente così, ti ho trovato un marito".

Adele lo ascoltava impietrita, senza opporsi, malgrado avvertisse un bruciore allo stomaco e la testa cominciasse a scoppiarle.

Aldo ignorò la sedia dalla quale sarebbe stato più facile gestire le parole. Amava profondamente Adele, come fosse figlia sua e non di suo fratello.

"Sai... è una persona per bene, responsabile..."

Adele aveva smesso di ascoltarlo.

"... ha quasi il doppio della tua età, non è mai stato fidanzato e ha una famiglia di notai alle spalle..."

Lo zio rallentò il suo incedere. Il tono della voce si fece più commiserevole.

"... è un ottimo partito!".

"Il matrimonio si svolgerà qui, a Firenze il mese prossimo"

"Verranno anche i tuoi genitori..."

"... subito dopo la cerimonia potrai andare a vivere a casa sua".

Baciò sulla fronte Adele, che era sprofondata nello schienale inclinato del lettino. Era un gesto per risvegliare la sua attenzione. Non aveva ancora finito.

Qualcosa di sinistro aleggiava su madre e figlio, avvoltoi neri e spaventosi stavano per piombare addosso ai due per farne banchetto. Lo zio stava parlando al singolare...

Adele strinse al petto Sergino tanto da farne coincidere il respiro con il suo.

"Adele mia... questo ragazzo starà meglio nell'Istituto religioso per i bambini orfani", sentenziò lo zio girandosi verso la porta per evitare lo sguardo implorante di sua nipote e per non fissare troppo il piccolino. Guai a cadere facile preda dei ripensamenti e dei rimorsi.

Il destino si stava beffando una seconda volta di mio padre. Credo lo stesse rendendo più forte.

"Nooo, Noooooo!", Adele si alzò di scatto, tenendo Sergio il più stretto possibile.

Gettò le gambe fuori dal lettino, strappandosi di dosso le lenzuola che la fasciavano. Fece una piroetta come ai tempi del Charleston.

Schivò le mani dello zio che cercava di trattenerla.

Scalza, con soltanto una sottoveste addosso, percorse tutto il corridoio prima di essere fermata dalle suore.

A forza le strapparono di mano suo figlio.

Sergio aveva iniziato a giocare. Da solo, faccia a faccia con le sue stelle più capricciose.

La vita di Adele era finita di nuovo in un tritacarne, senza fortuna, senza amore, priva di significato. Cadde stremata e devastata. Lo zio Aldo portò via il bambino con l'aiuto di un'infermiera, senza proferire parola, gonfio di tristezza e vergogna per quell'azione irreversibile della quale provò rimorso fino all'ultimo respiro della sua vita, vissuta non più da scapolone ma da vecchio acido e solitario.

Suor Erminia, la madre superiora che accolse mio padre all'Istituto per orfani era abituata a questo tipo di incarichi. Li svolgeva senza particolare emozione, almeno in apparenza. Era nata 65 anni prima, in coincidenza con la proclamazione del Regno d'Italia, da genitori nobili, con vescovi, marchesi e feudatari nel loro casato. Appena nata era già stata promessa in sposa al primogenito di un Ducato confinante. Suo padre, con una scelta sbagliata dopo l'altra - politica, militare e territoriale - aveva dilapidato i possedimenti di famiglia. Erminia era l'ultima moneta di scambio per risollevare il loro stemma. Venne usata come vittima sacrificale sul tavolo delle cambiali, come un *pagherò* di lunghissima durata, 18 anni. In cambio, il padre ottenne indietro terre e miniere perse lungo la strada dei suoi continui fallimenti.

Giunta alla maggiore età e al momento di confluire in matrimonio con il primogenito del Duca, un giovane avaro e sfaticato e fisicamente poco apprezzabile, Erminia trovò il coraggio di rifiutarsi mettendo in imbarazzo le due famiglie convenute per il gran giorno. Si sottrasse a quel matrimonio combinato nascondendosi nelle scuderie di famiglia prima di essere condotta in Chiesa. Si era data appuntamento nel fienile con il figlio del maniscalco, un ventenne spiritoso, senza un briciolo di educazione scolastica, il viso da schiaffi, galante e spregiudicato. Un vero scandalo.

I due vennero scoperti quasi subito, la scappatella d'amore o di convenienza mandò a monte gli accordi matrimoniali e fece indiavolare il padre di Erminia che si trovò costretto a ripagare, con tanto di interessi, il contratto che non era più in grado di onorare. Per sua fortuna e con l'aiuto di un buon contabile era riuscito a far rigirare il flusso degli introiti dalle produzioni agricole, cosa che gli avrebbe consentito di rinegoziare il debito con il futuro consuocero. Cosa, che avrebbe potuto fare anche prima, evitando alla figlia quel martirio, ma vi rinunciò per mantenere la parola data.

Erminia aveva studiato uno stratagemma con quel giovane, che di lei era innamorato e disposto a farsi rosolare ai ferri. A suo dire, era un piano infallibile. Se i due si fossero fatti trovare in una situazione sconveniente, lei sarebbe stata scartata come promessa sposa in un matrimonio combinato. Né un conte, né un marchese l'avrebbero più accettata tra le loro lenzuola, se non più vergine. Erminia non aveva però tenuto conto delle conseguenze, per lei ancora più insopportabili.

Venne messa in castigo nella soffitta del palazzo fino a quando un monsignore molto vicino alla famiglia ne consigliò la sua chiusura in convento. Un favore alla Chiesa, sempre alla ricerca di monache ed educatrici cattoliche, che avrebbe dato al padre ulteriore lustro e influenza nei confronti della monarchia.

La vita di Erminia, fra rosari, penitenze e santini, diventò uno stillicidio di privazioni. Non era per nulla tagliata per la vocazione; un'esistenza costellata di rinunce e segnata dal voto di castità. Detestava la clausura che le era stata imposta, bruciando la sua giovinezza per espiare i peccati del suo spiantato genitore. Frustrazione e astio l'avevano accompagnata per tutti i primi trent'anni di monastero. Sfogava la propria rabbia soprattutto sulle novizie o sulle madri dei ragazzi che anno dopo anno le venivano assegnati. Molti di loro, infatti, erano pargoli di ragazze madri che, al suo contrario, avevano sperimentato l'amore. Non si chiedeva se con dolore o tenerezza, per denaro o per una sbandata. Non era affar suo, poco le importava.

Suor Erminia era perfida e irascibile. Lo era stata finché non raggiunse la menopausa; poi si era rasserenata, non certo trasformata in agnellino. Aveva preso a leggere e a studiare filosofia, il suo temperamento era cambiato. Sempre autoritario, non più ostinatamente crudele. Anche suor Erminia, col tempo, aveva guadagnato quel briciolo di umanità che ci si aspetterebbe da chi serve e professa la fede o ascolta le umane debolezze procurando sollievo all'anima.

La morbidezza dei suoi tratti da ragazza era svanita sotto il peso della collera che l'aveva guidata durante tutti quegli anni. I suoi lineamenti erano un misto tra il ceppo austriaco di suo padre e quello mediterraneo della madre. Da ragazza aveva i capelli biondi ondulati, ora erano corti e innevati, il grigiore della sua testa era ben nascosto dalla benda di lino e dalla fascia che arrivava al sotto collo, ma le sopracciglia svelavano i colori naturali con qualche ciuffo biondo sporco, come i baffi di un vecchio fumatore accanito. Gli occhi scuri, una volta potevano essere castani, ora apparivano solo d'acciaio. Acciaio lavorato a specchio quando inforcava gli occhialini da lettura. Una leggera simmetria negli zigomi dava vieppiù risalto alla linea del naso sottile e appuntito e alle labbra piccole di un pallido rosa; la pelle era chiara, la statura era nella media, più vicino a quella della madre bassa e rotondetta, che del padre alto quasi due metri. La tonaca nascondeva il suo fisico affilato, che si rivelava nelle dita delle mani, lunghe e puntute.

La sua fama di madre superiora dal polso di ferro faceva di lei la prima scelta di chi necessitasse un istituto governato con ordine e disciplina, una garanzia per la custodia di un bambino ancora da allattare, da crescere, educare, e principalmente tenere lontano dalla mamma naturale e nascosto al mondo intero.

Suor Erminia attendeva la macchina di Aldo Dal Boni nel piazzale dell'Istituto, di cui era la direttrice e reggente. Aldo si era fatto annunciare nei giorni dei negoziati.

Lo zio e l'infermiera, che teneva il piccolo in braccio, scesero dall'auto e scambiarono con la suora i saluti di rito. Lei si chinò per controllare il contenuto della culla, un paniere con il manico di paglia intrecciata, nella quale Sergio dormiva nella copertina che sprigionava ancora il profumo della sua mamma. Non che fosse stato un riguardo verso il piccolo o un metodo per non farlo piangere. Nella concitazione di separarlo da Adele, il bimbo era stato traslato direttamente nella culla così com'era.

Suor Erminia mise le mani sotto la schiena di Sergio, spogliandolo della copertina e alzandolo dritto di fronte a lei, fino a stabilirne un contatto con gli occhi.

Lui cominciò a sgambettare e ad agitare in tondo le

mani come volesse creare un gorgo capace di inghiottire quel mostro che mal distingueva e che sembrava un'ombra nera circondata da un sadico luccichio.

Era come se stesse già progettando la sua prima fuga da questa prigione per bambini abbandonati.

"Come si chiama?", chiese la suora allo zio, allontanando il bambino dal viso perché ne aveva avvertito l'ardore di una testa dura, difficile da forgiare.

"Sergio".

"Sergio, e poi...?", incalzò la direttrice.

"Sergio N.N.", tagliò corto Aldo.

***

N.N. era l'acronimo che indicava i bambini senza cognome paterno, visto che all'epoca dare il cognome della madre non era né pensabile, né tollerabile. Quei bambini erano figli di N.N., individui dalla paternità indefinita, figli di nessuno. Affrontare il mondo con il marchio *Nomen Nescio*, nome sconosciuto, non era il migliore degli inizi.

Le immagini scorrevano davanti ai miei occhi come in slow motion. Avevo la sensazione di aver conosciuto mio padre molto prima di quando nacqui. Avevo acquisito un nuovo livello di conoscenza della mia esistenza, uno mai raggiunto quand'ero con lui, in vita.

"Babbo, hai sempre scherzato su quel N.N., forse ne andavi addirittura fiero".

Mio padre ha sempre considerato lo zio Aldo come una figura positiva, non dico da emulare ma almeno da apprezzare.

Ne ho ricavato solo un altro sorriso, peraltro molto eloquente.

***

Sergino quasi cadde dalle mani della suora, tanto si agitò a quelle parole. Già cercava di liberarsi dalla stretta della strega.

"Abbiamo proprio un ragazzo irrequieto, qui", concluse la suora girando le spalle allo zio Aldo, che salì in macchina senza aggiungere altro.

Mentre chiudeva la portiera dell'auto fece in tempo a sentire la profezia di suor Erminia.

"Come scalpiti ragazzino! Da grande farai il giro del mondo. Ma, per ora, te ne starai chiuso qui!", promise con un ghigno beffardo la madre superiora.

CAPITOLO VI

EVVIVA! SIAMO DI NUOVO IN GUERRA!

∼

In quel momento avrei potuto classificare quel distacco che avevo appena visto e vissuto come mio, come un'ingiustizia e un atto intollerabile di crudeltà. E lo era!

Tuttavia, la reazione composta di mio padre, piena di amore incondizionato, non mi ha permesso di allontanarmi dal significato del *dopo*, dal percorso che dal *di qua* porta al *di là*.

Di là ritroviamo i nostri dubbi, le nostre ambizioni. Ci sono i nostri punti fermi, i nostri Santi che, non vediamo, ma sono sempre anche *di qua*. Difetti, pregi, momenti di gloria e cadute rovinose, *di là* ritroviamo tutto, senza sconti.

Con un'enorme, fondamentale differenza. Il valore del tempo. In questi anni, mentre riordinavo le idee per dare un senso alla mia esperienza e mettevo giù queste righe, ho molto riflettuto sul valore del tempo.

Intendo il valore-del-tempo, non il tempo.

Il valore-del-tempo è la più incostante delle variabili della nostra vita. Se avete la pazienza di accompagnarmi in questo viaggio, ci troveremo spesso a fare i conti con questa variabile, assolutamente incalcolabile, imprevedibile, incontrollabile.

Il valore del tempo governa la nostra felicità, e i nostri timori. Come quello di morire. O di vivere, nel senso pieno di questa parola.

Come in un paradosso, la paura della morte assume un significato solo durante la vita. Perché cerchiamo di misurare il valore del tempo senza capirne a fondo la sua equazione. E non possiamo farlo. Abbiamo paura della morte perché siamo responsabili, responsabili delle nostre azioni, verso noi stessi, verso chi amiamo. È il passaggio tremendo che si chiama distacco, e forse è lo stesso che proviamo quando ci separiamo da nostra madre il primo giorno della nostra vita. Senza saperlo, se non inconsciamente, ci portiamo dietro quella sensazione, quella paura, tutta la vita. Il distacco può durare un secondo, un'ora o un'altra frazione di tempo. Ma, quando siamo morti, smette di tormentarci, svanisce, come se tornassimo nel grembo materno.

Tanto per essere chiari, durante la mia (prima) vita non credo di aver mai pensato alla fine dei miei giorni, ho sempre vissuto come un super-uomo, credendomi immortale o pretendendo di esserlo.

Visto che sono morto e sono nato di nuovo, vi chiederete se ora ho paura-della-morte. No, non ho paura della morte per come me la sono sentita confezionata addosso, perfettamente su misura.

Ho invece una terribile, irrimediabile paura-di-morire. Quel distacco mi fa tremare solo al pensiero ora che so come avviene, come può devastare i sentimenti di chi lasci dietro di te, come può inghiottire tutto in un vortice senza fine. Per fortuna, in questo caso ci viene in aiuto il valore-del-tempo che ho imparato a comprendere più di prima, non del tutto, ma sicuramente più di prima.

Per farmi capire meglio, torno al paradosso precedente: se la paura di morire mi terrorizza, ma la morte non mi fa paura perché arriva un attimo dopo la vita e ha il potere di congelare tutto, allora la paura di morire, che appartiene alla vita, non deve ostacolare la vita. Devo vivere meglio la vita, devo dargli quanto più valore mi sia possibile e impossibile fare, e non solo sperare di prolungare il più possibile il tempo in cui sono vivo.

"Qui, figlio mio, troverai una parte di quel valore".

Mio padre sapeva tutto di me, mi guidava attraverso la mia infanzia che si rifletteva nella sua, seppure ben diversa della mia, nella ricerca dell'amicizia, negli ardori giovanili, nei sogni e negli ideali della prima ora.

Siamo entrati insieme in un grande edificio.

***

L'Istituto cattolico per i bambini orfani era tenue nelle sfumature di colore, austero nelle forme, immerso nelle colline toscane attorno a Firenze, con vista sui campi coltivati e sulle striature degradanti di verde, dall'olivastro al trifoglio, dal pino all'asparago. Era stato eretto nel Medioevo ma aveva subìto attacchi vandalici, incursioni e guerre, fino a essere quasi del tutto distrutto, in ogni caso poco abitabile per centinaia di anni.

Alla fine del 1700 si trovarono i fondi sufficienti per la completa ricostruzione grazie all'intercessione di alcuni nobili presso la corte di Pietro Leopoldo d'Asburgo-Lorena, Granduca di Toscana e penultimo Imperatore del Sacro Romano Impero. Questi era un riformatore, specie nell'agricoltura dove soppresse dazi e pedaggi e risanò le maremme del basso senese.

Ma con la Chiesa ebbe fin da principio un pessimo viatico, inasprito con l'abolizione della proprietà fondiaria di manomorta che, tra l'altro, sanciva l'esenzione d'imposta sui poderi e fabbricati che gli enti religiosi ricevevano dalle letture testamentarie di devoti signorotti defunti.

Tuttavia, l'illuminato Granduca, che sciolse molti codici cristallizzati nel tempo come il reato di lesa maestà, la confisca dei beni, la tortura e la pena capitale, non era un sovrano contrario alla religione, sosteneva invece, e anche economicamente, l'autonomia dei luoghi di culto locali, tanto da restaurare chiese, monasteri, orfanotrofi.

L'Istituto era poco visibile per i passanti. Un enorme, altissimo cancello in ferro sbarrava loro la strada. E la sbarrava anche a chi era dentro. Le suore, i bambini, tutti e solo maschi, minori di 14 anni. La madre superiora.

Quella costruzione era senza età, dal suo restauro non aveva più sofferto l'incedere del tempo. Era immobile, impenetrabile, irraggiungibile. Un muro gigantesco di mattoni intarsiati difendeva la proprietà da sguardi indiscreti. Tanto nelle celle, quanto negli spazi comuni come il parlatorio, il coro, il refettorio, la navata centrale affrescata, l'altare del primo Seicento, si respirava un odore freddo, quasi cremoso, misto a cera e fumo di candele spente, sapone fatto in casa, oli, erbe. Le suore lavavano a mano drappi, lenzuola e indumenti con la cenere di legno e sui pavimenti passavano la lisciva, ottenuta dopo la bollitura in acqua delle stesse ceneri, setacciate per eliminare pietruzze e carboncini.

Le mani delle monache erano levigate dalla cenere e imbiancate dalla lisciva, tutt'intorno era asettico, immacolato. Camminavano nei corridoi del casermone a piccoli passi in rapidissima sequenza, muovevano i piedi come pinguini sul ghiaccio. Erano ovunque, sempre. Un esercito di formiche operose e terrorizzate dalla regina, suor Erminia.

Dalle altre colline, alcune sovrastanti, altre più basse, quell'edificio appariva come un serpente addormentato su se stesso, con giri interminabili di cipressi. Alberi bellissimi, fieri nel portamento, snelli ed eleganti. Si prendevano cura da soli, nessuno tagliava loro i rami o ne curava la forma. Erano così da centinaia di anni e lo sarebbero stati per centinaia di anni a venire.

Sergio aveva un rapporto assiduo con i cipressi. Li aveva studiati durante i primi anni della sua vita. Lì dentro, nella caserma-prigione dei bambini intrappolati, c'erano suore e cipressi. Cipressi e suore. Entrambi si presentavano in fila davanti a lui, gli impedivano la fuga. Ma i primi erano compiacenti, le altre erano inflessibili, obbedienti agli ordini della superiora.

I cipressi erano lì da prima. Molto prima di quell'edificio, molto prima del Medioevo, del Sacro Romano Impero. Erano lì dal tempo degli Etruschi, e questo inconsciamente li legava ancora di più a quel ragazzo esuberante. Forse perché quegli alberi erano calmi, abili nell'assecondare il vento, impossibili da rompere e tanto meno da scalare.

Non erano un possibile rifugio in altezza. I cipressi non hanno rami su cui arrampicarsi, perché sono molto piccoli e intrecciati fra loro. Non hanno foglie dove nascondersi, perché sono in realtà piccole squame attaccate ai rametti e addossate le une alle altre.

Ma la loro presenza mistica era l'unico riparo dall'angoscia persistente dell'essere confinato lì. Erano fonte di immaginazione. Erano eternamente lì, come genitori forti e comprensivi, silenziosi e allo stesso tempo capaci di trasmettere energia e speranza.

Erano passati nove lunghi, lunghissimi anni da quando era stato depositato all'Istituto da suo zio. Da quando era stato preso in carico dalla madre superiora. Non aveva alcun ricordo di quel momento. Né alcuna traccia di sua madre, non una fotografia, non un biglietto, nemmeno una visita. Mai. Ad Adele era proibito avvicinarsi a lui.

Non aveva idea di chi fosse stato suo padre, né del perché nessun genitore oltrepassasse quel cancello. Né per lui, né per gli altri orfani. Michele, il più grande dei ragazzi, aveva appena compiuto 14 anni e aveva preparato una grande valigia di cartone pressato e angoli in metallo, legata con lo spago. Un paio di libri, un giornalino illustrato, una piccola fisarmonica, un paio di magliette rammendate, un paio di pantaloni e un giubbetto di pelle di daino, finta. E poco altro. Le sue povere cose non erano sufficienti a occupare nemmeno la metà di quella valigia, ma era l'unica che gli avevano dato. Le suore gli avevano trovato un lavoro vicino a San Miniato, a metà tra Firenze e Livorno, in una conceria di pelle. Avrebbe avuto una vita onesta, di lavoro. Magari avrebbe potuto farsi una famiglia, avere dei figli.

Quel ragazzo era completamente disorientato. Felice come non mai, di poter oltrepassare quel gigante di ferro. Impaurito perché si affacciava a un mondo del tutto sconosciuto. Inesistente, fino a quell'istante. Il sorriso sulle sue labbra era luminoso, scolpito a fuoco. Andava incontro al nuovo a guardia bassa. Avrebbe fatto qualsiasi cosa pur di fuggire da quella prigione.

Era appena terminato l'anno scolastico. Sergio aveva completato il terzo anno di elementari. Tre anni nei quali aveva preso bacchettate sulle dita ogni santo giorno. Le suore mal sopportavano la sua indisciplina. In classe non rispondeva alle interrogazioni, finiva sempre in castigo dietro la lavagna. Non studiava, non faceva i compiti che gli assegnavano, non consegnava i compiti in classe. Sempre fogli bianchi.

Non era uno studente modello. Ma non era nemmeno un poco di buono. Adorava leggere, aveva imparato da solo, ascoltando i più grandi, prendendo i libri di nascosto dalle loro classi. Era molto più avanti di tutti i suoi coetanei. A sei anni sapeva già scrivere, leggere e fare di conto.

Non aveva alcun interesse nel programma scolastico delle suore. Tutta roba superata, già masticata come poltiglia vecchia e puzzolente. Preferiva starsene in punizione a pensare, per i fatti suoi. Fantasticava sugli esperimenti di Galileo Galilei, sulle invenzioni di Leonardo da Vinci, costruiva con la fantasia incredibili congegni meccanici per scappare oltre quelle mura.

Ancora ripensava a quando conobbe Oreste, il bambino oltre il muro. Subito dopo il pranzo, quando il sole era al suo massimo splendore, i ragazzi potevano andar fuori a giocare, non fuori dal cancello, fuori in giardino. Era la mezzora più attesa della loro grigia esistenza, tra le ore di lezione del mattino e i compiti del doposcuola. Le suore avevano rimediato un pallone da calcio in pelle. Le strisce di cuoio erano scollate e sfibrate, scolorite e anche un po' ammuffite, ma c'era ancora dell'aria compressa all'interno. Quel pallone era sgonfio e pesante come un sacco di farina, ma era un pallone!

"Sto io in porta", gridava il solito Gianpiero, un ragazzo che idealizzava il calcio come suo futuro e reclamava per sé il ruolo che era di Gianpiero Combi, numero uno della nazionale italiana, una leggenda tra i pali della porta. Il piccolo Gianpiero era goffo, ma non esitava a tuffarsi a destra e sinistra per bloccare il tiro degli avversari, scorticandosi sul selciato adibito a campo di calcio.

Quando suor Pia, la più giovane del gruppo, alla quale le altre avevano lasciato volentieri il ruolo di arbitro perché le partite finivano sempre in rissa, si presentava col fischietto in mano, Gianpiero si lanciava per primo sul pallone e lasciava che gli altri formassero le squadre. I due capitani, Teo e Francesco, due dei più grandi sceglievano.

"Io prendo Giacomo", faceva Teo tirando a sé il prescelto.

"Io, Manfredo", rispondeva immediato l'altro.

La cerimonia andava avanti fino ad arrivare ai più brocchi, che nessuno voleva in squadra. La partita iniziava sempre in quel momento, Gianpiero lanciava la palla in mezzo al mucchio e la zuffa cominciava. Gli altri si aggregavano nella mischia, nessuno faceva più caso alle formazioni.

"Passa, passaaaa!".

"Tira, dai!".

"Ma che cazzo fai???!".

Una Vita Extra

"Stronzo, non hai visto che ero al tuo fianco? Non capisci proprio una sega!".

"È fallo, suor Pia!!!".

"No, che non lo è, scimunito. Vai, gioca!", anche lei rispondeva a tono.

In quella mezzora tutto era permesso, parolacce e offese a catinelle. Le imparavano dai lavoranti che avevano accesso all'Istituto: camionisti, fornai, fabbri. Le memorizzavano e se le passavano come tesori l'un l'altro. Ridendoci sopra.

I ragazzi sfogavano la loro rabbia divertendosi da matti, sudando come fontane. Sputavano per terra, si picchiavano, bestemmiavano. Suor Erminia, che prendeva a prestito dai libri qualche goccia di saggezza, ricorreva alla pratica del *panem et circenses,* usata nell'antica Roma, per tenere a bada il suo popolo di marmocchi. E, dato che di pane ce n'era pochino, il gioco sporco era ben concesso.

Per raggiungere lo scopo, la madre superiora abbondava nell'invito a giocare-a-calcio, che visto da lei sembrava più un prendersi-a-calci. I ragazzi, infatti, finito il doposcuola, avevano libero accesso alla biblioteca, dove tra i volumi dello sport non mancava l'*Annuario Italiano del Giuoco del Calcio,* donatole in edizione ufficiale da un dirigente fiorentino della FIGC, la Federazione Italiana Giuoco Calcio. Il librone conteneva nomi, dati, regole, calendari e risultati delle partite della nazionale. Era il libro preferito e la sera, prima di andare in refettorio per cena, si formavano gruppetti di lettura, ascolto e commenti liberi.

Nel 1930 l'Italia vinse la Coppa Internazionale, poi infilò una gloriosa doppietta nel 1934 e 1938, laureandosi Campione del Mondo. L'Annuario, 430 pagine, aveva una copertina bordata dei colori verde-bianco-rosso della bandiera, con l'immagine di un gruppo di uomini in braghe lunghe di calzamaglia e mantellina ricamata con simboli araldici.

Era anche questo un libro-propaganda, seppure indotta. Il regime faceva dello sport uno dei suoi punti di forza e seguito. I successi della squadra tricolore aumentavano la popolarità del Duce, che a capo della Federazione aveva chiamato un amico e fascista della prima ora, Leandro Arpinati, cui si deve la riforma del campionato a girone unico e la scelta dell'Italia come nazione ospitante della seconda edizione della Coppa del Mondo, quella vinta nel 1934.

L'Annuario raccontava così il suo nuovo corso, nelle prime pagine, che i ragazzi saltavano a piè pari per andare ai cartellini degli *Azzurri d'Italia* per immedesimarsi chi in questo campione, chi in quell'altro.:

[..] Le Società affiliate avevano ormai oltrepassato il numero di seicento e il movimento sportivo andava assumendo proporzioni notevolissime: s'incominciavano a costruire i grandi Campi di giuoco, poiché il pubblico accorreva sempre più numeroso a presenziare le gare nazionali ed internazionali; si perfezionava la tecnica del gioco, onde l'azzurra Squadra nazionale si affermava brillantemente anche contro Squadre degli Stati più progrediti in fatto di Football.

[...] L'Istituto calcistico veniva riformato sotto tutti gli aspetti: gerarchico, sportivo, finanziario. Con questo riordinamento la Federazione veniva affidata all'on. Leandro Arpinati, che nell'agosto 1926 poneva la sede del Direttorio federale, nuovo ente massimo, nella città di Bologna. Il senso di disciplina ed il fervore di opere che il Fascismo dava alla Nazione, penetrava nella Federazione: il nuovo Presidente, uomo di alto prestigio, di vaste concezioni e di inflessibile volontà, infondeva in tutti la coscienza del dovere e avviava il Giuoco del Calcio italiano all'odierna grandezza". [6]

In una di quelle partite, Teo calciò il pallone pesante al di là del muro di cinta. Il tiro era stato sbilenco e maldestro.

"Alta!", gridò Gianpiero, saltando più che poteva con

le braccia alzate e le dita allungate. La sua porta non aveva la traversa e i pali erano i cipressi. I ragazzi si affidavano a suor Pia che decideva se era dentro o fuori, se era gol o no. Poi, non trovandosi mai d'accordo, si bisticciavano e strattonavano la suora per farsi dare ragione.

In quel caso nessuno protestò, il tiro era nettamente fuori, la palla era così alta che aveva scavalcato la barriera di mattoni dell'Istituto.

Sotto lo sguardo impaurito di suor Pia, che temeva una ramanzina dalla madre superiora, i ragazzi crearono una torre umana per recuperare il pallone. Due di loro non bastavano, però. Chiesero a Sergio, che allora aveva quasi cinque anni e se ne stava in disparte a fare schizzi con la matita su un blocco a quadretti, di arrampicarsi.

"Dai, in fretta! Metti i piedi sulle mie ginocchia. Sali!".

"Forza, arrampicati", i ragazzi esortavano il piccolo a fare presto, perché non avrebbero resistito molto e soprattutto perché suor Erminia era già in arrivo.

Sergino, s'inerpicò veloce sul primo compagno, poi scalò il secondo, fino a issarsi sulla sua testa in punta di piedi e mettere le mani sulla vetta del muro.

"Lo vedi il pallone?", gli chiesero i due in coro.

"Lo vedi?", disse il secondo prendendogli le gambe per alzarlo fino a fargli accomodare la pancia sull'ultima fila di mattoni.

Sergino scorse una figura dall'altra-parte del muro. Era la prima volta che vedeva un bambino dall'altra parte del muro. Il mondo improvvisamente si allargò a dismisura di fronte a lui. Fuori era colorato, gli occhi non trovavano ostacoli, da lassù poteva vedere cose che non sapeva descrivere a se stesso, erano campi di girasoli, distese di ulivi, animali, e quel bambino!

Era grande, o meglio, piccolo come lui.

Sergino scavalcò il muro e saltò giù senza pensarci.

***

Questo era mio padre. Le occasioni andavano prese al volo, senza tentennamenti. Non era un caca-dubbi, di quelli che si fermano all'ultimo passo, dopo tutti gli sforzi fatti, e si tormentano con le domande. "E se mi faccio male?", "Se qualcosa va storto?", "Se?", "Ma?", e rinuncia dopo rinuncia sono ancora lì a interrogarsi.

Un filo sottile separa la prudenza dall'avventura, il timore dallo slancio, il calcolo dall'istinto. C'è chi lo spezza e chi se lo lega attorno alla vita. È un argomento, questo, troppo serio per poterne banalizzare le differenze, tanto più se si hanno delle responsabilità verso figli, genitori, dipendenti. Le variabili in gioco sono troppe e tutte rilevanti. Trasmetti coraggio, ma professi prudenza. Invochi la riflessione, eppure inciti a fare delle scelte. Veloce e assennato, forte e comprensivo. C'è chi crede nel destino e chi assolutamente no.

Viviamo in un'eterna contraddizione fra bianco e nero, ci rifugiamo spesso nel compromesso, nelle mezze misure, che in fondo saranno anche convenienti, proprio perché non sono solo questo o quello, e saranno pure delle possibilità e le possibilità ci rendono infiniti, ma riescono a dipingere la vita in modo altrettanto unico? La via di mezzo, che non è sempre la scelta più facile, è sufficiente per portare l'anima verso l'immensità? O è piuttosto un ponte traballante costruito da chi non sa che pesci prendere, che non ha la mano ferma e per questo si pone limiti che non ha?

Mio padre, e io come lui, dove ha potuto, ha scelto il contrasto forte, non si è mai tirato indietro. Di preferenza ha scelto un cammino netto, deciso. Il rischio al posto del rinvio. L'equilibrio, in fondo, non è che un insieme di variabili contrapposte e le variabili della nostra esistenza sono imprevedibili, sorprendenti. Non tutte ugualmente determinanti, però. Quando il mio cuore si è fermato e sono morto, ho capito che ce n'è una da tener d'occhio più delle altre, una è quella dominante. Il tempo. Come vi dicevo, il valore del tempo.

Non sto parlando dello scorrere del tempo, dello spazio che c'è tra un respiro e l'altro, della durata di una partita di calcio o di quanto ci impieghiamo ad andare dal lavoro a casa che può cambiare, a seconda del traffico, dell'auto, di chi guida e cosi via.

No.

Un secondo è un secondo, un'ora è un'ora, non si discute, punto. È la percezione di quel secondo, di quell'ora, che varia da persona a persona, che cambia nella stessa persona a seconda dell'età, dello stato d'animo, delle aspettative. È l'uso che ne vogliamo fare che determina quello che faremo subito dopo, e dopo ancora.

Sto parlando precisamente del valore che attribuiamo al tempo in base al libero arbitrio, alle regole, all'educazione, a quella o quell'altra condizione da rispettare. Che valore ha il vostro tempo?

***

Sergino non perse tempo.

Scavalcando il muro si girò all'indietro reggendosi alla siepe rampicante che ricopriva il muro di cinta dalla parte esterna. Si lasciò scivolare una mano per volta, scendendo come un orsetto inesperto. A metà percorso perse la presa e cadde su un cespuglio di lauro, per sua fortuna bello alto, tanto da attutirne l'atterraggio. Rimediò qualche graffio alle mani e alle gambe. Si alzò e andò incontro a quel bimbo. I due si specchiarono, l'uno nel sorriso dell'altro.

"Come ti chiami?", fece il bimbo.

"Sergio. E tu?".

"Oreste".

Non avevano bisogno di sapere altro, si misero a correre verso il capanno dove Oreste passava le sue giornate mentre i genitori lavoravano le vigne con un contratto di mezzadria. I due bimbi si misero a giocare a rimpiattino. Per primo toccò a Sergio custodire la tana, avvistare Oreste e gridare: "Preso!". Allorché, s'invertirono le parti. A sorprendere il fuggiasco fu però suor Erminia che lo riportò all'Istituto trascinandolo per un orecchio.

Sergino non vide mai più Oreste, venne messo in punizione e a pane e acqua per lungo tempo. Ma ne era valsa la pena. La sua era stata una breve esplorazione del mondo esterno, non una vera e propria fuga, che avrebbe immaginato nei mesi successivi più e più volte.

Sergio era magro, magrissimo. Con i vestiti sempre più larghi di lui. La cinghia sempre strettissima in vita. L'Istituto vestiva i ragazzi con i pantaloni e le camicie dismesse dai più grandi. Viveva delle donazioni, fatte soprattutto di materie prime ricevute dalle chiese vicine, dove le famiglie portavano abiti ed effetti personali di ragazzi mai tornati dalla Grande Guerra o morti per denutrizione o malattia.

Al di là del rigore ferreo, l'Istituto per gli orfani svolgeva una funzione sociale non da poco. Molti di quei bambini non sarebbero sopravvissuti alla fame e al freddo. Il compito primario della madre superiora era quello di mantenere l'ordine. Evitare l'anarchia e la formazione di gruppetti riottosi fra ragazzi. Svolgeva il suo compito quasi alla perfezione. Ma impedire ai ragazzi di fare alleanze era impossibile anche per lei e per il suo esercito di suore.

Sergio era accettato dai grandi. Lo avevano preso come mascotte. Lo vedevano leggere nascosto dietro gli scaffali della loro classe, sotto i tavoli della mensa. Di notte si intrufolava nel loro stanzone. Stava sveglio a leggere, con la luce fioca della luna che filtrava dalle finestre, fino alle prime ore del mattino, poi scappava a rintanarsi nella sua brandina.

La sera prima di partire, Michele non smetteva di parlare e di fare domande agli altri ragazzi. Domande per le quali tutti avevano risposte dettate da leggende o fantasia.

Altri avrebbero compiuto 14 anni di lì a poco e avrebbero anche loro lasciato l'Istituto. Quattordici anni era il limite di età stabilito dalle regole della casa. Oltre si veniva considerati uomini a tutti gli effetti. Le suore erano molto brave nella ricerca di lavoro per quei ragazzi, per dare loro una nuova vita, dignitosa. Faticosa ma dignitosa. La grande conceria, a pochi chilometri da loro, garantiva un flusso continuo di lavoro per quei ragazzi.

Avevano ottenuto chi a pieni voti, chi a tentoni, la licenza media, un foglio di carta che dava ai proprietari della conceria una sorta di lasciapassare per mettere subito al lavoro quei minorenni.

I padroni della fabbrica non lo facevano per compassione o generosità. Avevano necessità di manodopera giovane, pagata molto poco, non protetta da patronati o da parenti con incarichi nel partito fascista.

Da un lato, i ragazzi sarebbero stati lontani dalla strada, avrebbero avuto di che sfamarsi. Dall'altro venivano sottoposti a un rischio di morte altissimo.

Trasformare in pelle e cuoio il manto degli animali macellati, per farne scarpe, borse o mobili, senza i dovuti controlli era quanto di più dannoso si potesse immaginare per la salute. I maceranti naturali utilizzati per impedire alla pelle di putrefarsi erano puzzolentissimi e fonti di malattie infettive. Entravano nei polmoni degli operai, devastandoli. Specie se i ragazzi erano denutriti e privi degli indumenti adatti. La produzione era a ritmo continuo. Le malattie anche.

"Mi hanno detto che andrò a fare portafogli in pelle e borsette per le signore. Magari una di loro si prenderà cura di me. No?".

Michele raccontava per filo e per segno quello che aveva sentito dalla madre superiora. Non si era perso una sola parola. Stava per uscire e dava agli altri indicazioni da esperto. Era già orgoglioso della nuova vita che lo attendeva al di là del grande cancello.

"Ora so anche come mi chiamo. Sono Michele Dolci. Avete capito? Michele Dolci!".

"Dolci! Dolci! Dai Michele facci una torta..."

I ragazzi erano isterici, il loro compagno più grande se ne sarebbe andato il mattino seguente e tra le risate generali ne condividevano la felicità.

La testolina di Sergio era in fibrillazione. Ascoltava sorridendo i discorsi dei grandi, sfogliava le pagine di un libro illustrato sul sistema solare. Era incantato dai pianeti e dalla rotazione terrestre. La vita era tutta in quelle pagine e in quei disegni. Quali scoperte sensazionali avrebbe mai potuto realizzare. Sognava ad occhi aperti. E ascoltava Michele.

"Si chiama Dolci!".

Capì immediatamente. Aveva visto più e più volte l'ufficio di suor Erminia. Lo avrebbe saputo ridisegnare palmo a palmo. Ogni volta che finiva in castigo, la suora di turno lo portava in quella stanza dove riceveva l'ennesimo rimbrotto, che cominciava sempre così:

"Ah, Sergio, Sergio. L'ho capito la prima volta che ti ho preso in braccio che mi avresti dato del filo da torcere. Perché lo fai? Non capisci che vedo in te..." e seguivano parole relative all'infanzia e adolescenza della suora, alle quali il piccolo non faceva più caso.

Dietro la pesante sedia in legno, la madre superiora aveva un'ampia libreria. Non c'erano libri. C'erano grandi registri. Non ne aveva mai visto uno aperto, neppure sulla scrivania. Ma gli era sempre stato chiaro che non erano sistemati in fila, con le annate scritte sui bordi, solo per bellezza. La madre superiora li copriva con la sua figura imponente. Era più che una protezione fisica del tesoro più prezioso dell'Istituto. Lì dentro c'erano le storie dei ragazzi, di ognuno di loro.

"Dolci!". Quando udì il cognome di Michele ebbe la conferma su quei registri.

"Ragazzi, sapete che vi dico …", Michele sorprese i suoi compagni.

"A me basta uscire di qui. Non vado in quella conceria…"

"Sul serio? Cosa farai?" La curiosità si mischiava a preoccupazione. Se ne stavano tutti col fiato sospeso.

Michele svelò il suo piano. Lo aveva preparato da giorni, in silenzio. Ora sapeva di potersi fidare. Stava creando un suo gruppetto, per il futuro.

"Ragazzi, staremo insieme anche dopo… e ci copriremo di gloria!".

Erano tutti attenti a Michele, con la bocca aperta dallo stupore. Sergio più degli altri.

Qualche giorno prima erano arrivati nuovi bambini in orfanotrofio. Avevano tra i tre e i sei anni. La scena era straziante come sempre. Le suore dovevano tirarli via a forza, mentre i piccoli si aggrappavano alle gambe dell'autista, che fosse un parente o uno sconosciuto.

Nella confusione, a un adulto erano caduti dei fogli arrotolati. Michele li aveva prontamente raccolti.

"Sentite qua…". Leggeva con enfasi la prima pagina di un giornale. Era *Il Popolo d'Italia*, di Benito Mussolini.

Michele reggeva con due mani un foglio quasi più grande di lui, gli altri si erano ammucchiati alle sue spalle. Il foglio era intitolato *Il Balilla*.

L'Opera Nazionale Balilla (ONB) era stata fondata all'indomani della sconfitta nella Grande Guerra. Tra la sua creazione il 3 aprile 1926, un mese dopo la nascita di Sergio, e il 1937, quando venne assorbita dalla Gioventù Italiana del Littorio (GIL), raccolse migliaia e migliaia di ragazzi.

Il nome Balilla derivava dal soprannome di Giovanni Battista Perasso, un giovane genovese che nel 1746, prese a sassate i soldati austriaci, diventando il simbolo della rivolta della città.

L'Opera era l'istituzione fascista per l'assistenza e l'educazione fisica e morale dei giovani. Tra gli 8 e i 14 anni venivano soprannominati Balilla, tra i 14 anni compiuti e i 18 diventavano gli Avanguardisti. Dopo i 18 anni i ragazzi entravano a far parte dei Fasci giovanili di combattimento e a 21 anni entravano di diritto nel partito Fascista.

Il futuro non poteva essere più radioso. Valoroso. Epico.

"A NOI!"

"A NOI!"

"A NOI!"

Michele ripeteva il titolo della grande illustrazione per assicurarsi che avessero capito tutti. E per dare ancora più corpo alla sua ormai convinta dedizione al movimento.

Sopra quel *"A NOI!"*, scritto in rosso a caratteri cubitali, c'era la figura di due ragazzi in uniforme, con fascia blu al collo, fucile a baionetta tra le mani. I due giovani cavalcavano atleticamente un siluro.

Michele proseguì la lettura. Che avveniva in coro perché anche chi riusciva a vedere il foglio, lo leggeva in sincronia. Era già un inno per loro.

Quel manifesto li preparava a un domani inaspettato.

Quelli che vedete qui effigiati sono due vostri giovani camerati, fanciulli come voi. Guardateli! Sembrano balzar fuori dalla pagina con l'ardore travolgente che inebria l'anima dei prodi quando scocca l'ora dell'attacco...[7]

I ragazzi gonfiavano il petto, prendendo quanto più respiro fossero capaci.

"Siamo pronti per la guerra, capite?", disse Michele al gruppo.

"Evviva l'Italia!", esclamarono gli altri.

Michele continuò a leggere, in tono ancora più trionfale.

"Quanti di voi non si sono visti, nel segreto del sogno, pronti a balzare sul ciglio di una trincea e a difendere con la baionetta un passaggio difficile?". [7]

Sergio era già balzato dalla trincea.

Mentre Michele leggeva quelle righe tra il delirio suo e dei suoi amici, lui aveva legato una decina di lenzuola e si era calato dalla finestra della camerata dei grandi. Sotto c'era il balcone del corridoio che portava all'ufficio della madre superiora.

Aprire le porte interne di quel casermone era un gioco da ragazzi per lui. Sfregando una forchetta sulle pietre che lastricavano il giardino, si era fabbricato una chiave universale. Non si azzardava ad avvicinarsi al grande cancello esterno ma le porte delle stanze non avevano segreti per lui.

Finora si era tenuto alla larga dell'ufficio della madre superiora, per mancanza di interesse in quelle carte, non certo per timore della sua reazione.

Aprì la porta senza problemi e prese l'annata 1926. Si sedette a gambe incrociate sotto la scrivania e sfogliò quel immenso registro quasi con affanno, tanto era pesante e tanta era l'emozione.

Sergio N.N. 6.3.1926

L'iscrizione era chiara, quello era il suo fascicolo.

Madre: Adele Dal Boni

Padre: non conosciuto.

Nato da relazione adultera. La famiglia ha optato per l'affidamento alla casa dell'Istituto religioso per orfani.

Seguivano alcune note della madre superiora sul carattere del bambino, che non lesse nemmeno. Richiuse il registro, lo rimise al suo posto e tornò di corsa da Michele e gli altri.

Michele stava terminando la lettura del manifesto per Balilla.

Unisciti a noi!
L'avvenire dell'Italia è sulla punta delle vostre baionette.
I ragazzi avevano avuto abbastanza di che sognare.

"Michele, domani vengo via con te!", disse Sergio.

"Mi chiamo Sergio Dal Boni", gridò ai suoi compagni alzandosi sulla punta dei piedi per moltiplicare i suoi nove anni e diventare grande abbastanza come loro.

"Sergio Dal Boni!", ripeté con piglio autorevole.

CAPITOLO VII

IL MARE. FINALMENTE!

~

Il bagliore che emanava mio padre si era fatto ancora più intenso, i suoi occhi erano pieni di calore e amore. In quel momento ho sperimentato i suoi pensieri più intimi, i suoi sentimenti, le sue emozioni. Nel rivivere la sua esperienza nell'Istituto ho ritrovato le sue e le mie radici. Ne andava fiero, e così anch'io.

Oggi capisco, fino in fondo, perché mia madre non si stancava mai di fare paragoni fra i suoi figli e mio padre e quando toccava a me, non sembrava avere dubbi.

"Hai preso tutto dal tuo Babbo, guarda!", aveva sempre pronta una fotografia di quando ero piccolo.

La sua favorita mi ritraeva in riva al mare. Avevo poco meno di un anno e stavo in piedi con gran decisione.

"A sette mesi già camminavi!", mi diceva con orgoglio.

Sotto i miei piedini c'erano ciottoli e sabbia, uscivo dall'acqua con le mutandine di cotone zuppe e pesanti, quasi mi cadevano. Mi si vedevano le costole tanto ero magro. Però, sì: ero decisamente un bel bambino e assomigliavo al piccolo Sergio.

Ne ero la copia. E così sono cresciuto, imitandolo anche senza volerlo nei suoi atteggiamenti spavaldi verso la vita. "Impossibile? Non per me!", avrebbe detto lui, e così anch'io.

***

Michele Dolci guardò Sergio. Lo fissò con occhi affilati. Ne aveva colto la determinazione, mista a un senso di rabbia e follia dalle quali non sarebbe stato possibile separarlo. Lo prese sul serio.

"E come pensi di fare? Forza, dimmi cos'hai in mente".

"Non lo so ancora", rispose il bambino. Non intendeva dire che non ne aveva la più pallida idea. Aveva in testa decine di progetti per la fuga, non aveva deciso ancora quale attuare.

Anche gli altri ragazzi lo presero sul serio.

L'ardore militare aveva invaso la camerata.

Tra stupore e fantasia le storie si moltiplicavano, il tripudio dei ragazzi era incontenibile.

"Ve lo ricordate Nicola, il rosso?". Era un ragazzone alto e pallidissimo, coi capelli color carota. Un paio d'anni prima doveva andare anche lui in conceria.

"È un'avanguardista!".

Cos'è un'avanguardista??!".

"È un eroe!".

"Un generale!".

"Il rosso, davvero?".

"È già andato in battaglia!!".

"In Africa!".

"Cos'è l'Africa, dov'è?".

"È stato fotografato sul giornale".

La confusione, era già diventata delirio collettivo.

"Era in piedi su un carro armato, con il moschetto tra le braccia".

"Ma non era in guerra!".

"E allora dov'era?".

"Al campo Dux".

"A Roma, nella capitale".

Michele continuava a leggere trionfanti citazioni dalle pagine del Balilla, i ragazzi un po' lo seguivano, un po' correvano altrove con la voce e il pensiero. Avevano tutti qualcosa da urlare, programmi da attuare, montagne di paura da scalare, miti da enfatizzare.

Sergino faceva piani per l'indomani. Li costruiva e li accantonava.

Sarebbe scappato con l'aiuto di lenzuola arrotolate a mo' di fune, così come aveva fatto più volte per passare da un piano all'altro dell'Istituto. A un estremo avrebbe legato un mattone per lanciare il canapo di lenzuola dall'altra parte ...

... No. Troppo alto il muro per lanciare il mattone dall'altra parte. Troppo poco peso per reggerne la scalata qualora fosse riuscito nel lancio impossibile.

Avrebbe aspettato che le suore aprissero il cancello per far entrare il pulmino della conceria. Poi avrebbe preso a correre più veloce del vento, evitando tutte le suore, compresa la superiora. E avrebbe continuato a correre fino a che non avesse incontrato il mare.

Il mare. Sergio era affascinato dagli oceani, dal vigore delle onde che si infrangevano sulle rocce, dallo scivolare della sabbia e delle conchiglie sulla riva, dal colore blu, dalle profondità, dalla navigazione, sopra e sotto il pelo dell'acqua. Barche a remi, navi, sommergibili. Che meraviglia!

Fin sopra quelle colline non arrivava il profumo del mare, ma lui lo sentiva, lo respirava nei libri, lo assorbiva dalle illustrazioni, dai disegni, dai racconti epici. Avrebbe diretto la sua fuga proprio lì. Verso il mare.

Avrebbe preso il pulmino. In qualche modo. Ecco come avrebbe fatto.

Magari meglio dell'ultima volta! Aveva 7 anni e ne aveva abbastanza di stare da questa parte del muro dopo aver visto, con Oreste, l'altra parte del pianeta. La mattina osservava sfilare i furgoncini del lattaio, del fornaio. Ne studiava tempi e movimenti, li segnava sui fogli a quadretti sui quali una volta faceva schizzi astratti a matita.

Gli uomini portavano dentro sacchi a spalla e cassette

di frutta. Non ne riportavano fuori nessuna. Non si sarebbe potuto nascondere in un sacco o in una cassetta, se non ce n'erano in uscita.

S'infilò, allora, nella carriola di un giardiniere e si coprì con uno straccio di quelli usati per difendere la legna dalla pioggia e dall'umidità; si accucciò ben bene cercando di passare inosservato. L'uomo non si sarebbe accorto che la carriola pesava di più perché il tragitto che doveva fare per uscire era in discesa. Avrebbe avuto, semmai, il problema di frenarne la corsa tirando con le braccia e facendo leva sulle gambe.

Una folata di vento sollevò quello straccio quel tanto da richiamare l'attenzione di suor Antonia, che se ne stava di guardia al cancello. Insospettita, bloccò l'uomo e il fuggitivo.

"Fermo lì!", gridò la monaca in direzione del giardiniere che si paralizzò all'istante, quasi cadendo per il moto d'inerzia della carriola, che ebbe difficoltà a fermare tanto la ruota girava veloce.

"Cosa pensi di fare, eh?", la suora si staccò dalla sua postazione e, piegandosi sulla carriola, prese un angolo di quel cencio sporco e bisunto che tirò via con gesto rapido, sollevando un gran polverone di terra e ghiaia.

La monaca cedette per un attimo al peccato di superbia, riconoscendo a se stessa un'abilità esagerata per quella manovra eseguita con una tale maestria che avrebbe fatto rodere d'invidia il migliore degli illusionisti quando tirano via la tovaglia da un tavolo apparecchiato con piatti, posate e bicchieri, senza spostarli di un solo centimetro. Si sentì percorrere da un brivido di inaspettata vanità. Ma, fu solo un attimo; quello seguente la raggelò, riportandola sulla terra come un castigo fulmineo. Rimase di stucco e fece uno scatto indietro, furiosa nel vedere solo rami secchi e foglie, e un berretto sdrucito di lana beige. Lo riconobbe all'istante.

"Presto!".

"Sergio è scappato di nuovo!".

Il giardiniere non capiva il perché di tanto trambusto.

"Posso andare, sorella?".

"No, NO!" … "Beh, sì, … vada. VADA!", rispose confusa e in preda al panico per essersi fatta buggerare sotto il naso da quel birbante.

Suor Erminia arrivò con passo da gendarme.

"Che cosa abbiamo qui, eh? Suor Antonia?".

"Non so, Madre superiora, ho creduto di vedere in quella carriola il cappellino di Sergio e ho fermato il giardiniere e…"

"E cosa? Cosa?".

"Non c'era, solo foglie e rami…", rispose suor Antonia con voce tremante mentre indicava il giardiniere ormai oltre il cancello, fermo in fondo alla strada dove sarebbe stato raccolto dal furgoncino dell'impresa che una volta l'anno risistemava le piantagioni dell'Istituto. Era un servizio che veniva svolto per conto dei proprietari di uno dei poderi confinanti, che si incaricavano del premio in denaro per i braccianti, dal momento che le monache vivevano di soli contributi e ricambiavano con lavori di cucito.

"E, di grazia, dov'è il ragazzino adesso?", chiese agitata la direttrice, rivolgendosi alle altre suore accorse per lo schiamazzo.

"Non c'è. Nessuna l'ha visto".

"Insomma", incalzò Suor Erminia. "Chi è l'ultima che l'ha visto? Sentiamo!".

"Dove può essere sparito un monello di sette anni, eh?", aggiunse, ben sapendo che con Sergino c'era da aspettarsi di tutto, e ricordandosi di quel salto oltre il muro due anni prima.

"Io l'ho visto", disse suor Pia.

"Se ne stava, al solito, ai piedi di quel cipresso, con quel suo taccuino spiegazzato, mentre gli altri giocavano a calcio".

"Gli altri sono rientrati in classe…. Lui no. Suor Franca ha controllato", concluse la monaca-arbitro.

Suor Franca si sentì in dovere di aggiungere qualcosa, così suor Rita, e suor Agnese, e suor Rosa che "non riesco a capire come abbia potuto?", e suor Antonia che "non può essere uscito dal cancello, l'avrei visto" e suor Teresa che…

"BASTA! SILENZIO!", ordinò la madre superiora.

Ammutolirono di botto.

La testa di Suor Erminia sembrava quella di un bracco che puntava la preda. Prima indietro verso le classi. Poi avanti di scatto, verso il cancello. A destra, i cipressi e il muro; quindi di colpo a sinistra, altri cipressi e muro. Ancora di scatto, in avanti, fino a fissare immobile il cancello.

I suoi occhi avrebbero incenerito chiunque. I suoi denti dell'arcata inferiore scricchiolavano sotto la pressione di quelli superiori, dalla bocca stretta usciva un suono sordo e rauco, quasi il ringhio di un cane rabbioso. Scostò la tonaca come sfoderasse la spada, alzò il braccio destro portandolo davanti a sé con il dito indice allungato, indicò con un urlo quel giardiniere.

"LA CARRIOLAAAA!".

"È ancora lì. Prendetelo!".

Lo sciame di suore corse fuori a bloccare il bracciante.

***

Confesso che le fughe dall'orfanotrofio sono tra le parti che più mi sono rimaste in mente dei racconti di mio padre. Lui si elevava a grande attore, replicava i suoni della sua infanzia, imitava una ad una le voci delle suore, anche le inflessioni dialettali, quella napoletana, l'altra romana, poi siciliane, toscane, lombarde, piemontesi. "Tre volte, tre volte sono fuggito, le ho fatte impazzire, poverette".

Non se ne prendeva gioco, e non era neanche un modo, piuttosto buono peraltro, per sdrammatizzare. Erano invece ricordi positivi perché era abituato a leggere in questo modo anche le carte della disperazione. Era affezionato a quelle suore, e sapeva di essere amato dalla superiora, che rivedeva in lui la giovane sottratta agli affetti dei suoi genitori, solo che lui non li aveva mai visti, lei sì. Era fiero di aver fatto "solo la terza elementare" e di averla fatta in quell'Istituto.

***

Suor Pia, la più giovane, raggiunse per prima il giardiniere e gli si parò davanti, come a volerlo gelare in attesa delle altre consorelle.

Era un giovane, appena venticinquenne, non aveva genitori, li aveva persi entrambi durante la Grande Guerra; suo padre, caduto sul fronte austriaco; sua madre, morta di crepacuore. Era stato nell'Istituto fino ai 14 anni e si era poi ammalato in conceria, lavorava dove poteva. Suor Pia non poteva riconoscerlo, le altre sì.

"Luigino!".

"Dì che non hai un fuggiasco lì dentro!", lo rimbrottò la madre superiora, che ci mise il suo tempo ad arrivare. Aveva capito bene chi era quel giardiniere, l'aveva avuto tra i suoi studenti. Un ragazzo placido, sempre attento e desideroso di imparare e farsi un mestiere. Mai uno screzio con gli altri, sempre solerte nel rispondere alle suore e rispettoso degli orari.

Quando giunse il momento del distacco, avrebbe voluto prolungare la permanenza, ma accettò con onore il lavoro nella conceria. Rimase a lavorare le pelli per almeno tre anni prima di ammalarsi, seriamente. Era quasi morto per una grave insufficienza respiratoria, ma l'avevano ripreso per i capelli all'ospedale di Pisa. Una volta guarito, cercò di arruolarsi nella fanteria, ma venne respinto come inabile alle marce e così rimase a lavorare come portantino in quella struttura medica.

Suor Antonia, rimestò la carriola, spazzando con grandi manate le foglie che arrivavano al filo del bordo.

"Cucù!".

"Eccolo qui il ragazzino che scappa", disse soddisfatta suor Antonia, che cercava di farsi perdonare.

Sergio dormiva beato sopra un letto di foglie.

La direttrice lo tirò su per il solito orecchio, portandoselo così vicino da avere il viso del piccolo praticamente nella sua bocca spalancata. Era l'immagine di un orco che stava per divorare un leprotto.

"Ci risiamo?".

"Ti diverti, non è vero?".

Sergio fece la parte del bell'addormentato nel bosco, ma lei non credette a un briciolo di quella favola.

"Mi vuoi far credere che ti sei addormentato lì, per sbaglio?".

"E tu Luigi? Cos'hai da dire?".

Per quanto strillasse, la suora non riuscì a spezzare la complicità, evidente, tra i due.

Lasciò andare Luigino, riportò Sergino dentro il cancello.

La fuga era solo rimandata, aveva fatto un bel giro in carriola e messo sottosopra l'Istituto. Si era divertito da pazzi.

Venne portato in direzione e messo a pane e acqua di nuovo, ma il proposito di allontanarsi da quel posto non venne sopito, fu solo accantonato per un altro paio d'anni, il tempo di avere l'idea giusta a prova di suore.

Sergio e Luigi avevano fatto amicizia l'anno prima. Si vedevano una sola volta l'anno, quando la piantagione delle suore veniva rimessa a nuovo dai lavoranti del podere accanto.

"E te, non giochi a calcio?", aveva chiesto Luigi la prima volta che aveva visto il bimbo che se ne stava con le spalle a un cipresso a fare disegni con la matita.

"Preferisco guardare".

"Prestami un foglio, ti insegno una cosa", aveva aggiunto Luigi.

"Allora, lo pieghiamo qui, e poi qui, e a metà qui. Poi giri il foglio e lo pieghi in due. Poi fai le ali qui. Ecco fatto!".

"Dai, fallo volare", gli aveva consegnato un aereo che sembrava un bombardiere.

Sergino aveva imparato dai più grandi una tecnica per lanciarlo con successo. Doveva prima soffiare in punta, con la bocca aperta e con tutta l'aria tiepida che aveva nei polmoni.

L'aeroplano di carta si era impennato, aveva fatto un doppio *tonneau* attorno al cipresso, aveva urtato un ramo e si era schiantato in picchiata davanti ai piedi di Luigi. Non era stato affatto male come primo volo.

Si erano scambiati un largo sorriso, compiaciuti. Attorno a quelle piroette volanti era nata una solida amicizia.

"Mi faresti fare un giro sulla tua carriola?", aveva chiesto Sergino il secondo anno che vedeva Luigi.

"Perché no? Monta su. Dove vuoi arrivare?".

"Oltre il cancello!", Si era allargato il piccolo, che voleva fare una bravata, coinvolgendo quell'adulto dal viso pulito.

"Beh, se vuoi proprio superare il cancello, dobbiamo fare qualcosa di più furbo, altrimenti, la vedi quella suora lì impalata? Quella ci blocca!", Luigi aveva accettato la sfida, era una sua piccola rivincita dopo tanti anni di rispetto e *Signorsì!*

"Aspetta qui, torno subito", aveva detto a Sergio e in poco era tornato con la carriola piena di foglie e rami secchi. Aveva preso anche uno straccio dalla legnaia.

"Ecco, sdraiati qui, sul fondo. Arrotolati come un lombrico, bello schiacciato!". Aveva rovesciato il contenuto della carriola ai piedi del bambino per fargli posto.

Sergio aveva scavalcato rapido il bordo di quel veicolo a una ruota e si era messo rannicchiato, con il viso nell'incavo della carriola.

"Coprimi", aveva detto a Luigi, avendo capito le sue intenzioni.

Il giovane agricoltore aveva sistemato sopra di lui la paglia, i rami secchi e un letto di foglie.

"Respiri?".

"Sì, benissimo", aveva riso il bambino.

Luigi aveva messo lo straccio sopra lo strato di erba, foglie e rami che copriva il piccolo e preso il cappellino che era caduto per terra nel salire a bordo della carriola.

Ridevano entrambi. "Ora facciamo alla suora un bello scherzo, vedrai come ci rimane di sasso", aveva aggiunto Luigi mettendo il berretto appena sotto il cencio, un po' nascosto, un po' visibile tipo esca per i lucci.

"Parto?".

"Parti!".

Luigi aveva preso a spingere la carriola che in discesa tendeva a scappargli di mano. E, come previsto era stato bloccato da suor Antonia, che aveva sollevato quello straccio lasciando intatto lo strato di foglie e rami con il fuggiasco.

Quando la suora, stordita, lo aveva lasciato andare, Luigi era ripartito con Sergio che rideva a crepapelle sotto le foglie.

"Ce l'abbiamo fatta. Ce l'abbiamo fatta!", ridevano, il grande e il piccino, che non aveva intenzione di fuggire. Voleva solo farsi un giro, fuori dall'Istituto. Si erano fermati in attesa degli eventi e facevano scommesse su quanto ci avrebbero messo prima di scovarli.

Il ragazzo grande faceva la radio cronaca.

"Stanno confabulando, girano a vuoto. Ti stanno cercando dietro le piante, nei vasi, all'interno dell'edificio. Ecco che arriva la superiora".

"Mamma mia, che ghigno". Rideva lacrimando.

"Adesso siamo proprio fritti", e continuava a ridere.

"Una di loro corre come un razzo, sta arrivando qui. Fai finta di dormire!".

"3... 2... 1... Si balla!".

La sera prima della partenza di Michele, i ragazzi ancora fantasticavano con la guerra, con l'onore, con le armi. Lui aveva raccolto il suo gruppetto di coetanei. La sua classe, quelli del '21, da lì a poco lo avrebbe raggiunto. L'appuntamento era a Firenze.

Tra i fogli raccolti da Michele, oltre al giornale Balilla, c'era la lettera di un gerarca fascista alla madre superiora, nella quale gli annunciava la necessità di manodopera giovane e forte per la costruzione della Casa della Gioventù Italiana del Littorio. Firenze diventava centrale nelle politiche di reclutamento dei Balilla e degli Avanguardisti.

Le suore lasciarono sfogare questi ragazzi tutta la notte, tanto era inutile cercare di farli dormire. Era un rito che si ripeteva per ogni ragazzo ormai grande che lasciava l'Istituto.

La mattina seguente, malgrado non avesse dormito per l'eccitazione, Michele era già in piedi per l'appello mattutino. Aveva preparato ogni cosa, salutato i suoi amici e aspettava la chiamata della madre superiora.

Il ragazzo era già praticamente un militare. Era gracile, come gli altri, ma se ne stava impettito. Al suo fianco c'era la valigia di cartone pressato e angoli di ferro, anch'essa in piedi. Michele non mostrava cedimenti di alcun genere, anche se il carico che avrebbe portato via con se non era più solo di pochi stracci e qualche giornale.

Sergio lo aveva convinto nella notte. Michele avrebbe dovuto fare solo pochi metri fino al pulmino e, certo, avrebbe potuto sollevare la valigia senza mostrare a nessuno il vero peso. Sergio, magrissimo, si sarebbe arrotolato come un contorsionista dentro la valigia.

Nessuno dei due avrebbe rischiato più di tanto, se sorpresi. Michele se ne sarebbe andato via lo stesso. Sergio sarebbe stato rimesso in castigo, non tremava di certo di fronte a un'altra punizione.

"Michele Dolci!", tuonò suor Antonia. "Il pulmino è arrivato. Avanti, muoviti!".

Il ragazzo lasciò per terra la valigia prima di entrare nell'ufficio della madre superiora, che gli avrebbe consegnato i suoi nuovi documenti e il suo destino tra le pelli da conciare.

La madre superiora aveva occhi e orecchie dappertutto.

"Signor Dolci!", esclamò alzando lo sguardo dalle carte che stava firmando per farlo uscire dall'Istituto.

Michele se ne stava dritto, con le mani sui fianchi, di fronte alla massiccia scrivania della suora.

"O dovrei continuare a chiamarti Michelino? ... Dato che non sembri cresciuto abbastanza per affrontare il mondo esterno...".

Il ragazzo se ne stava muto aspettando da un momento all'altro qualcosa di tremendo.

La suora balzò in piedi. "Cos'è questa storia dei Balilla!!!?".

Prese dal cassetto dei fogli stropicciati e cominciò a leggerli, con tono serio.

Cara Madre, sono orgoglioso di annunciarti che abbiamo decimato il nemico dopo una lunga battaglia in trincea. Sto bene e conto di tornare presto a casa! Tuo Ettore.

"Firmato Ettore Renzi", aggiunse la superiora.

"Sai che fine ha fatto Ettore?".

Prese un'altra busta. C'era scritto in alto a sinistra *VINCERE!!*. A destra, al posto dei francobolli un timbro militare *Zona sprovvista di bolli*. Proveniva dal fronte ed era indirizzata alla famiglia Renzi, con indirizzo di Firenze.

L'aprì e con tono affranto riprese a leggere.

Distinta Famiglia Renzi.

Abbiamo appreso con viva emozione la notizia del glorioso sacrificio fatto per la Patria dal Vostro Congiunto Ettore, caduto in guerra. Mentre porgiamo le Nostre condoglianze profonde assicuriamo che il nome di Lui sarà conservato perennemente tra quelli gloriosi dei Soldati caduti per la grandezza della Patria.

"Tu non andrai in guerra, non farai come gli altri ragazzi che sono scappati da un lavoro onesto e da un futuro...".

"È CHIARO???!!!".

Suor Erminia lo squadrava dall'alto al basso, sapendo cosa aveva finora attratto tutti i ragazzi grandi che lasciavano l'Istituto. Era sicura che anche Michele avrebbe seguito la strada dell'impeto militare, perché il proprietario della conceria le aveva riferito delle troppe fughe dei suoi ragazzi verso l'arruolamento nei Balilla.

"DEVI PROMETTERMELO. ADESSO!!".

Michele aveva colto un cedimento in quest'ultimo eccesso della madre superiora. Capì che gli strilli non si riferivano agli eccessi della notte precedente nel dormitorio dei grandi.

"Sì, Madre!", si limitò a dire.

La suora ripiombò nella sedia e fece con la mano il gesto che il ragazzo attendeva.

"Vai, che Dio ti protegga".

Michele lasciò l'ufficio della superiora, prese la valigia senza dare nell'occhio. Quella valigia pesava, ma lui era o non era un soldato, ormai? Camminò con le spalle dritte fino al pulmino della conceria.

I ragazzi dell'Istituto, anche i nuovi arrivati, di solito sfuggivano alle maglie delle suore e correvano a godersi la scena. Quel momento avrebbe segnato tutta la loro esistenza là dentro. L'attesa per l'addio. Una fuga verso il nulla, dal momento che nulla o poco sapevano dei loro genitori e nulla avrebbero saputo fino al momento della partenza. E, in molti casi, soprattutto in quelli di bimbi dati in affidamento dai parenti di ragazze madri, come Sergio, non avrebbero saputo nulla neanche dopo.

L'agitazione tra i ragazzi era difficilmente controllabile, ma le suore giocavano sul fatto che nessuno si sarebbe azzardato a oltrepassare quel cancello. L'Istituto era un orfanotrofio, ma esistevano siti peggiori dove trascorrere l'infanzia. Ai ragazzi veniva ricordato continuamente, dal riformatorio alla fame in strada, dall'elemosina agli abusi di famiglie sbagliate. Come deterrente, quel cancello aveva sempre funzionato, avrebbe funzionato anche in futuro.

Michele fece per salire sul pulmino quando l'autista lo fermò brusco.

"La valigia".

Michele ammutolì, sicuro di essere stato scoperto.

"Dammela", aggiunse l'autista, mentre il ragazzo sudava freddo, soprattutto per il suo clandestino.

"La metto su io", fece ancora il guidatore.

Il pulmino era strapieno di operai della conceria e sulla parte posteriore aveva una scaletta che portava al portabagagli sul tetto.

"Non preoccuparti, la leghiamo bene".

"...MA ... MA...".

"... cosa diavolo hai qui dentro? Pesa come una mucca da mungere!".

Prese la valigia con due mani per sollevarla e dovette perfino appoggiarla sulle ginocchia tanto era pesante.

"FERMATEVI!", esplose con rabbia la madre superiora, la cui voce si sentì fino dalla finestra del suo ufficio, da dove osservava la partenza del ragazzo.

In pochi secondi si scatenò il finimondo. L'autista lasciò scivolare la valigia dalle sue ginocchia, mettendosi sull'attenti come fosse lui il colpevole. La valigia cadde pesantemente per terra, con un fragore che sembrò ai più attenti il rompersi di un vaso di terracotta. Michele rimase fermo e fiero, quasi fosse davanti a un plotone di esecuzione.

Le suore, tutte le suore, formarono un codazzo dietro la superiora che avanzò decisa e a testa bassa come un rinoceronte. I ragazzi grandi, che stavano alle finestre della loro camerata, cominciarono a strillare.

"Sergio, scappa. SCAPPA!".

Alla confusione generale si aggiunse anche quella degli operai che stavano nel pulmino. Scesero tutti per capire cosa stava succedendo, anche se tutti avevano ormai capito. Si era in presenza di un fuggiasco.

"APRI QUELLA VALIGIA, MASCALZONE!".

La superiora trafisse Michele con lo sguardo.

"Forza! Apri!".

Il ragazzo si piegò sulla valigia che per la caduta si era deformata. Il cartone pressato si era bombato.

Michele aprì la valigia e si preparò alle conseguenze...

"E questo cos'è?!! UNO SCHERZO??".

Nella valigia di Michele, insieme ai suoi pochi indumenti e ai fogli che promettevano un intrepido futuro, c'era una dozzina di grossi mattoni di pietra dura.

Suor Erminia prese Michele per l'orecchio e gli abbassò la testa sulla valigia.

"Adesso, Signor Dolci, mi spieghi questo. SUBITO!".

La suora prese in mano uno dei mattoni, anche per dimostrare la sua forza al ragazzo e si accorse che dietro c'era un biglietto scritto a mano.

Addio.

S.

La superiora capì immediatamente per cosa stava quella "S.".

"Portatemi Sergio. Voglio quel moccioso qui. Subito!".

Ordinò implacabile al branco di pinguini dietro di lei, che presero a correre all'impazzata, incrociandosi pericolosamente.

"E voi, cosa avete da guardare? Tornate sul bus!". Gli operai non erano sotto l'autorità della suora ma non se lo lasciarono ripetere due volte.

"Sergio non c'è, Madre!", il coro delle suore raggiunse il cancellone dove la superiora teneva Michele inchiodato con lo sguardo, mentre con una mano che sembrava di ferro gli stringeva il braccio sinistro.

"Credo sia fuggito nella notte", disse Michele alla suora.

"E i mattoni, allora. Credi sia così stupida?".

Michele avrebbe voluto dirle che erano stati messi nella valigia dai suoi compagni per fargli uno scherzo. Ma se ne sarebbe dovuto accorgere dal peso. Non funzionava, la suora si sarebbe ancora più imbufalita.

Avrebbe voluto dirle che erano un ricordo per ognuno degli anni passati nell'Istituto… "Naaa".

Scelse di non aggiungere parola.

La suora aveva ormai firmato le carte per la nuova vita di Michele, non era più un affare dell'Istituto.

"Vattene!".

"E ricordati la promessa. Lavora, fatti una famiglia per bene. Non far soffrire chi ti vuol bene".

A quella frase, Michele, che non aveva nessun parente in vita, capì che la suora in fondo gli voleva bene. Per quanto brusca e feroce, la superiora considerava *suoi* quei ragazzi.

"Allora, dov'è Sergio?", gridò alle suore.

"Superiora, abbiamo cercato ovunque. Non c'è".

"Guardate sul pulmino, sopra il tetto, dentro il motore. Da qualche parte si sarà nascosto quel fringuello".

Le ricerche durarono tutta la mattina.

"Portate tutti i ragazzi nel salone principale!", ordinò

suor Erminia. Li avrebbe interrogati uno ad uno, controllando le loro tasche alla ricerca di indizi.

"In piedi, e che nessuno si muova!", erano tutti ritti sull'attenti.

Arrivarono anche i carabinieri, chiamati dalle suore.

Dopo tre ore di perlustrazione a tappeto e severi controlli al pulmino, l'autista ricevette il benestare della superiora e dei carabinieri. Fece salire tutti gli operai, compreso il nuovo assunto Michele, e prese la strada verso la conceria.

La strada era accompagnata da un doppio filare di cipressi, alti, possenti.

I carabinieri lasciarono l'Istituto con una dichiarazione della madre superiora che un bambino dato in affidamento risultava *disperso*. Avrebbero comunicato l'accaduto allo zio Aldo, che aveva firmato l'affidamento.

Sergio, neanche dieci anni di età, da quel momento era anche ufficialmente *ricercato*.

"Madre superiora, Madre superiora!", suor Nicoletta correva concitata lungo il corridoio, verso la porta dell'Istituto dove la superiora stava salutando i carabinieri.

"Guardi cosa ho trovato…".

"È un libro".

Ventimila leghe sotto i mari
di Giulio Verne

"Era sotto la sua scrivania, in fondo in fondo. È pieno di appunti a mano…".

La madre superiora prese il libro dalle mani della suora e con passo lento e pesante andò nel suo ufficio. Si lasciò sprofondare sulla sedia e, appoggiati entrambi i gomiti sulla scrivania, raccolse le mani come per pregare. Ma non lo fece. Era una posizione che le veniva spontanea, quando doveva pensare.

Tirò di scatto indietro la sedia, fino alla finestra. Stando seduta, si sforzò di portare lo sguardo più in fondo possibile sotto la scrivania. Era molto grande, ci avrebbe potuto dormire comodamente una coppia di sposi, tanto era larga e lunga, e lo spazio per le gambe era anche molto profondo, correva per tutta la larghezza dello scrittoio. Era una scrivania antica, tutta in legno massello, i quattro piedi si vedevano a malapena. Venne posata a fatica molti anni addietro, prima ancora dell'arrivo di Suor Erminia, e da quella posizione nessuno avrebbe mai pensato di spostarla.

"Malandrino che non sei altro…".

Parlò a se stessa.

"Te ne sei stato qui a leggere mentre tutti ti cercavano fuori. Ti sei nascosto nell'unico posto dove nessuno sarebbe venuto a cercarti".

Prese di nuovo il libro di Giulio Verne e si soffermò sugli appunti lasciati da Sergio.

Molte pagine avevano un angolo piegato e varie sottolineature.

Il mare è tutto: non per nulla copre i sette decimi del globo. Ha un'aria pura e sana, è il deserto immenso dove l'uomo non è mai solo, perché sente la vita fremergli accanto. Il mare è il veicolo di un'esistenza soprannaturale e prodigiosa, è movimento ed amore, è l'infinito vivente. [8]

Le venne in mente quando vide per la prima volta quel ragazzino irrequieto.

"Da grande farai il giro del mondo. Ma, per ora, te ne starai chiuso qui!!", lo aveva deriso. Ripensò alla sfida che gli aveva lanciato quando ancora non poteva raccoglierla.

"So qual è la tua meta. Il mare. Finalmente".

CAPITOLO VIII

IL PRIMO PORTO

~

Per la prima volta nella sua vita, la madre superiora ispezionò il fondo della scrivania. Era sicura che avrebbe trovato spunti su come e dove andare per riprendersi quel fuggitivo. Si aspettava la furia di Aldo Dal Boni non appena avrebbe appreso la notizia. La perdita di Sergio rappresentava un danno d'immagine grave per l'Istituto.

Malgrado l'età e qualche accenno d'artrite, che le impediva dei movimenti fluidi, soprattutto quando doveva piegarsi sulle ginocchia, reggendosi alla sedia la suora si sdraiò per terra. Strisciando e contorcendosi come una serpe acciaccata riuscì a toccare il fondo con quel copricapo nero che sembrava cucito alla sua testa. Non chiamò in aiuto le suore, non voleva essere derisa, né aveva intenzione di aspettare il loro arrivo.

Effettuò quella difficile manovra con rabbia. Non si dava pace per essere stata raggirata dal ragazzino che aveva osato l'impossibile: fuggire dal *Suo* Istituto, addirittura lasciando come in un gesto di sfida quel bigliettino "Addio. S.". Suor Ermina capiva che non era rivolto alle suore, all'orfanotrofio o ai suoi compagni. No, era diretto personalmente a lei, la madre superiora che nove anni prima lo aveva strappato alla sua famiglia.

Non che Sergio sapesse nulla di sua madre, di suo padre, né dello zio Aldo, né di altri componenti del suo nucleo familiare. Né tantomeno delle sue origini nobili e ricche, tanto più perché costretto a vivere con pochi stracci e cibo razionato in quel casermone di suore e di ragazzi abbandonati al proprio destino.

Ma la madre superiora sapeva bene nell'inchinarsi e sdraiarsi a testa in giù sotto la sua scrivania che *il Sergino*, come lo chiamava lei con le altre suore, più perché fragile e smilzo che per affetto, aveva assistito più e più volte al drammatico momento in cui i bambini varcavano quel cancellone di ferro. Per quanto fossero piccoli, intuivano che non sarebbero potuti uscire per anni e anni. Era una scena che si ripeteva all'infinito e sulla quale i ragazzi, tutti loro, costruivano la loro disperazione e, dunque, la volontà di fuggire appena possibile.

"Vediamo un po'", parlottò fra sé la suora cercando con fatica di raggiungere gli occhialini da lettura che nell'impacciata discesa sotto la scrivania le erano caduti dal taschino. Allungò la mano lungo il suo fianco destro compiendo una torsione della quale rimase sorpresa.

"E questo cos'è?".

"S 3, ..."

"C"

La suora pensò a tutti i libri di avventura che Sergio aveva divorato pur non facendo compiti, né scrivendo una sola riga in classe. Lei seguiva i progressi dei ragazzi e ne conosceva pregi e difetti, ambizioni e delusioni di ciascuno di loro.

Sapeva benissimo che Sergino era il maggior cliente della grande libreria dell'Istituto, che era rifornita dalle famiglie dei ragazzi morti in guerra. Anche per questo motivo le suore evitavano di bocciarlo alla fine di ogni anno scolastico. Veniva sempre promosso ed era uno strano tipo di promozione la sua, cucita su misura per il suo carattere. I più bravi venivano promossi con lode e con un gelato premio. Lui, per tre anni di fila, era stato promosso con castigo e con un giorno di digiuno.

La suora mise a fuoco la vista e provò a concentrarsi

su quelle scritte sul retro dello scrittoio, fatte a testa in su dal ragazzo. Sergio aveva inciso sul legno, con la stessa chiave universale ricavata dalla forchetta, una serie di numeri in colonna, parole, simboli e cerchi associati ai numeri, che per la suora non avevano molto senso. Non era in grado di comprendere cosa Sergio avesse inciso su quella lavagna personale.

"Uhm, una foglia più un'altra foglia… tre foglie?".

La suora cercava un'illuminazione nei ricordi di quei nove anni trascorsi lì dentro da Sergio.

"Cipressi. Cipressi! Non foglie". Si ricordò chiaramente che il ragazzo si intratteneva fino a tardi sotto gli alberi a schiera quando veniva loro concesso di giocare in giardino. Erano amici suoi, come dei fratelli maggiori, capaci di rendere dolce il suo tormento, di ascoltare in silenzio i suoi voli fantastici, di mormorargli con aliti di vento nuovi segreti della vita al di là del cancello. Molti li vedevano come alberi tristi da cimitero, ma quei molti non avevano la sensibilità di quel ragazzino.

"Ma non puoi esserti nascosto in un cipresso, anche se sei magrolino…".

Si figurò il ragazzino nel tentativo di scalare uno di quegli alberi secolari fino ad arrivare alle foglie e ai rami e non ne vedeva possibilità di successo.

Si tirò su in piedi a fatica, con una manovra altrettanto goffa, ma questa volta era appagata dalla scoperta, anche se non ne aveva colto appieno il significato. Chiamò Suor Franca, che sovrintendeva il dormitorio dei ragazzi grandi e suor Nicoletta che invece badava alle elementari. Arrivarono anche suor Pia, suor Elisabetta, suor Robertina e decine di altre.

"Ho trovato quest'incisione sotto la mia scrivania. È di Sergio". L'aveva ben memorizzata e la poté disegnare su un foglio per le due suore.

"Ma... Madre, come ha fatto?".

Lo stupore delle suore era cristallino. La sapevano capace di tutto, ma questa sua ispezione le rendeva ancora più rispettose e obbedienti. Loro non avevano certo guardato fino al fondo della scrivania quando avevano perlustrato l'Istituto alla ricerca di Sergio. Ma su questo non fecero commenti alla superiora.

Suor Robertina e suor Elisabetta avevano passato al setaccio l'ufficio della direttrice, ma non avevano avuto l'ardire di violare quella specie di santuario, né avevano la flessibilità necessaria per piegarsi a controllare se il ragazzino si fosse nascosto proprio lì sotto. Suor Nicoletta, più scrupolosa delle altre due, aveva ricontrollato l'ufficio e trovato il libro sotto la scrivania. Le suore si guardarono con complicità e la madre superiora capì cosa era successo.

"Lasciamo stare come ha fatto a nascondersi e a scappare. Ora, è importante capire dov'è andato. Dobbiamo riprendercelo o per l'Istituto saranno guai", tagliò corto la superiora.

La notte precedente la partenza di Michele, insieme all'eccitazione per i programmi militari c'era stato un lungo e serrato confronto fra i ragazzi. Ognuno di loro aveva messo impegno e creatività nel costruire un piano di fuga per la loro mascotte, che avevano tutti preso molto sul serio.

L'idea di infilare Sergio nella valigia era stata una trovata geniale di Tommaso, ancora un mese alla sua uscita dall'Istituto. Si era alzato immediatamente un coro di approvazione da parte degli altri e Sergio era stato aiutato a piegarsi in due, in quattro, in otto e in mille altri modi per riuscire a stare lì dentro senza parlare, senza fiatare, senza muoversi.

Le prove erano andate avanti a lungo, c'era sempre qualcosa da sistemare. Un ginocchio troppo sporgente, la testa che premeva sul cartone della valigia, le dita dei piedi da piegare indietro. Lo stratagemma non era affatto male. La valigia dopo vari tentativi era stata chiusa. Sergio si era incastrato alla perfezione.

Ora rimaneva la prova del peso.

"Dai Michele, alzala!".

"NO, non così, più disinvolto. Devi far credere che sia vuota…".

Michele veniva aiutato dai ragazzi a gestire i movimen-

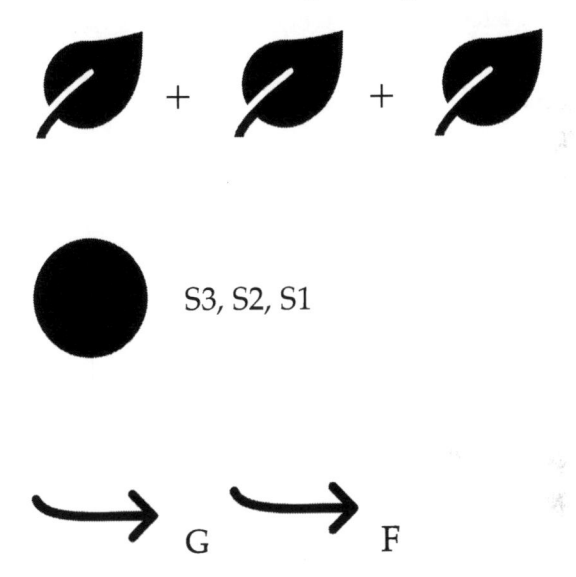

🍃 + 🍃 + 🍃

●   S3, S2, S1

➡ G   ➡ F

ti, a simulare un tranquillo viaggiatore con la sua breve scorta di effetti personali.

"Ecco, così! Guardatemi…". Michele aveva fatto un giro tra le brande con la valigia che gli arrivava al ginocchio, il braccio sinistro lungo il corpo, quello destro leggermente piegato per dimostrare leggerezza di portamento. Sergio non fiatava, non si muoveva, come fosse congelato. Era una piuma, il suo respiro silenzioso lo faceva fluttuare.

"Siiì".

"Urrà!".

"Domani sarai fuori di qui, ragazzino", gli aveva detto uno dei grandi, avvicinando la bocca alla valigia, come fa un padre quando parla al suo bambino ancora nel pancione della mamma.

Avevano riaperto la valigia mentre l'eccitazione per il futuro in divisa, chi nei reparti di fanteria, chi da aviatore, chi da marinaio, saliva alle stelle.

Sergio si era avvicinato a Michele e gli aveva sussurrato all'orecchio. "Non possiamo farlo, ci scopriranno. Il percorso fino al cancello è troppo lungo".

"Però, l'idea è grandiosa", aveva replicato Michele. "Possiamo farcela. Tu, preoccupati di mantenere il respiro. Al resto penso io".

"Ho un piano. L'ho visto in uno dei libri delle suore", aveva incalzato Sergio.

"Giocheremo sul fattore sorpresa. Non dire niente a nessuno, facciamo finta che io sia nella valigia davvero!".

"Mi piace... continua!", Michele aveva partecipato al disegno di fuga come se i due stessero già pianificando un piano di attacco al di là delle linee nemiche, come fossero già in uniforme, nel nome della Patria. L'uno per l'altro, amici per la vita, fratelli.

Sergio e Michele erano andati nella dispensa, furtivamente e in gran silenzio, coperti anche dal vociare e dalle risate dei ragazzi, che le suore tolleravano. Erano strisciati come lucertole lungo le pareti, avevano aperto una porta dopo l'altra senza fare il minimo rumore. Negli scaffali della dispensa, accanto a pasta, riso e pane spesso rinsecchiti, c'erano anche utensili per il giardino, attrezzi arrugginiti e mattoni di pietra, che le suore usavano per delimitare le aiuole quando era l'epoca della fioritura.

La piccola dispensa era in fondo al refettorio, la mensa dove i ragazzi si riunivano al mattino per la preghiera prima di andare in classe e che, anche quando l'anno scolastico era finito, serviva alle suore per radunare i ragazzi e fare l'appello. Hai visto mai che qualcuno avesse avuto il malsano coraggio di fuggire durante la notte.

Michele e Sergio si erano portati dietro la valigia e l'avevano riempita di mattoni. L'avevano poi lasciata in refettorio sotto la sedia che, di regola, Michele occupava. Erano tornati di corsa nei loro dormitori e avevano aspettato il mattino. L'unica cosa certa e incrollabile nei loro piani di fuga era la metodica e rigida osservazione delle attività, dei ritmi e delle abitudini che la madre superiora aveva imposto alle suore. Erano completamente prevedibili nelle loro regole.

Michele, al termine dell'appello, aveva preso la valigia senza dare nell'occhio e si era incamminato leggero verso l'ufficio della superiora. Sergio era tornato nella sua camerata e si era affacciato alla finestra che dava sul cortile.

Quando aveva visto la madre superiora piombare come una furia sull'autista del pulmino, che mal si districava con una valigia pesante, aveva capito che era il momento giusto. Nessuno avrebbe badato a lui. Si era calato nell'ufficio della superiora e si era nascosto sotto la sua scrivania come aveva fatto moltissime altre volte. Le suore avrebbero perlustrato palmo a palmo tutto l'Istituto ma non avrebbero avuto né l'agilità, né la voglia di ficcare il naso sotto quella massiccia struttura di legno, segno di potere assoluto della direttrice.

Quando erano arrivati i carabinieri, che venivano sempre in due per portare i documenti del governo alla superiora o per annunciare qualcosa di drammatico che riguardava i familiari dei bambini in affidamento, la giostra delle suore attorno alle mura del convento si era placata.

La superiora si era intrattenuta nel salone principale con i carabinieri.

"Direttrice, abbiamo finito. Se ci firma il rapporto, una volta arrivati al Comando, facciamo partire le ricerche", disse uno di loro, mentre la madre superiora siglava con stizza il verbale dei carabinieri, che se ne andarono.

L'autista del pulmino, invece, attese il via libera della

suora. Non ebbe il coraggio di lasciare l'Istituto senza il suo permesso.

Stabilito che Sergio era scomparso, il codazzo di suore si ricompose nel salone principale, anch'esse in attesa di ordini da parte della madre superiore.

Il cancello era ancora aperto e non più sorvegliato!

Sergio scivolò via dalla scrivania e si lanciò come un gatto invisibile verso la fila di cipressi alla sinistra del cancellone. Dal palazzo dell'Istituto a quella barriera di ferro c'erano due file di cipressi a semicerchio, tre a sinistra per disegnare il lato del grande giardino e tre a destra per delineare l'area adibita al parcheggio, dove in quel momento c'erano il pulmino e l'auto dei carabinieri. Alti, belli, saggi, compiacenti, fedeli. E la doppia fila di quegli alberi etruschi proseguiva parallela subito dopo il cancello, per tutta la collina.

Si fermò impalato dietro il primo amico cipresso di sinistra, quello che identificava nel suo piano come S3. S'incollò al tronco, gonfiò il petto con un bel respiro.

Con un altro scatto raggiunse S2, poi S1. Ora veniva la parte più difficile. Avrebbe dovuto raccogliere tutto il suo carico di speranze, invocare la fortuna che non aveva avuto finora, cercare nel profondo del suo cuore l'energia che aveva assorbito dai racconti eroici e la solidità che aveva preso in prestito dai cipressi.

Come previsto, "C" era ancora aperto! E incustodito!

Lanciò uno sguardo a Michele, che strizzandogli un occhio e con un sorriso compiaciuto gli comunicò "Vai!".

Era come una pacca sulla spalla, un gesto di sincero incoraggiamento. Dentro quella smorfia c'era il segno di un'amicizia, nata grazie agli strani giochi del destino. Michele aveva in mano i documenti per uscire. Era come un poker servito. Sergio non aveva altro che scartine, anzi non ne aveva proprio di carte. Ma aveva un alleato, per la prima volta nella sua giovane vita. Qualcuno disposto a rischiare con lui, per lui. Non si sarebbero mai più visti. Entrambi lo sapevano. L'unione fra i due fu immensa. Brevissima, fortissima, capace di dare un senso alle loro vite.

Sergio sorrise a Michele e con un ultimo scatto volò via, oltre le suore, oltre la conceria, oltre la grande ferrea, eterna C. La madre superiora avrebbe trovato il suo addio (A), lui sarebbe andato incontro al nulla. Con il sorriso stampato sulle labbra, negli occhi, nella pancia, nei piedi.

Corse più veloce che poteva, proteggendosi la fuga tra i cipressi, che accarezzava un po' con la schiena, per nascondersi, un po' con le mani, per ringraziare quei compagni sempreverdi. Zigzagando si precipitò giù per le colline.

Si ricordò di Luigino e della sua carriola. Gli aveva dato alcune indicazioni che Sergino teneva come un manuale di viaggio nella sua testa.

"Sono stato anch'io qui", gli aveva detto la prima volta che si erano visti, quando gli aveva fatto quell'aeroplanino di carta.

"Davvero? E non ha mai cercato di scappare?", gli aveva chiesto Sergio che continuamente cercava informazioni sulla vita fuori dall'Istituto. Aveva cominciato a farsi domande dopo aver incontrato Oreste e aver scoperto l'esistenza di un altro pianeta. Cercava risposte nei libri, interrogava i lavoranti esterni, scandagliava ovunque per avere indizi, suoni, odori che non fossero solo quelli dell'Istituto.

"No, non ho mai avuto idea di cosa ci fosse là fuori, prima di metterci il naso", gli aveva risposto Luigi.

"... Però, devo dirti che tornerei volentieri qui dentro".

"Perché?", gli aveva chiesto di rimando Sergino, ascoltando con attenzione le parole del ragazzo.

"Perché mi sentivo al sicuro...".

"... perché avevo qualcuno che si occupava di me...".

"... e perché non è andata proprio come mi avevano

detto o come mi sarei aspettato...".

Sergio non lo aveva interrotto, Luigino parlava principalmente a se stesso.

L'attività conciaria si era sviluppata nel Granducato di Toscana, tra Firenze, Pisa, Arezzo, Santa Croce sull'Arno, come una delle più floride e promettenti industrie. Ogni anno venivano prodotti centinaia di migliaia di articoli dalla lavorazione delle pelli bovine, usate per le tomaie e le suole delle scarpe, e quelle di capra e agnello per guanti, corsetti e altri accessori d'abbigliamento. L'Arno garantiva il flusso via terra e via fiume del bestiame e del materiale prodotto. E la presenza di ampie zone alberate e boschive era ben utile per ricavare i tannini vegetali, con cui le pelli venivano trattate per non farle putrefare.

Alla fine dell'Ottocento, tra Santa Croce e San Miniato, si era diffusa un'epidemia di carbonchio, una malattia infettiva derivata dal batterio dell'antrace, dovuta al contatto con le pelli in ammollo degli animali appena macellati. Rendere le loro fibre impermeabili e lavorabili richiedeva varie operazioni, dal rinverdimento alla depilazione, dalla scarnatura alla spaccatura, fino alla decalcinatura e alla macerazione. A quel punto, a seconda del prodotto in cuoio o pelle richiesto, si procedeva con la concia mediante l'impiego di sostanze e acidi diversi, tutti nocivi alla salute.

La zona del cuoio era particolarmente attiva durante la Grande Guerra per la produzione di calzature militari e la sua importanza cresceva con l'avvicinarsi di una nuova guerra. Gli stivali dei soldati erano realizzati in pelle, le suole in cuoio; in pelle erano le custodie delle armi, come vari componenti di equipaggiamenti bellici; le cinghie di trasmissione dei carri erano in cuoio. Questo rendeva il tannino e le concerie, cruciali per l'impegno militare.

"... le suore mi avevano promesso un avvenire di lavoro e famiglia, ma in conceria mi sono ammalato... non avevo creduto ai ragazzi che avevo incontrato il primo giorno...".

"... mi avevano messo in guardia... ma anche loro, giorno dopo giorno, finivano all'ospedale... Anch'io sono finito a Pisa, quasi morto, non riuscivo a respirare".

"Ragazzo, non andare in conceria!", bruscamente, Luigino aveva richiamato il piccolo nel caso si fosse distratto.

"Le suore, però, mi hanno aiutato. Qui, nella fattoria del signor Bruno, non mi va male...".

Sergio e Luigi si incontravano solo una volta l'anno e ogni volta riprendevano da dove erano rimasti.

".. E tu? Tu, cosa vuoi fare da grande?", gli aveva chiesto Luigi.

"Andare per mare!", aveva risposto Sergino, che aveva aggiunto subito le domande che teneva pronte da un anno.

"Com'è il mare? Ci sei mai stato?".

"Sì, ci sono stato diverse volte. Quando ero in ospedale mi portavano con un pulmino a vedere le navi, nel porto, alla foce dell'Arno. Dovevo disintossicarmi, mi dicevano gli infermieri. "Respira forte, dai fiato ai tuoi polmoni", mi dicevano".

"E che odore ha il mare?", aveva chiesto ancora Sergino, mentre il ragazzo proseguiva nel suo racconto.

"... quando guardi il mare, senti gli occhi che si allargano per coprire tutto l'orizzonte. Vicino a te è azzurro, verde, trasparente. Lontano è blu, blu scuro. Ma la linea dove si unisce al cielo è fatta di luce. Se strizzi gli occhi ti sembra di poterla toccare con la punta delle dita".

Luigi, a sua insaputa, aveva rafforzato i sogni di Sergio.

"... l'odore dei pesci appena pescati ti frizza nel naso, si confonde col sapore di sale che ti si appiccica al viso...".

"... e c'è sempre vento! A volte ti accarezza le sopracciglia come se una fata ti baciasse, a volte ti sposta i capelli, ti costringe a chiudere gli occhi, non puoi contrastarlo, ma neanche vuoi. È piacevole...".

"... e spinge le barche a vela, che scivolano sull'acqua seguite da uccelli canterini alla ricerca di cibo...".

"... ecco, niente è così grande come il mare. Le navi sono enormi, con i cannoni, con le reti...", Luigino faceva un tutt'uno fra scafi della marina e pescherecci.

"... sono stato in un porto, non a Pisa, dove ci sono le navi da guerra, devi vederlo. Ne rimarrai abbagliato!".

Sergio lo aveva ascoltato con emozione.

"Quale porto?".

"La Spezia! Lì sono tutti in divisa, chi blu, chi bianca, chi sporco di grasso, chi immacolato. Spostano carri, caricano casse, marciano in fila...".

"... avrei tanto voluto farne parte, ma non mi hanno preso perché non ero in buona salute", il tono di Luigi si era fatto malinconico. Sergio lo ascoltava in silenzio, quasi dovesse prendere appunti.

"Mi sono presentato al Comando militare di Firenze, dove mi hanno mandato in infermeria a fare i controlli.... Volevo arruolarmi".

"Invece, mi hanno consegnato un foglio con su scritto *NON ABILE*. In quel momento ho pensato che sarebbe stato meglio tornare dalle suore...".

"... la madre superiora mi ha trovato un lavoro nel podere del signor Bruno, ... così sono vicino all'Istituto, dove sono cresciuto... un po' come stare con la mia famiglia".

Luigino aveva descritto a Sergio le colline e la strada che si staccava dall'edificio delle suore e arrivava giù in paese, con i negozi alimentari, la scuola pubblica, la chiesa, la ferrovia.

"Come faccio ad arrivare alla Spezia?", gli aveva chiesto Sergio.

Luigi si era aspettato quella domanda. Il ragazzino era molto determinato. Non era solo il mare che andava cercando. Era un porto. E non uno qualsiasi, puntava a quello con le navi da guerra. Gli aveva parlato della Spezia e non di Livorno, che era il più grande fra i due, soltanto perché lo aveva visto di persona, altrimenti avrebbe scelto di sicuro il più importante.

"La cosa migliore… oddio, l'unica… che puoi fare è prendere un treno", Luigi si era accorto che il bimbo era troppo piccolo e che aveva forse visto un treno in qualche libro, ma certo non potevano essere indicazioni alla sua portata. Cercò, allora, di banalizzarle un po'.

"Voglio dire che devi arrivare dove ci sono dei binari e quando vedi qualcosa di grande che sbuffa e lancia vapore sopra di sé, ecco, quello è …".

"Un drago!", gli aveva detto al volo Sergino che, guardando la reazione impietrita di Luigi era sbottato a ridere in modo scomposto.

"Ehi, ho sette anni. Sono piccolo, non scemo!!", e aveva continuato a ridere. Luigi si era unito a lui in una risata convulsa.

Poi, sempre ridendo, aveva proseguito nel tracciargli idealmente una mappa del tesoro. "Va bene, arrivi al treno e lo prendi al volo. Non quello delle persone, che si ferma alla stazione. No. Devi prendere quello che rallenta la sua corsa ma non si ferma perché ha già il suo carico di merci che devono arrivare al porto. Quello è il tuo treno".

Non era stato lì a dirgli che di treni che andavano al porto ce n'erano diversi. Alcuni andavano a La Spezia e poi a Genova, altri andavano invece a Livorno e proseguivano verso Sud. Non glielo aveva detto perché in ogni caso un porto lo avrebbe raggiunto.

"E cosa pensi di fare quando arrivi al porto?", aveva chiesto Luigi. "Hai un piano?".

"Ho solo sette anni, forse fra un paio d'anni me ne vado sul serio. Non ora".

"Dai, intanto ci facciamo un giro in carriola, eh?", aveva commentato Luigi.

"Sì, dai che la mezzora di calcio è quasi finita", aveva risposto Sergio chiedendo a Luigi di coprirlo con rami e foglie mentre si adagiava sul fondo della carriola.

Le chiacchiere con quel bravo ragazzo, sempre animato da buone intenzioni, avevano chiarito molti pensieri che gli frullavano in testa: le suore, la corsa verso il mare, l'orizzonte che puoi toccare con mano. Quell'orizzonte era il destino e lui aveva acquisito una certezza. Non importa se ti viene mostrata sempre e soltanto la parte più oscura di una medaglia. Esiste l'altra parte, sempre. E non è detto che sia uguale alla prima. Non è scritto nelle stelle.

Luigi era l'altro lato della medaglia: un amico non cercato, con un sorriso che squarciava la tristezza, pur avendo avuto lui tante delusioni alle spalle.

Oreste, Luigi, Michele. Mio padre si sentì meno solo. Qualcuno, attraverso quella luce tra mare e cielo, mandava i suoi alfieri a coprirgli le spalle.

Il fuggitivo continuò a correre. Arrivò alla stazione dei treni. Non aveva con sé niente più che se stesso e un tozzo di pane secco preso la notte prima dalla dispensa. Era libero di scoprire il mondo, di correre verso il mare.

Saltò su un treno merci che transitava lento. Il carro dove salì era adibito al trasporto del bestiame. Erano i migliori compagni di viaggio che avrebbe potuto incontrare. Niente domande, niente soprusi, nessun giudizio. Ogni tanto qualche belato che lo faceva sentire al sicuro. Trovò rifugio in un angolo del carro e si addormentò.

Salendo su quel treno, non ne conosceva la direzione o le fermate che avrebbe fatto. Si risvegliò per un sobbalzo del carro. Rotolò sul fieno che gli faceva da materasso, finì contro le zampe di una pecora che si voltò e lo guardò in modo materno, amorevole.

"Sei arrivato, piccolino", sembrava dirgli la signora dalle labbra baffute in abito di lana.

Sergio sporse la testa fuori dal carro mentre il cartello *La Spezia* gli scorreva davanti agli occhi.

Un profumo lo avvolse, lo sollevò. Lo riconosceva pur non avendolo mai respirato. Tra l'olezzo misto di carburanti usati, di ferro arrugginito, di pesce marcio, di corde bagnate, di sudatissimi scaricatori di porto, riconobbe inconsciamente quello del salmastro, lo avvertì sulla pelle come una ventata di felicità.

"Il porto!".

Saltò giù!

CAPITOLO IX

IL NAUTILUS

~

L'Arsenale militare marittimo di La Spezia era uno dei capisaldi della Regia Marina Italiana. Si racconta che il primo a intuire la posizione strategica di quel golfo per il controllo del Mar Mediterraneo fu Napoleone Bonaparte. La struttura fu poi fortemente voluta dal primo ministro del Regno d'Italia, Camillo Benso conte di Cavour, che dette il via alla sua costruzione nel 1869.

Sergio scorse al di là delle rotaie una nave da guerra e udì uno schiamazzo di persone, vestite tutte allo stesso modo. Erano giovani marinai che tributavano il saluto alla bandiera prima d'imbarcarsi.

Corse fino all'Arsenale. Era un enorme palazzo abbellito in pietra serena. L'arco d'ingresso, protetto da una doppia coppia di colonne, si affacciava su una piazza circolare. Al centro si stagliava la statua del generale Domenico Chiodo, l'ufficiale del Genio Militare che aveva progettato gli arsenali di La Spezia al nord e di Taranto al sud d'Italia.

Arrivò fin sotto la statua. Quel luogo solenne e maestoso gli fece rallentare il passo, rendendolo fluido e immobile allo stesso tempo.

***

No, non è un controsenso. Avete mai provato quella sensazione di movimento etereo? Forse durante il sonno, oppure in un sogno ad occhi aperti. Il mio non era un sogno. Fluttuavo insieme al piccolo Sergio davanti a quel monumento. Ero in totale sincronia con lui.

Più che un movimento è una vibrazione spirituale. Ti senti libero, libero di muoverti dove vuoi, con lo sguardo, con le mani. La tua sfera si espande e puoi volare, fino ad osservare il mondo dall'alto. Esplori senza essere scoperto, canti senza che il tuo inno risvegli la coscienza altrui. Puoi roteare, capovolgerti, guardarti attraverso. Il tuo fisico è aria, i tuoi sensi sono leggeri e invincibili. Sei vigoroso come un cavallo, imponente come un drago, sensibile come una foglia nel vento. La tua mente riesce ad elaborare dati impossibili, a plasmare la logica, perfino a disegnare l'intimo dell'anima.

Quanto più lasciamo scorrere dentro di noi la forza dell'immaginazione, tanto più siamo capaci di elevarci allo stato puro, di sentirci eroi o angeli. La stessa forza dovrebbe venirci in aiuto quando ci sentiamo così deboli da non riuscire a percepire attorno a noi quegli eroi e quegli angeli. Uso il condizionale perché, a volte, troppo spesso, ci rifugiamo dietro una barriera di regole fisse, legami stratificati, variabili invariabili, e respingiamo la fantasia e l'idea eccentrica come una perdita di tempo, se non addirittura come frutto colpevole dell'assurdo.

***

Sergino si sentiva grande, adulto, un giovane uomo pronto alla sua nuova vita piena di avventure marinaresche e gloria. Guardò insù puntando il nasino verso lo sguardo fiero del generale Chiodo, che gli sembrò sincero e protettivo. Una mano fredda e dura come il marmo lo afferrò per un braccio.

"Corrisponde alla descrizione. È lui!".

Le suore avevano chiesto ai carabinieri di sorvegliare i

porti del Tirreno, da Livorno fino a Genova, descrivendo quel fuggiasco. E d'altra parte, gli unici ragazzini che avevano il permesso di girovagare attorno alle caserme erano in uniforme da Balilla, con camicia nera aperta, fazzoletto azzurro con fermaglio a forma di scudo con effige del Duce, pantaloni corti grigio-verde, calzettoni dello stesso colore, cintura e fascia nera, fez nero. Mento prominente, spalle dritte e gambe tese.

Denutrito, mal vestito, imbrattato e male odorante, senza cappello, né portamento da Balilla, Sergio era una mosca bianca, immediatamente riconoscibile. L'unico sasso proprio in mezzo al torrente, un ostacolo piccolo e isolato, ma ingombrante quel tanto che basta per costringere l'acqua a deviare il corso naturale e a piegare le linee in curve, increspando la superficie con bolle e spruzzi. Come un insetto fastidioso.

La stretta del carabiniere era tale da non permettere a Sergio di fuggire. Si dimenò, scalciò, strillò. Nulla. Un secondo carabiniere rafforzò quella morsa. Lo tenevano sollevato per le braccia. Il ragazzino disegnava vortici con le gambe ma non riusciva a prendere il volo. Guardò di nuovo il generale Chiodo, invocando il suo aiuto.

"FERMI!".

Dal portone dell'Arsenale avanzò una figura in uniforme, con file di gagliardetti sul petto. Scortato da un paio di giovani sottufficiali di Marina si avvicinò ai carabinieri, che con la mano libera fecero il saluto al militare di alto rango. A giudicare dal peso delle medaglie doveva essere almeno Capitano di Vascello. Per loro era il pari grado di un Colonnello.

"Buongiorno Signori. Dite, cos'ha fatto questo giovanotto?".

"È fuggito dall'Istituto religioso per i bambini orfani di Firenze, Signore".

Il capitano, con passo misurato e autorevole, fece il giro

attorno ai carabinieri e a quello smilzo che continuava a fare mulinelli con le gambe nel tentativo di liberarsi.

Uno dei carabinieri sfilò dalla tasca un foglio piegato in quattro e lo porse a uno dei sottufficiali che scortavano il capitano. Era il fonogramma con la descrizione del ragazzo e l'ordine di riportarlo all'Istituto. Il militare stese il foglio nell'intento di darne lettura, ma il suo superiore lo gelò con una smorfia.

"Come ti chiami?". Il capitano si mise le mani sui fianchi e si piegò fino a inquadrare per bene il viso del fuggiasco, che smise di muoversi all'impazzata cercando di darsi un contegno, non tanto per rispetto di quella figura, né per timore di subire maggiori conseguenze, semplicemente per rispondere delle proprie azioni in modo fiero.

"Sergio Dal Boni".

"Sergio Dal Boni, Signore", lo corresse austero il capitano, che già lo trattava da recluta.

"Sergio Dal Boni, Signore", ribatté immediato, con voce squillante.

Il capitano aveva una lunghissima esperienza nel leggere i suoi militari, nel selezionarli per le varie missioni. Non ci mise molto a capire quel ragazzo che era in grado di convertire la tristezza che ne aveva accompagnato i suoi primi anni senza genitori in un'esplosione di gioia per la vista del mare e delle navi. Sergio impersonava il desiderio di un futuro raggiante, emanava energia positiva dai riccioli unti e dalle unghie sporche.

"Coraggio, impeto. Bene. Ne faremo un glorioso marinaio! L'Italia ha bisogno di ragazzi come questi. Il Re li invoca, il Duce li chiama", esclamò il capitano.

"Questo ragazzo appartiene alla Regia Marina!".

I carabinieri, a quelle frasi e a quella autorità, mollarono la presa. Il ragazzino venne preso in consegna dai due sottufficiali che si ritirarono dopo il saluto di rito al capitano. Sergio scomparì alla vista dei carabinieri, lasciandosi alle spalle il generale Chiodo e il pensiero di dover fuggire ancora dalle suore o di essere portato in qualche riformatorio.

Venne affidato alla casa del Fascio che lo vestì di tutto punto. Dopo poche settimane era pronto al giuramento, che lesse ad alta voce.

Nel nome di Dio e dell'Italia giuro di eseguire gli ordini del DUCE e di servire con tutte le mie forze e, se necessario, col mio sangue, la Causa della Rivoluzione fascista.

Gli venne consegnato anche il decalogo del giovane milite:

Sappi che il fascista ed in specie il milite non deve credere alla pace perpetua.

I giorni di prigione sono sempre meritati.

La Patria si serve anche facendo la guardia a un bidone di benzina.

Un compagno deve essere un fratello: 1) perché vive con te; 2) perché la pensa come te.

Il moschetto, le giberne, ecc. ti sono state affidate non per sciuparli nell'ozio, ma per conservarli per la guerra.

Non dire mai: "Tanto paga il Governo" perché sei tu stesso che paghi, ed il governo è quello che hai voluto e per il quale indossi la divisa.

La disciplina è il sole degli eserciti: senza di quella non si hanno soldati, ma confusione e disfatta.

Mussolini ha sempre ragione!

Il volontario non ha attenuanti quando disobbedisce.

Una cosa deve esserti cara soprattutto: la vita del DUCE. [9]

Ringraziò per i vestiti e il cibo che per la prima volta gli sembrò vero. La sua vita era cambiata in quel preciso istante. Il sorriso che aveva era un sorriso consapevole, ma non arrendevole:

"Se non mi trovo bene, scappo via anche da qui".

Si ritrovò in compagnia di centinaia di ragazzi, vestiti allo stesso modo. Le organizzazioni di regime instradava-

Una Vita Extra

no i giovani nati in Italia al culto del Duce, all'adulazione dell'uomo che incarnava la Patria e cercava vittorie e la nascita di un nuovo impero. Il Mediterraneo già prima del fascismo era stato teatro del colonialismo africano del Regno d'Italia e di altre potenze europee tra Francia, Regno Unito, Germania. L'Italia dominava la Libia e, più giù, navigando il Mar Rosso, Eritrea e Somalia.

Nell'ottobre 1935 il Duce lanciò una nuova campagna d'Africa alla conquista dell'Etiopia. I ragazzi erano facile preda delle pulsioni militari e un nuovo conflitto in Abissinia aveva il sapore di una rivincita contro l'impero di Menelik II, che a fine '800 aveva piegato e respinto l'avanzata dei soldati del Regno d'Italia.

Gli scontri armati durarono sette mesi, le truppe italiane entrarono trionfanti ad Addis Abeba. Mussolini si affacciò al balcone di Palazzo Venezia a Roma annunciando la fine della guerra in Abissinia e la formazione dell'Impero, che venne soprannominato Africa Orientale Italiana (A.O.I.).

La popolarità del Duce segnò il punto più alto. I Balilla erano orgogliosi e fremevano per prendere parte a nuove missioni militari. La scintilla dei successi coloniali davano il senso a quelle camicie, ai loro moschetti con baionetta. I nuovi nati sotto il nuovo Impero prendevano il nome di Figli della Lupa, per analogia con la leggenda dei gemelli Romolo e Remo e la fondazione dell'antica Roma.

In parallelo con le pratiche militari e la disciplina fascista, i ragazzi venivano preparati alle attività sportive, dalla scherma al canottaggio, dal ciclismo al nuoto, all'atletica leggera. Gli insegnanti, a loro volta, dovevano avere nozioni di terapia fisica, di lingue straniere e psicologia, tecnica bellica, igiene, anatomia, canto, arte. I reparti militari di Balilla e Avanguardisti coprivano ogni genere di area territoriale e di difesa della Patria e di attacco del nemico. Ciclisti, sciatori, aviatori, sommergibilisti.

Sergio diventò un bravo marinaio, era ben voluto da tutti perché era vispo, allegro, furbo, servizievole, mai schiavo. Responsabile, divertente, stava al gioco quando i più grandi si burlavano del suo fisico, delle sue idee.

"Ti si vedono le ossa!".

Nonostante il cibo fosse decoroso, era magro di costituzione, come negli anni dell'Istituto.

"Metti a riposo il cervello ragazzino!", lo stimavano per la sua battuta sempre pronta, per l'idea risolutiva, per il genio creativo.

I ragazzi crescevano e imbracciavano le armi, imparavano a sparare, a combattere, a sopravvivere. La Regia Marina era l'eccellenza, senza eccezioni. Preparazione e devozione degli uomini erano massime. I ragazzi si sarebbero spinti con tenacia e spirito di servizio ben oltre la quantità e la bontà degli equipaggiamenti a loro disposizione.

Al consenso popolare non faceva seguito, o almeno non con lo stesso ritmo, la produzione di carri armati, cannoni, aerei, esplosivi, navi. La Nazione era pronta alla guerra, gli armamenti decisamente meno.

Tra il 1939 e il 1943, dalle fabbriche italiane uscirono 11mila aerei per essere impiegati nel conflitto, meno della metà dei 25mila tedeschi o 26mila britannici. I mezzi blindati per le operazioni via terra erano poco più di 3mila e 700, rispetto ai 20mila panzer tedeschi o ai 24mila russi. I numeri erano ancora meno rassicuranti se comparati con gli aerei o i carri americani, allestiti nel solo anno 1943, pari a 86mila e 30mila.

Sulla carta, nelle leggi e nei proclami, l'Italia era ben organizzata per un nuovo conflitto di proporzioni mondiali. Ogni settore venne studiato e regolato. Il 13 ottobre 1938, il Re decretò la nuova classificazione del naviglio.

VITTORIO EMANUELE III

PER GRAZIA DI DIO E PER VOLONTÀ DELLA NAZIONE RE D'ITALIA IMPERATORE D'ETIOPIA

Vista la legge 8 luglio 1926, n. 1178, sull'ordinamento della Regia marina e successive modifiche; [...] Il Regio naviglio è classificato nelle seguenti categorie con la avvertenza che il dislocamento menzionato è quello base di progetto:

Corazzate - Le navi corazzate atte per l'impiego in alto mare con armamento principale di calibro superiore a 203 mm.;

Incrociatori - Le navi di alta velocità il cui armamento principale sia di calibro uguale o inferiore a 203 mm., con dislocamento uguale o superiore a 3000 tonnellate;

Cacciatorpediniere - Le siluranti di superficie con dislocamento fra 3000 e 1000 tonnellate;

Torpediniere - Le siluranti di superficie con dislocamento fra 1000 e 100 tonnellate;

Sommergibili - Le unità capaci di navigare in completa immersione per l'impiego delle armi subacquee. Esse si distinguono nelle seguenti sottocategorie a seconda dell'autonomia, dell'armamento e delle qualità nautiche:

Sommergibili oceanici,

Sommergibili costieri;

Cannoniere - Le navi di velocità inferiore ai 20 nodi e dislocamento inferiore alle 8000 tonnellate che non hanno compiti ausiliari o logistici e sono armate con almeno un cannone di qualsiasi calibro;

Mas. - Le unità di dislocamento inferiore a 100 tonnellate provviste di motori a combustione interna che posseggono i requisiti per dar caccia ai sommergibili o per compiere azioni col siluro;

Navi ausiliarie - Le navi adibite a servizi ausiliari e logistici. Esse sono distinte in sottocategorie a seconda dello speciale servizio cui sono adibite;

Navi di uso locale - Le navi ausiliarie minori destinate a servizi locali delle piazze marittime. [10]

L'Arsenale della Spezia era parte fondamentale di questa strategia, molte categorie previste dal Regio Decreto n. 1483 erano di stanza e di preparazione proprio in quel bacino ligure. In particolare, la prima Flottiglia MAS, composta da Motoscafi Armati Siluranti, ne era il vanto.

Con lo scoppio della Seconda Guerra Mondiale, l'unità speciale avrebbe cambiato nome in Decima MAS e le prime azioni d'attacco si sarebbero rilevate poco incoraggianti, per non dire disastrose, con un ingente numero di uomini e mezzi persi in battaglia.

Il secondo bacino strategico, quello al Sud, in Puglia, faticò a entrare in guerra.

Nell'attacco notturno, la cosiddetta Notte di Taranto, tra l'11 e il 12 novembre 1940, gli aerei della Royal Navy britannica inflissero seri danni all'Arsenale di Taranto. Il comando della Marina si trovò nella necessità di inviare nuove truppe al Sud Italia.

Sergio, aveva compiuto 14 anni da qualche mese, era già abbastanza grande per andare al fronte. Venne assegnato all'unità sommergibili di Taranto.

Sulla tradotta, nel convoglio ferroviario che portava lui e altri ragazzi alla base nel sud Italia, gli altoparlanti diffondevano senza sosta canzoni di reparto e di conflitto. I sommergibilisti, nei mesi a venire, avrebbero avuto anche un proprio inno.

Sfiorano l'onde nere
nella fitta oscurità,
dalle torrette fiere
ogni sguardo attento sta!
Taciti ed invisibili
partono i sommergibili.

*Cuori e motori da assalitori
contro l'Immensità!
Andar pel vasto mar
ridendo in faccia a Monna Morte ed al destino!
Colpir e seppellir
ogni nemico che s'incontra sul cammino!
E così che vive il marinar
nel profondo cuor
del sonante mar!
Del nemico e dell'avversità
se ne infischia perché sa
che vincerà!
Giù sotto l'onda grigia
di foschia nell'albeggiar,
una torretta bigia
spia la preda al suo passar!
Scatta dal sommergibile,
rapido ed infallibile,
dritto e sicuro
batte il siluro,
schianta, sconvolge il mar!
Ora sull'onda azzurra
nella luce mattinal,
ogni motor sussurra
come un canto trionfal!
Ai porti inaccessibili
tornano i sommergibili;
ogni bandiera che batte fiera
una vittoria val!* [11]

Nei bagni del treno, sui muri delle case, ovunque prima di arrivare alla base i ragazzi venivano preparati alla guerra, imparavano a sentirsi già sotto le bombe, a difendersi dallo spionaggio.

"Tacete! Il nemico vi ascolta!". Il manifesto del regime era categorico, senza appello.

L'attacco alla base di Taranto venne considerato a lungo opera di traditori o di nemici infiltrati che passavano le informazioni sui turni di guardia, sulle unità in servizio, sul momento migliore per lanciare l'attacco. In molti giuravano di aver visto l'utilizzo di torce da terra per segnalare agli aerei dove avrebbero dovuto colpire.

La mezzanotte del 10 giugno 1940 l'Italia entrò in guerra con 4 corazzate, 9 incrociatori, 59 cacciatorpediniere, 69 torpediniere, 117 sommergibili di 24 classi differenti, a seconda delle armi a disposizione, e di due subcategorie, per le attività nell'Atlantico o nel Mediterraneo.

Gli scafi per solcare l'oceano erano più grandi degli altri. Vi erano i sommergibili dotati del solo siluro come arma, altri erano muniti di uno o due cannoni per l'attacco in superficie, altri invece erano posa mine.

L'industria bellica italiana faticava a stare al passo con quella tedesca o britannica, anche sotto l'aspetto tecnico. La flotta italiana di sommergibili si presentava alla Seconda Guerra Mondiale come una delle più grandi al mondo, ma le altre erano più veloci, potevano immergersi in meno tempo e stare più a lungo in acque più profonde. L'eroismo e l'abnegazione dei marinai italiani era però ineguagliabile.

I sommergibili erano poco più che scatole di sardine. Uomini e siluri si dividevano spazi drasticamente ridotti all'essenziale.

Le missioni erano principalmente due: distruggere le navi mercantili del nemico, le petroliere che avrebbero potuto rifornire di carburante i mezzi militari sia di mare che di aria; distruggere le navi militari per decimare il nemico e proteggere le navi alleate impegnate in guerra.

Dalla notte del devastante attacco britannico, alla base di Taranto vigeva il coprifuoco. Al tramonto piombava come in catalessi, completamente al buio. Il suono delle sirene aggiungeva dramma all'attesa di ordini dall'alto comando.

"Sergio!", esclamò il sottufficiale in servizio di ronda. "Avverti il Comandante. È in arrivo un altro raid degli aerosiluranti!".

Correre era da sempre una delle sue doti migliori. Il Comandante dell'arsenale era in piedi nella sala dei radiotelegrafisti. Il segnale di allarme era già nelle sue mani. "Grazie, ragazzo. Torna pure al tuo plotone. Molto bene".

Avrebbe voluto dare qualche notizia al sottufficiale di servizio, ma non aveva il rango per poterla chiedere al comandante, né era concesso far domande. Si ubbidiva e si eseguiva.

Aerei sorvolarono la base, quella notte e la notte seguente. Erano avvistatori. I cannoni spararono colpi in cielo a ripetizione ma nessun nemico venne colpito. Nessun'altra bomba venne sganciata.

Tra i ranghi dell'Arsenale era tornato il buon umore, nuove navi erano in arrivo, anche due sommergibili: uno di tipo Atlantico, l'altro più piccolo per il Mediterraneo. I ragazzi facevano scommesse su quale sarebbero stati assegnati.

"Ehi, sentite questa".

Le barzellette, benché non tutte facessero ridere, stemperavano la tensione, sdrammatizzavano l'ombra nera della (molto) possibile morte in mare.

L'Asse fra Italia, Germania e Giappone era già in vigore da un paio d'anni, la guerra era solo all'inizio.

Nelle caserme delle tre nazioni, la Propaganda faceva alacremente il proprio lavoro. Nelle camerate, nelle mense, venivano distribuite le cartoline dei *Buoni Amici in tre Paesi*. Bimbetti festosi con le bandiere del Sol Levante, della svastica nazista e del tricolore con scudo crociato e con le figure di Hitler, Konoe e Mussolini, celebravano la partecipazione all'Asse nipponico-italo-tedesco. I militari le usavano per scrivere ai parenti, alle mogli o alle fidanzate e, in questo modo, la diffusione del messaggio raggiungeva anche le famiglie.

"Allora... Ci sono un giapponese, un tedesco e un italiano. I tre si sfidano prima di imbarcarsi sui loro sommergibili. Il giapponese dice: "Il nostro sommergibile è così lungo che per andare da poppa a prua abbiamo bisogno delle biciclette".

I marinai si spingevano fra loro, ridevano. C'era chi imitava la faccia del giapponese tirandosi gli occhi con le dita. Tirava fuori anche la lingua. Mimava una specie di mostriciattolo nano nell'intento di spostare in avanti la sua mini bicicletta.

"Il tedesco dice: "I nostri U-Boat sono ancora più lunghi. Per andare da poppa a prua usiamo le motociclette!".

Altro scoppio di risate e buon umore, con il solito mimo che faceva finta di essere un tedesco tutto impettito e goffo mentre spingeva la sua motocicletta con le ruote a forma di svastica.

"L'italiano allora sbuffa: i nostri sommergibili sono così lunghi, che chi sta a prua sa che c'è la guerra, mentre chi sta a poppa non se ne accorge nemmeno!".

Il fischio prolungato e raddoppiato di due navi da battaglia annunciò proprio in quell'istante un diverso destino per l'Arsenale di Taranto e per quei giovani pronti a tutto.

D'improvviso, i ragazzi scattarono aiutandosi l'un altro, quasi fossero un lungo millepiedi.

Cominciò un interminabile appello con l'altoparlante. Marinai e sottufficiali formarono immediate file per eseguire gli ordini che arrivavano con suono ferreo, gracchiante.

Accanto al nome venivano annunciati in sequenza anche il numero e la sigla dell'unità combattente, il nome della nave e del suo comandante. E alla fine del lungo elenco c'erano due città: Napoli, Messina.

"Cosa sta succedendo?". Il passaparola si fece fitto. Si faceva fatica a capire, mentre due file di uomini salivano sulle passerelle issate sulle due navi.

"Chiudono l'Arsenale".

"Cosa vuol dire?".

"Che ci trasferiscono. Si va in guerra ma non da qui. La base è compromessa", spiegò Sergio ai suoi compagni.

Non stava tirando a indovinare. Aveva assistito poco prima alla lettura di un fonogramma arrivato da Roma. Il comandante in capo dell'Arsenale ne dava conto ai suoi ufficiali.

"Il Comando della Marina Militare ha deciso di trasferire il resto della flotta da Taranto a Messina e Napoli. Dividete gli uomini in due gruppi. I cognomi con prima lettera dispari a Messina, i pari a Napoli. Si parte all'alba".

Sergio fu destinato a Napoli. Nella traversata sotto costa la nave non subì attacchi, né venne avvistata da incrociatori o sommergili nemici.

Ben prima di sbarcare a Napoli, gli venne consegnato un foglio di missione. Il suo primo sommergibile era pronto a salpare, il capitano aspettava parte dell'equipaggio e dei rifornimenti con la nave proveniente da Taranto.

Sergio aveva fantasticato fin da piccolo, immaginandosi avventure a bordo del Nautilus. Ne conosceva palmo a palmo la struttura, era nelle grazie del suo ideatore, il Capitano Nemo. Sergio si vedeva come il primo ufficiale. Non a caso il libro *Ventimila leghe sotto i mari*, di Giulio Verne, era il suo preferito.

Il Nautilus era stato progettato per lunghe traversate. Grazie ai due scafi, uno interno, l'altro esterno, separati da compartimenti stagni, percorreva gli abissi a una velocità di 50 nodi. Disegnato a forma di sigaro o di conchiglia affusolata, era lungo 70 metri. Assaliva le navi nemiche squarciandone lo scafo con una specie di rostro. Per questo, i pochi superstiti deliravano raccontando di essere stati attaccati da un mostro marino che divorava il ferro.

Nelle illustrazioni del libro di Verne, memorizzate da Sergio sotto la scrivania della madre superiora, il grande salone di comando del Nautilus era fatto di altissime pareti decorate con arazzi e quadri. Tappeti persiani ne coprivano il pavimento, un enorme organo aggiungeva tragedia e misticità alla vita sotto i mari. Al centro del salone, Nemo aveva posto un grande tavolo di comando, sovrastato da una fontana a forma di ostrica.

E, soprattutto, c'era la grande libreria di Nemo con migliaia di testi marittimi, racconti epici, storie del mondo. Tutt'intorno c'erano pendoli e orologi in strepitoso ordine.

Sergio scese la scaletta del sommergibile, tipo Atlantico. Davanti e dietro di lui, altri ragazzi in fila si fermavano per il saluto al comandante e andavano a prendere posto, gli uni appiccicati agli altri, come cozze avvinghiate ai piloni del porto. Bisognava chinare il capo per non ferirsi contro gli strumenti di bordo o i tubi dell'aria. L'unico libro era quello che Sergio aveva infilato nel suo zainetto prima di imbarcarsi. Era un fascicolo illustrato dall'*Isola del Tesoro* di Robert Louis Stevenson.

Sergio entrava nel mondo che aveva sempre sognato e sorrideva. Sorrideva guardandosi intorno, prendendo nota di tutto. Non era il Nautilus, ma era comunque un sommergibile, uno vero.

Niente organo, né tappeti, né fontana zampillante. Il primo ordine era scritto ovunque: "Risparmiate l'acqua!". Non era certo il Nautilus. Ma era, sempre e comunque, un mostro marino. E Sergio ne era a bordo, chiuso ermeticamente dentro la sua pancia.

CAPITOLO X

IL LIMONE

~

C'è da dire che molte delle cose che ci insegnano i nostri genitori finiscono nel vento. O come scherzava la mia dolcissima mamma "ti entrano in un orecchio e ti escono dall'altro". Che era un modo simpatico per dire che avevi la testa vuota.

In un ciclo che si ripete, la *fortuna* di essere ascoltati passa di mano in mano, di generazione in generazione.

Ammetto che i racconti di sommergibili e di guerra non erano fra i miei preferiti, se non altro perché erano sempre fonte di tristezza. In realtà, è molto probabile, che i miei genitori volessero tener vive queste memorie per indurci a capire che armi e battaglie sono assolutamente da evitare. Come vi dicevo all'inizio, mio padre cercava di scongiurare che i suoi figli potessero trovarsi uno contro l'altro in eserciti di Paesi differenti.

Accanto a lui ho rivissuto la sua gioventù e sono entrato anch'io nel sommergibile. Mi è sembrato del tutto naturale ed ero sicuro di sapere già quello che mi avrebbe fatto vedere.

"Babbo, hai ragione, non l'ho dimenticato: il fascismo, la guerra…".

Il suo sorriso era capace di illuminare a giorno l'interno di quel piccolo mostro marino.

"Guarda ancora, c'è molto di più".

Si riferiva agli uomini, all'amicizia. Al mare

***

La Regia Marina era quanto di più ordinato ed efficiente il Regno d'Italia potesse esporre. Era il vanto del governo fascista. Le operazioni di imbarco venivano pianificate nei minimi dettagli: la pulizia delle banchine portuali, lo scarico delle merci dai carri ferroviari, le madri festanti nel salutare i propri ragazzi all'imbarco, le bandiere al vento.

Tutto era studiato per diffondere il simbolo carismatico del Duce. La scena veniva ripresa e rilanciata nei cinema in tono trionfale dall'Istituto Luce, fonte primaria della Propaganda di Mussolini. La ricca borghesia veniva alimentata con i decantati successi militari. Le famiglie, soprattutto quelle meno abbienti, potevano elevarsi con i fiumi di orgoglio versati sui loro ragazzi pronti alla guerra. Pronti a morire per la Patria.

I film e le sale cinematografiche, con l'introduzione del sonoro nei primi anni '30, divennero un veicolo primario per la diffusione dei messaggi del regime. Per promuovere entusiasmo e produrre consenso, in un decennio vennero prodotti oltre 500 film, almeno uno su cinque con proclami diretti, gli altri con richiami indiretti alla macchina fascista.

Venne istituzionalizzata la censura, inaugurata la Mostra Internazionale del Cinema di Venezia, costruita Cinecittà a Roma sotto il motto: *La cinematografia è l'arma più forte.*

Simpatia, genio, eroismo, erano le doti maggiormente richieste ai personaggi per il rilascio del nulla osta alla proiezione di un film. Il controllo sulle produzioni estere diventò ossessivo.

Dall'America arrivavano i *gangster movie*, che facevano il pienone ai botteghini. Non volendoli bloccare del tutto, il regime decise di utilizzarli a proprio favore cambiando con un doppiaggio sapiente le battute degli attori oppure tagliando le scene. Da Hollywood arrivò *Scarface* di Howard Hawks, che raccontava l'ascesa e la caduta del boss della mala Tony Camonte, ispirato alla figura di Al Capone.

Gli importatori italiani decisero di non acquistare il film, sicuri che non avrebbe superato la censura. Luigi Freddi, Direttore Generale della Cinematografia nel Ventennio, il censore di Mussolini, ne avrebbe spiegato le ragioni molti anni più tardi, dopo la caduta del fascismo.

Un film che il pubblico italiano, allora, non poté vedere per causa mia - e ne assumo tuttora la responsabilità - è quello che riguarda Scarface. [..] Lo avevo visto a Londra in una saletta privata di Wardour Street; esso costituiva il capostipite e il capolavoro di tutti i film di gangsters, film indiavolato, in cui la quantità di colpi di rivoltella e la somma dei morti superava il numero dei fotogrammi! Film che non dava un attimo di respiro, sceneggiato con una tale diabolica maestria che fa stare per due ore lo spettatore col cuore in gola. Ma, a parte il carattere del film, che è una vera scuola del delitto, non si può dimenticare che tutti i criminali che sostenevano l'impalcatura del terrificante soggetto, anche se vivevano in ambiente americano, erano scrupolosamente e deliberatamente classificati come italiani.[12]

Giovani e anziani, casalinghe e atleti, anche nel più isolato dei centri abitati, avevano nel cinematografo lo svago incoraggiato dal regime. Agli adulti era permesso fumare, benché il vizio della sigaretta fosse visto come non adatto all'uomo fascista. Gli spettatori prendevano posto nelle file di poltroncine di velluto o su instabili seggioline di legno. Prima del film venivano proiettate le ultime novità confezionate dall'Istituto Luce.

Mai avrebbero potuto essere seguite dalla proiezione di un *gangster*, il cui unico risultato era imprimere nella mente degli spettatori l'idea che un Italiano potesse essere un assassino spietato. La musica che accompagnava la lettura delle notizie non conosceva tentennamenti, le immagini nemmeno. La voce era autorevole e allo stesso tempo era un inno rispettoso dei più alti comandi. Quelle parole, sommate ai volti, trasmettevano onore, dedizione, sacrificio, affermazione.

Le persone assistevano al cinegiornale in silenzio, attenti e ammirati. I fotogrammi in bianco e nero scorrevano sullo schermo lasciando una scia di vanità e partecipazione. metalliche prima che i soccorsi possano raggiungerli

[..] *Solenne celebrazione della gloria militare Italiana sull'Altare della Patria, nel ventunesimo annuale della vittoria. Le lacere bandiere e i gloriosi labari dei reggimenti dei presidi di Roma ascendono con le insegne del Partito Nazionale Fascista, salutati dal popolo che gremisce il foro dell'Impero con altissime ovazioni.*

[..] *Migliaia di italiani hanno assistito al felice varo a Taranto del sommergibile "Alpino Bagnolini", nuova unità di una flotta sottomarina che non ha rivali!* [13]

L'enorme elica del Bagnolini era la dimostrazione di forza più eloquente. Era come un'invincibile piovra che roteava le sue pale senza la minima possibilità di contrasto da parte del nemico. L'inquadratura era sovrastante, gli addetti al varo apparivano formiche al servizio della regina. Il vescovo impartiva la benedizione, uno sventolio di bandierine sottolineava il sorriso delle madri dietro le transenne a protezione del varo.

Anche Sergio e i suoi compagni vennero accolti dalle fanfare. Né lui, né molti dei suoi colleghi si voltarono a salutare le madri, finemente vestite per l'occasione, con acconciature appena fatte e sorrisi candidi.

Non li sfiorava l'idea di offendere i genitori, né tantomeno le autorità militari e religiose. Semplicemente, le loro madri non erano lì. Nella maggioranza dei casi erano orfani o, come per Sergio, erano stati strappati al calore materno poco dopo essersi separati dal loro ventre.

L'ingresso in quello scafo stretto, completamente nero di fuori e illuminato all'interno quel tanto che bastava per non sbattere il capo gli uni contro gli altri, avrebbe tolto il fiato anche al più eroico dei giovani patrioti. Non a loro. Entravano sorridenti, come se stessero risorgendo a nuova vita.

Per molti, inconsciamente, il sommergibile era tornare dalla loro mamma, ai primi nove mesi passati dentro di lei. Navigare nelle profondità marine era lasciarsi cullare nel liquido amniotico. Protetti dal mondo esterno, alimentati dal cordone ombelicale. Amati senza se e senza ma.

Era un rapporto di sangue. La Marina riscaldava le vene dei ragazzi, che a loro volta ricambiavano con ardore e fedeltà, grati di essere stati prescelti. I sommergibilisti erano al livello più alto della catena degli affetti. Ne erano il vanto, i portabandiera. Quando morivano, morivano in gruppo, tutti assieme, nessuno escluso. I loro sguardi risplendevano eterni all'interno dello scafo sdraiato in fondo agli abissi.

Erano giovani eroi, una fabbrica di eroi che richiamava altri eroi ad arruolarsi. Nel 1936 la Marina annunciò con fierezza una soluzione rivoluzionaria, concepita per tenere quegli eroi il più in vita possibile.

La sicurezza degli equipaggi dei sommergibili è garantita da un nuovo apparecchio, di invenzione e costruzione interamente italiana, che è quanto di più importante si sia sperimentato negli ultimi tempi dalle Marine di tutti i Paesi. L'apparecchio è costituito da una torretta a chiusura ermetica nella quale può prendere posto un uomo alla volta. Essa viene lanciata dal sommergibile e in brevissimo tempo raggiunge la superficie delle acque dove l'uomo si libera dalla temporanea prigione.

Compiuto il salvataggio, la torretta viene richiamata dal sottomarino perché in essa possa prendere posto un altro uomo. Nella corsa discendente può anche servire come mezzo di introduzione nel sommergibile di uomini o materiale necessario alle riparazioni o al recupero.

Sono così finalmente sventati gli effetti di uno dei più impressionanti drammi del mare, quello cioè dei sottomarini co-

stretti dalle avarie a giacere lungamente sul fondo, formandosi in tombe metalliche prima che i soccorsi possano raggiungerli.[14]

La Regia Marina era nel DNA di Sergio. Il ragazzo avvertiva il forte legame con il mare, il richiamo naturale delle navi da guerra.

Era del tutto ignaro del fatto che già suo padre Giorgio era stato un uomo dedicato all'Accademia Navale ben prima di nascere. Così come suo nonno Gian Guido.

Sergio non aveva la più pallida idea di chi fosse suo padre. Né avrebbe mai potuto immaginare che al comando del suo sottomarino avrebbe potuto esserci l'ufficiale Giorgio Porzio, il quale - prima ancora di prendere il battesimo del mare - aveva consumato il suo destino in un'inesauribile notte d'amore dando vita, a sua insaputa, al piccolo Sergio.

Sergio aveva stampate in mente quelle poche righe lette nello schedario della madre superiora, poco prima di fuggire dall'orfanotrofio.

Nei suoi pensieri, sua madre era una principessa, una scienziata, una donna di grande pensiero, magari una scrittrice. Sognava di regalarle gloria e orgoglio. Un giorno l'avrebbe cercata, si sarebbe presentato in alta uniforme bianca, con cappello all'altezza della cintura.

Ignaro, si sarebbe vestito come suo padre al primo appuntamento con Adele.

Ignaro, si sarebbe fatto amare al primo batter d'occhi. In un modo più puro, da madre a figlio, ma non meno travolgente.

"Mamma, so che esisti, che mi pensi", ripeteva spesso prima di addormentarsi. Dedicava a lei l'ultimo pensiero della notte. Al mattino, la sua testa era subito concentrata sulle operazioni in mare.

Ai sommergibilisti veniva fatto un rapido, rapidissimo, percorso formativo. Erano più che altro lezioni di vita di gruppo in un ambiente molto ristretto, con acqua e cibo razionati. Il sottufficiale impartiva ai ragazzi poche regole importanti e, soprattutto, li rendeva orgogliosi del servizio che avrebbero reso alla Patria.

Il Bagnolini prese il mare dopo il *felice varo a Taranto* e subito di distinse per azioni di grande risonanza. Il 12 giugno 1940, appena due giorni dopo l'inizio della guerra, il sommergibile atlantico di classe Liuzzi, al comando del Capitano di Corvetta Tosoni-Pittoni, affondò l'incrociatore inglese Calypso.

Si trattava di un brillante inizio per la battaglia navale nel Mediterraneo. I cappelli dei marinai volavano in cielo, l'inno dei sommergibilisti riempiva la sala mensa, dove gli altoparlanti rimandavano le parole di trionfo militare.

I successi del Bagnolini elevarono alle stelle il morale delle truppe e dettero al Comando Generale, che la trasmise direttamente a Mussolini, la convinzione di un rapido e favorevole volgere del conflitto, grazie al predominio del mare. Fu un'illusione di breve durata.

Alla fine di giugno, i sommergibili non rientrati alla base erano almeno 10. Centinaia di valorosi giacevano in fondo al mare, cullati e protetti in quel ventre metallico.

La guerra era un conteggio disperato di mezzi e di uomini andati incontro alla morte, con sprezzo del pericolo per la grandezza della Nazione. Ma solo gli alti notabili del Partito ne erano a conoscenza in quel momento. La conta dei sommergibili alla fine del conflitto sarebbe salita a tre scafi su quattro affondati, distrutti, persi.

Il Bagnolini fu il primo a trionfare in mare, e continuò a servire fieramente la Patria in mari chiusi e in oceani aperti, davanti alle coste africane e a quelle americane, ogni volta riportando alla base l'equipaggio. Sano e salvo.

Sarebbe stato attaccato più volte dagli aeroplani inglesi, che dominavano terra e mare con i loro raid. Sempre si sarebbe fatto onore. Anche quando sarebbe stato costretto a cambiare bandiera, dopo l'Armistizio del settembre 1943.

Il Bagnolini sarebbe passato sotto il comando tedesco e convertito nell'unità UIT 22, destinata al trasporto di truppe e merci in Estremo Oriente. Nel marzo del '44 sarebbe stato attaccato da aerei americani. Colpito da spari di mitragliatrice e bombe di profondità, non sarebbe più riaffiorato. Insieme all'equipaggio e agli ufficiali tedeschi, sarebbero morti 12 italiani per lo più ventenni, comandati a bordo in nome di una cooperazione inesistente.

Nell'estate del '42, Sergio aveva già cambiato vari equipaggi, era salito su una mezza dozzina di battelli e sperimentato la guerra in fondo al mare, pochi momenti a terra, poi di nuovo in immersione. Aveva fatto in tempo a crescere, ma mai a mettere su qualche chilo. Con un po' di immaginazione gli si potevano vedere le ossa, i polmoni, il cuore, tanto era magro.

Era troppo giovane per salire i gradini militari, restava il ragazzo di bordo. Lo amavano tutti, dai macchinisti al capitano. Grazie alla sua parlantina e al fascino di chi sta al mondo per viverlo, non per subirlo. Risposta sempre pronta, occhi vivaci e accoglienti, pensiero aperto e sincero.

I più grandi, tutti nel caso di Sergio, si sentivano in diritto e in dovere di dargli consigli per il futuro, di parlargli di sesso e di affari, di indicargli come trovare sua madre e cosa aspettarsi una volta finita la guerra.

Appena imbarcato era stato preso in consegna dal cuoco. Giuseppe Russo, quarant'anni da poco compiuti, era un sommergibilista di notevole esperienza. Era sopravvissuto ad attacchi aerei, all'affondamento del suo primo battello per lo scontro notturno con uno scoglio al largo della costa greca, aveva servito il pasto ad almeno una mezza dozzina di comandanti e cinquecento marinai.

Il sommergibile era la sua casa. E non ne aveva altre. La bella casa, nell'elegante quartiere dei Mille a Messina, si era sbriciolata come un grissino con la terrificante scossa di terremoto del 1908. E con essa, Giuseppe aveva perso anche la sua famiglia. Era il quinto e ultimo figlio di un oste molto famoso in città per i suoi arancini. Venivano da ogni dove per assaporare quella polpetta di riso a forma di arancia appuntita come una pera, di ricetta fedele alla tradizione messinese e alle origini saracene.

Non a caso il ristorante, che occupava tutto il piano terra di un palazzetto in stile arabo di loro proprietà, si chiamava *l'Arancinu di Giuseppe,* dal nome di suo nonno. Alla cucina si dedicavano suo padre Gaetano e sua madre Olivia, mentre le sue quattro sorelle Pina, Mirella, Marinella e Beatrice servivano i clienti. Lui era troppo piccolo per stare fra i fornelli, anche se ci passava tutta la giornata. Era l'assaggiatore ufficiale, suo padre lo adorava. Girando il sugo o tagliando la carne, gli descriveva le pietanze e lo preparava al gran giorno in cui avrebbe indossato anche lui il grembiule sul quale la nonna Regina aveva ricamato quel manicaretto, che si mangiava in piedi e con le mani.

Mancavano quattro giorni al nuovo anno e i preparativi per la festa in città erano frenetici. Era tipicamente il momento di maggior appetito in tutta la Sicilia. Poco prima dell'alba, Giuseppe fu svegliato da un boato tremendo. In poco tempo fu rivestito di vetri e calcinacci, mentre pezzi di legno gli schizzavano addosso, ferendolo. Con il crollo dei pilastri, tutto il pavimento del piano dove abitava la famiglia precipitò sotto. Il soffitto gli cadde addosso. La terra continuò a tremare con l'intensità con cui sua madre scuoteva le tovaglie per far volare via anche l'ultima briciola. Era un movimento secco, deciso e ripetuto con scatti improvvisi che avrebbero ucciso un elefante, tanto erano violenti e ben assestati.

L'Osservatorio Ximeniano di Firenze registrò qualcosa di inverosimile.

Stamani alle 5:21 negli strumenti dell'Osservatorio è incominciata una impressionante, straordinaria registrazione.

Le ampiezze dei tracciati sono state così grandi che non sono entrate nei cilindri: misurano oltre 40 centimetri. Da qualche parte sta succedendo qualcosa di grave. [15]

Giuseppe si guardò le mani sanguinanti, anche le gambe erano ricoperte di chiazze rosse. Era pieno di tagli, per fortuna solo superficiali. Non sentiva dolore fisico, la mente era annebbiata. Sopra di lui una grossa trave di legno si era accavallata alla cornice che rimaneva di una porta. Quello strano arrocco creato dal caso gli aveva salvato la vita. Era sepolto sotto le macerie, i suoi occhi erano grigi di polvere e calce. Sentì invocare soccorso, da sotto un cumulo di detriti.

"Aiuto, sono qui. Sono qui".

Era sua sorella Beatrice, un anno più grande di lui. Cercò di raggiungerla scavando con le mani e spingendo via con le gambe pezzi di mobili. Scorse il viso della sorella che piangeva tutta rattrappita dal panico. Riuscì con la forza della disperazione a tirarla fuori. Si abbracciarono a lungo.

"PADRE?!".

"MADRE?!".

MIRELLA ... PINA ... MARINELLA?!".

Strillarono all'infinito e con quanto fiato avevano e con la speranza di trovare la loro famiglia scandagliando sotto le rovine.

In 37 secondi il terremoto si era portato via mezza città, morte e distruzione erano ovunque. Nessuno rispose. Cercarono di uscire da quel che rimaneva del palazzo e che ancora li teneva prigionieri. Trovarono le tre sorelle e il loro amato padre intrappolati e spenti, ormai corpi vuoti, le loro anime erano volate altrove. Tenendosi per mano riuscirono a trovare una via d'uscita tra le nuvole di polvere, senza voltarsi, con le lacrime pietrificate sulle loro guance.

"Mamma, MAMMA!".

I fratelli trovarono l'energia per correre verso Olivia che se ne stava piegata con la testa china sulle ginocchia e il viso tra le mani.

"Giuseppe, Beatrice" ...

I tre si abbracciarono sotto il cielo cupo che faceva da cappa ai pianti disperati dei vicini e ai rumori sinistri di case ancora traballanti. La vecchia strada era un fiume di devastazione. Davanti a loro l'insegna spezzata del ristorante.

Aranci ...

... iuseppe

I superstiti di quel massacro correvano verso il mare, per istinto di sopravvivenza e per allontanarsi il più possibile da altri crolli. La fuga era accompagnata da esplosioni e incendi causati dal gas che si era sprigionato con la rottura delle tubazioni. La strada era interrotta da voragini. Anche Olivia, Giuseppe e Beatrice si unirono a quel serpentone umano che cercava riparo al porto. Ma la mattinata nera non era ancora finita. Era come se il diavolo si fosse impossessato del potere assoluto e si divertisse a distribuire morte e distruzione.

Una volta arrivati in vista del mare, la scena fu ancora più agghiacciante. Videro l'acqua arretrare fino a lasciare quasi scoperto il fondo. La colonna di persone, gridando in coro, capì di essere finita in trappola.

"MAREMOTO. IL MAREMOTO!!!!".

L'acqua che si era ritirata, formando un muro di 10-12 metri di altezza, si trasformò in una piovra gigante che si contorceva con una brutalità incredibile. In una frazione di secondo, lanciando un urlo demoniaco, si lanciò verso la città, spazzando via e polverizzando tutto ciò che le si parava davanti. Il mostro marino si ritirò e si riformò almeno altre due volte, risucchiando alberi, case, treni e persone.

Una sciabolata d'acqua colpì violentemente le mani

di Giuseppe facendogli perdere la presa. In un attimo la mamma scomparve a sinistra, la sorella a destra, lui fu sbalzato in alto per poi ripiombare giù, in picchiata come un gabbiano che punta la sua preda sotto il pelo dell'acqua. Un vortice lo scaraventò contro i resti di una chiesa, perse i sensi mentre l'acqua continuò a spingerlo fino a quando non restò agganciato a una croce incagliata tra i rottami. Ancora una volta una struttura creata dal caso lo aveva sottratto alla morte.

Stremato e dolorante si riprese proprio mentre un'anima generosa stava armeggiando per tirarlo giù dalla croce e adagiarlo tra le macerie. Non fece in tempo a ringraziare o a chiedere ancora aiuto al suo soccorritore che nel frattempo era sparito all'interno di una palazzina distrutta alla ricerca di altri superstiti.

Il bambino, facendosi largo tra i cumuli e le pozze lasciate dalla furia della terra e delle acque, tornò a quella che una volta era stata la sua casa. Si sedette sul fianco di una barca fracassata che aveva preso il posto della facciata dell'edificio. Aspettò di vedere sua madre e sua sorella, sperò e pregò. Aspettò, sperò, pregò, per ore e ore.

La notte era ormai avanzata.

"Ehi, piccolo".

"Piccolo!".

Un marinaio lo scuoteva per un braccio per accertarsi che fosse ancora vivo. Giuseppe si alzò a stento, era debole e perso.

"Come ti chiami?".

"Giuseppe Russo", disse a fatica.

Il marinaio segnò il nome su un foglio spiegazzato che teneva nel taschino, si chinò a raccogliere quel fagotto umano, appoggiandoselo su una spalla come un sacco di patate. Lo portò sulla nave torpediniera che era stata adibita a ospedale. Giuseppe, non lasciò più la Regia Marina, col tempo si fece adottare portando in dote l'arte che aveva imparato da suo padre.

"È ora che metta su famiglia", si diceva Giuseppe al ritorno da ogni traversata.

Con Sergio aveva già fatto un paio di missioni. Lo vedeva come il figlio che avrebbe voluto avere, che non avrebbe voluto lasciare mai, per nessun motivo. Non gli avrebbe certo permesso di salire a bordo di un sommergibile. Ogni volta che se lo ritrovava tra i piedi lo avrebbe voluto sculacciare, con tenerezza.

"Sei ancora in Marina, scricciolo?".

Poi lo abbracciava sollevandolo a mezzo metro da terra.

Giuseppe era il più grosso a bordo. Attorno alla cintura aveva qualche chilo in eccesso, non più di cinque o sei, ma in eccesso rispetto alla norma.

Dopo giorni e giorni di navigazione avevano tutti la barba, chi più folta, chi spelacchiata. L'acqua era un bene troppo prezioso per sprecarlo radendosi. Quella del cuoco era morbida e dorata.

"Sergio, ascolta quello che ho da dirti".

La storia era sempre la stessa, giorno dopo giorno. Nessun nuovo particolare. Cambiava solo il tono, più grave, se il ragazzo non prestava la dovuta attenzione.

"Quando sei salito a bordo la prima volta ti ho dato un limone. Ce l'hai ancora, vero?". Più che una domanda, quella del cuoco era una minaccia.

Sergio era altrove col pensiero, concentrato sulla voce che vibrava autoritaria dagli altoparlanti interni. Il capitano aveva appena ordinato l'immersione rapida a 30 metri, poi a 45 metri. Il sommergibile era in missione di trasporto a nord ovest dell'isola di Creta, nel Mar Egeo. Poco prima dell'alba l'ufficiale di servizio aveva avvistato col periscopio un cacciatorpediniere in navigazione ad alta velocità, proprio sopra di loro. Troppo vicino per lanciare siluri, troppo vicino per non subire l'attacco nemico.

Una Vita Extra

La nave inglese era scortata da una squadriglia di aerei in perlustrazione.

Il cuoco mise la mano sul petto di Sergio, spingendolo bruscamente verso la parete. Era come un grosso bue che arava le sue ossa, quasi poteva sentirle frantumarsi senza resistenza. La mano salì fino alla gola. Le dita erano come tronchi intrecciati al respiro del ragazzo. Soffocava, non avrebbe potuto rispondere a quel suo urlare.

"Ce l'hai il limone??? Dov'è, fammelo vedere! Ti ho detto di tenerlo sempre in tasca".

Sergio non riusciva ad aprire la bocca e anche se ci fosse riuscito molto probabilmente avrebbe dovuto mandar giù la bava del cuoco che schiumava di rabbia. La sua faccia era ormai appiccicata a quella del ragazzo.

Giuseppe gli voleva un gran bene. Adorava quello scricciolo.

"Lo faccio per te!!", diceva.

"Sei solo un ragazzo, come hanno fatto ad imbarcarti? Non arrivi a 50 chili, sei tutto pelle e ossa".

Lui, invece, da quella posizione e a giudicare dallo scricchiolio delle costole, pesava almeno il doppio, era un gigante, alto, largo. Un orso. Sergio aveva visto gli orsi in un libro illustrato. Per la prima volta cercava di liberarsi dalla morsa di quell'essere peloso.

Come avevano fatto ad imbarcarlo? Prendeva almeno tre posti, in uno spazio per quaranta sardine. La sua cucina teneva allegro il gruppo, i suoi racconti conciliavano il sonno, dolcemente.

Voleva un gran bene a tutti i ragazzi, li terrorizzava.

"È per tenervi svegli; il pericolo non aspetta che apriate gli occhi", diceva. Nessuno osava mettere in dubbio le sue parole. Era autorevole.

"Allora, fammi vedere il limone. Ce l'hai?".

Sergio lo teneva in un sacchetto di stoffa nei pantaloni.

"Eccolo. Eccolo, Signore".

Glielo aveva affidato il giorno delle consegne a bordo. Sergio, in realtà, non aveva consegne precise, era aiutante a tutto campo. La sua casacca da marinaio era perfetta, nel senso che alla sera gli faceva anche da coperta. Sì, era decisamente piccolo, e magro. Ci stava dentro due volte, ma era la misura più piccola.

"Gli sta grande", dissero alla provvista, al primo imbarco.

"No. Mi fa grande", pensò Sergio.

"Tu dormi qui. Sarai il mio aiutante". Gli aveva ordinato il cuoco.

"Quanti anni hai?", chiese l'orso sbuffando perché già conosceva l'età del ragazzo e, per quanto amorevole, non avrebbe voluto una pulce a bordo del *suo* sommergibile.

Prima ancora della risposta prese a chiamarlo *scricciolo*.

"Allora, scricciolo, ce l'hai la lingua. O non sai quando tua madre ti ha messo al mondo?".

"Sedici, Signore". La voce uscì a fatica e, chissà perché, un gesto involontario ma irrinunciabile, come il sentimento materno, guidò la sua mano alla tasca dei pantaloni.

"Cosa hai lì? Fammi vedere".

"Tua madre?!". Lesse gli appunti che Sergio teneva con sé non per paura di dimenticarsene, ma solo per farne una sorta di carta d'identità nel caso di morte eroica.

Un ghigno deformò per un attimo la mascella del cuoco. Mostrò i denti e inarcò le labbra schiacciandole contro l'enorme naso. "Sei un trovatello!".

Sergio non conosceva quella parola, anche se il suono era decisamente poco elegante. Giuseppe la pronunciò mentre si voltava verso il banco che chiamava cucina. Impugnò un coltello delle dimensioni del suo braccio. Più grande del braccio del ragazzo. Lo agitò davanti agli occhi come fosse un ventaglio.

Poi si mise a rovistare nella dispensa. Aveva ripetuto quella scena con altri novizi, con altri ragazzi. Con uno scricciolo mai. Tirò fuori un altro limone, duro come un sasso a giudicare dal rumore secco che fece quando lo sbatté sul tagliere. Non che fosse un tagliere vero e proprio, neanche il banco era più ampio della sua mano.

Giuseppe, lì sopra ci faceva tutto e lo faceva con arcigna passione: la sua sbobba per i marinai era sacra. Una volta rimessi gli attrezzi da cuoco, la cucina si trasformava nella sua branda, la tana dell'orso.

ZAC. Un movimento violento e pulito del suo avambraccio separò in due quel povero limone.

Sergio venne preso d'assalto da una risata incontenibile. Lacrimava.

"Ecco!!".

Giuseppe gli sparò sul palmo della mano una metà di quel limone, spremendoglielo dal polso ai polpastrelli.

Era evidente: si aspettava una domanda del tipo: "Cosa dovrei farci, Signore?". Non disse nulla. Rideva ancora, cercando di soffocare l'eccitazione per la teatralità di quel gesto. E se ci fosse stata la sua testa su quel banco?

Rideva, rideva come non aveva mai fatto prima. Portò la mano libera a coprirsi il viso per mascherare le smorfie, cercò di tener ferme e separate le sopracciglia.

"SCRICCIOLO!".

La sentenza quasi decapitò il ragazzo, tanto era secca.

"Guai a te se ti trovo senza il limone".

Sergio non disse nulla. Muto.

CAPITOLO XI

LE BOMBE!

~

Giuseppe non aspettò che Sergio gli chiedesse perché le sue parole erano perfino più aspre di un agrume.
"Fammi vedere il tuo limone!", disse un giorno.
Prese la mano del ragazzo e, insieme alla sua, la ficcò nella tasca dei pantaloni dai quali si vedeva chiaramente una forma rotonda e dura.
Sergio aveva paura di quello che il cuoco gli avrebbe comandato di fare con quel frutto rinsecchito, ma non poteva immaginare la crudezza degli argomenti. Era appena un ragazzo e molte delle parole pronunciate dall'orso sarebbero entrate, malamente, a far parte delle sue fantasie. O, ancor peggio, dei suoi incubi.
"Ho visto troppi moscerini rovinarsi per una fica!!". L'orso era rabbioso e protettivo, a suo modo. Sergio storse la bocca e il naso insieme, strizzò gli occhi. Sopportò a malapena il senso di quella frase ed ebbe un brivido di gelo alla parola *fica*, per lui ancora parte del *sentito-dire*.
L'aveva sentita nelle barzellette dei più grandi, nelle storie di sesso che gli raccontavano, sempre scendendo fino ai minimi particolari. La forma, la consistenza, l'odore, il tatto, erano costruiti nella sua testa per semplice deduzione. Dalle suore, non aveva sfogliato libri illustrati su questo argomento, né li aveva cercati. Né li avrebbe trovati.
"Il limone è l'unica difesa!!", strillò l'orso nel tentativo di inchiodare la sua raccomandazione nel cervello del ragazzo.

"Quando arriviamo a terra, in porto, corrono tutti verso la prima fica che trovano. Senza limone verranno tutti infilzati dalla baionetta del nemico!", parlava in gergo militare anche se con la guerra in mare i genitali femminili non avevano nulla a che fare.

"La sifilide, lo scolo. Fanno più vittime della guerra. Hai capito scricciolo??".

No, non aveva capito. Giuseppe continuò ad incalzare Sergio.

"È terribile. Non sai che male può fare una fica, una fica sporca".

Il cuoco non era misogino, neppure omosessuale. Non aveva subito violenze da piccolo, né sua madre lo aveva mai trattato come un poco di buono. Tutt'altro. Missione dopo missione aveva visto ragazzi strillare dal dolore, rovesciarsi con urla lancinanti.

I ragazzi, appena sbarcati, si precipitavano verso i primi bordelli del porto. Spesso non aspettavano di arrivare in una casa decente e pulita, di quelle controllate. Spesso assalivano o venivano abbordati da prostitute lungo i vicoli della darsena. Spesso erano ragazze denutrite in cerca di cibo o anziane alla ricerca di pochi soldi.

In molti casi avevano avuto più di un rapporto sessuale con sconosciuti, lo stesso giorno. Uno dopo l'altro, senza alcuna protezione. Avevano ricevuto il loro sperma, le loro infezioni contratte da altre donne o prodotte dalla scarsa igiene a bordo delle navi. Si formava una catena infettiva senza fine. Il limone non era un antidoto, né un rimedio. Era un'arma preventiva.

"Sai cosa ti fanno in ospedale, prima di rispedirti immediatamente a bordo?!".

Sergio rimase muto. Era sotto il dominio totale dell'orso.

"Ti fanno un'iniezione di penicillina, proprio lì sulla punta del tuo pene", fece un sobbalzo verso il pube del ragazzo, che d'improvviso chiuse le gambe a riccio, ritraendosi in preda al terrore.

"Il bruciore, il vomito, la febbre immediata. Ti rotoli come se un cobra ti avesse morso il glande iniettandoti il suo veleno. Strilli come un innocente condannato a morte".

Proseguì, con dettagli medici rudimentali, che dipinsero una sorte infernale al ragazzo.

"A volte sono così infetti che il dottore non può fare altro che infilare nel pene, nel canale urinario, un attrezzo che assomiglia a uno dei nostri siluri in miniatura. Appena è tutto dentro il tuo pene, lo tira indietro con tutta la forza che può ...".

Sergio pensava di svenire... si portò la mano alla bocca per fermare i conati di vomito irrefrenabili. Tossì a ripetizione per liberarsi di quella sensazione.

"L'arnese si apre in quattro lame. Il tuo pene verrà aperto a spicchi come un'arancia. Nessun sedativo, ragazzo. Tutto da sveglio. Non capirai quando finirà il dolore che stai provando, perché il dottore ti raschierà il pene per toglierti il morbo. Poi ti ricucirà con il garbo di un pescatore che annoda la sua rete".

Giuseppe scosse il ragazzo per le spalle, gli strinse la mano ancora con l'agrume in pugno. Gli strillò contro.

"Prima di andare con una donna, passa le dita sul limone e toccala. Toccale la fica!".

Il ragazzo era travolto dallo schifo, in quel momento avrebbe scelto di non toccare mai una donna.

L'orso pronunciò la sentenza che il ragazzo non avrebbe voluto sentire.

"Se la donna strilla quando la tocchi con le mani intrise di limone, SCAPPA!".

"Corri via, a gambe levate. È ferita. Infetta!!!".

"Hai capito a cosa ti serve il limone?".

***

Ho assistito senza fiatare al racconto del limone. Non dico che non mi abbia fatto effetto sentirmelo ripetere e ripetere durante la mia adolescenza ma, certo, non mi veniva in mente quando mi avvicinavo a una ragazza.

"Lo so che mi volevi mettere in guardia e so anche che non ti sei mai offeso intuendo che avrei ignorato del tutto quel consiglio", ho detto a mio padre che mi teneva nel suo abbraccio luminoso.

Finalmente, dopo tanti anni, ho capito che quell'insistere sul limone non era altro che un'ulteriore dimostrazione di quanto amore mio padre avesse per me e di come cercava di proteggermi quando ero ragazzo.

Mi focalizzavo solo sul limone e sulle conseguenze di una malattia sessuale.

Com'ero distante dalla verità!

"Babbo, non so come non l'avessi capito prima...".

"Fabino, l'hai capito benissimo, nel tuo intimo. Il tuo cuore è colmo d'amore".

Le immagini del passato cominciarono a cambiare ancora e mi resi conto che qualcosa di terribile stava per succedere.

***

Improvvisamente, l'orso si ammansì e strinse a sé il ragazzo che attimo dopo attimo era diventato più magro. Era scomparso nella sua maglietta, fattasi all'improvviso ancora più grande per lui.

Lo sollevò. Gli mise una manona sulla testa per abbracciarlo con ancora più vigore. Lo amava come un figlio, lo aveva adottato.

Sergio sentì un affetto profondo. Avrebbe voluto piangere, ma si trattenne.

***

Io, invece, non mi trattengo. Mentre scrivo queste righe piango a dirotto perché so di aver avuto così tanto da te, caro Babbo!

***

TUEEEEEE-TUEEEEEE-TUEEEEEE-TUEEEEEE ....
Non si erano quasi accorti che la campana suonava da una decina di secondi. Eppure, il suono era devastante, continuo, con toni alti e bassi, veloci e netti. Ne avevano sentito parlare, mai ne avevano provato il martellante annuncio. Nemmeno il cuoco in decine di missioni.

Sergio ebbe la sensazione che Giuseppe lo stesse tenendo ancora più stretto per fargli passare la paura che gli aveva trasmesso con la storia del limone, ma anche perché aveva capito cosa c'era dietro quel suono martellante.

L'abbraccio dell'orso si era fatto molto protettivo, più di altre volte.

L'avvistamento di un battello nemico rientrava nella lista delle pratiche ordinarie di bordo. Anche la discesa rapida.

La voce del capitano, ferma e vigorosa, era però mista a un certo affanno. Era più un'emergenza che una manovra di sorpresa per sottrarsi a un attacco.

"Bombe!".

"Bombeee!!".

"BOMBEE!!". I marinai al controllo davano informazioni al sottocapo, questi al capo compartimento, poi al capitano.

I ragazzi erano ai loro posti. Tutti. Anche Sergio. Sapevano cosa fare. Ciascuno aveva il proprio compito. Le luci, i rumori, i motori. Nella piccola cabina doveva calare l'immediato silenzio. Non un respiro usciva dai polmoni di

quei ragazzi, pronti a tutto. A diventare eroi, se necessario.
KABOOOUUUUMMMMM!!
STRITZZZSH-SPLASHHH-SHHHHHH-SCRATCHZZ
AHHHH, ARRGGG, AHHHH,OHIIIII, AHIIIAAA!

Un tremendo frastuono mandò parte dell'equipaggio a sbattere contro le pareti. Si alzarono scintille, le sirene impazzirono, l'acqua prese a zampillare da più parti, facendo tremare lo scafo.

"Siamo stati colpiti!".

"Colpiti a poppa, Signore!".

"Imbarchiamo acqua, Signore"!

KABOOOUUUUMMMMM!!
KABOOOUUUUMMMMM!!
KABOOOUUUUMMMMM!!

Le bombe di profondità non lasciavano scampo, tre boati consecutivi scossero il sommergibile che cambiò più volte direzione come una trottola impazzita. Da prua a poppa, lo scafo rollava. L'equipaggio sobbalzava da una parte all'altra, i marinai si scontravano fra loro, si tagliavano con le apparecchiature di bordo divelte dalle esplosioni. C'era sangue misto ad acqua, ovunque. Urla di dolore si accompagnavano agli ordini del capitano ripetuti a catena dagli ufficiali fino ai marinai.

"Meno 45, Signore".

"Siamo a 45 metri sotto".

"I motori non rispondono, l'elica è andata!".

A turbare gli animi dei sommergibilisti italiani, specie dei più esperti, c'era lo spettro del cloruro di metile, o clorometano. CH_3Cl come lo chiamavano i chimici, quasi per esorcizzarne gli effetti letali. Era il refrigerante usato nei condizionatori d'aria.

I marinai si tenevano informati via radio. Le leggende del mare nascevano dalle trasmissioni a bordo delle navi, tra un battello e l'altro. Via radio arrivavano i comandi della Supermarina, come era stato ribattezzato il Comando Navale della Regia Marina. Via radio si ascoltavano i bollettini di guerra e di missione degli altri navigli, e non c'erano segreti più diffusi tra le truppe di quelli militari.

Archimede era uno scafo della classe Brin, varato a Taranto. Il 19 giugno 1940 era partito dalla base di Massaua in Eritrea per la sua prima missione, ma era dovuto rientrare per le perdite di cloruro di metile. La tosse aveva attanagliato gli uomini poco dopo l'immersione. Quattro erano morti quasi subito, altri due appena sbarcati. Otto membri dell'equipaggio erano impazziti, altri 24 erano rimasti gravemente intossicati. Una sorta di maledizione aveva colpito quel sommergibile che nella primavera del '43, alla sua settima missione, fu abbattuto in superficie da bombe lanciate dall'idrovolante americano PBY Catalina.

Con l'*Archimede* affondarono 42 uomini, degli altri 25 che erano stati scaraventati in mare dalle bombe, solo uno venne tratto in salvo da un peschereccio.

I ragazzi conoscevano la storia del cloruro di metile a bordo dell'*Archimede*, ma anche quella sul *Macallé* che si era incagliato, con tutto l'equipaggio intossicato e impazzito, sulla scogliera dell'isola Bar Mousa Kebir al largo del Sudan.

Avevano tutti sentito i tentativi fatti sul *Perla* per contrastare gli effetti di quel gas tremendo. Il comandante aveva ordinato il rapido spegnimento dell'areazione, ma all'interno dello scafo la temperatura, con punte a 64° in camera di lancio, era diventata insopportabile. Il 21 giugno 1940 la fuoriuscita del gas aveva colpito cinque uomini e poi via via aveva intossicato quasi tutti i membri dell'equipaggio.

Il *Perla* era riuscito a rientrare alla base in condizioni disperate. Il comandante in seconda era impazzito, molti altri marinai davano segni di delirio e follia e avevano dovuto essere legati per impedire che si ferissero tra loro.

Uno di loro, prima di essere immobilizzato, era riuscito ad aprire le valvole del suo compartimento per allagarlo e affondare lo scafo.

La Supermarina, dopo i ripetuti incidenti e il numero crescente di marinai avvelenati, aveva cercato di mettere riparo a una situazione che, anche per demagogia, aveva ritenuto impossibile. La flotta italiana era invincibile e la pressione di profondità mai avrebbe potuto far collassare l'impianto di condizionamento dell'aria dei sommergibili. Così, aveva deciso di sostituire il clorometano con il freon nei sistemi refrigeranti non appena il battello fosse rientrato in porto.

Ma non tutti i sommergibili in navigazione avevano avuto il benestare per la sostituzione. Il conflitto richiedeva in mare tutti i mezzi a disposizione.

Gli equipaggi imbarcati in crociere di guerra davano tutto per la Regia Marina e per la Patria. Si adattavano ai disagi delle lunghe navigazioni con spirito di sacrificio. Per come erano concepiti, i sommergibili navigavano con difficoltà in emersione quando il mare era agitato o con onde al traverso, perciò si preferiva viaggiare in immersione fin quando l'autonomia delle batterie elettriche lo permetteva. La temperatura era più alta e la stabilizzazione del battello non era facile neppure a 20-30 metri di profondità. Ogni minima imperfezione veniva amplificata. Uno sforzo immane chiamava quegli uomini ad essere ancora più forti e coraggiosi.

Le missioni potevano durare da un minimo di quattro a sei, otto settimane. Per questo, all'imbarco, si riempiva la cambusa con tutto il cibo possibile, meglio se a lunga conservazione o in scatola. Gli spazi ridotti obbligavano alla ricerca di dispense e comparti alimentari improvvisati, in sala macchine, nei tubi di lancio dei siluri. Le alte temperature e l'umidità, che in condizioni di avaria o di batterie scariche raggiungeva il 100 per cento, creavano un ambiente favorevole alla diffusione di topi, scarafaggi, mosche e altri insetti.

Il cuoco difendeva il suo patrimonio con tutti i mezzi a disposizione, lottando contro questi nemici naturali delle derrate alimentari. La sua piccolissima cucina serviva per allestire il pasto dei marinai, degli ufficiali e del capitano, l'unico a bordo ad avere una sorta di vita privata, con una specie di cabina personale, per lo più separata dal resto del battello con una tenda scorrevole. Tra una paratia e l'altra, c'erano i vari compartimenti stagni, per segmentare lo scafo in caso di problemi.

Verso poppa c'era il quadrato ufficiali, uno spazio formato da una panca su tre lati, un tavolo per quattro persone e delle mensole. Una volta consumato il pasto, il tavolo e la panca venivano ripiegati e il corridoio veniva sgomberato. Laddove, in fase di costruzione, non fosse stata ideata una soluzione per guadagnare spazio, l'inventiva degli uomini l'avrebbe trovata. Tra cavi, tubi e leve si sistemavano zaini, piatti di latta, rifornimenti di vario tipo.

I sottomarini erano abitazioni minimaliste, tutto era ridotto all'essenziale. Il numero del personale a bordo era sempre superiore a quello delle cuccette a disposizione, le quali erano disposte a castello e si ripiegavano verso la parete dello scafo per sgomberare il passaggio durante le manovre o per allestire la mensa.

Il compartimento siluri e la sala macchine occupavano la maggior parte del sommergibile, tutto il resto era da condividere, dalle brande alla toeletta di bordo. Quando andava di lusso c'erano ben due bagni lungo il corridoio, ma erano così piccoli che era quasi impossibile accucciarsi per defecare. I marinai lavoravano 24 ore su 24 e questo permetteva di fare i turni di dormita nelle cuccette, un'operazione che veniva compiuta a rotazione ogni sei o otto ore, a seconda del tipo di missione, ed era chiamata la *branda calda.*

Gli abiti della partenza erano gli stessi indossati al ritorno in porto, solo che a quel punto erano unti, sudati, bagnati, salati, immondi. Alcuni riuscivano a cambiarsi le mutande, o la maglietta durante la traversata. Quando non c'erano nemici nei paraggi, il capitano ordinava l'emersione per ricaricare gli accumulatori, far circolare aria fresca nel sommergibile e dare un po' di distensione agli occhi, costretti alla luce artificiale, fioca e traballante delle lampadine. I marinai ne approfittavano per lavare gli indumenti in mare, che malgrado le buone intenzioni rimanevano puzzolenti e macchiati.

L'aria all'interno dello scafo diventava irrespirabile subito dopo aver lasciato gli ormeggi. Era un misto di sudore, olio motore stantio, nafta, vapori della cucina e olezzi vari, non ultime le scoregge dell'equipaggio e il tanfo acre dei *gioielli di famiglia* non lavati. Giuseppe evitava di cucinare con aglio e cipolla per non impuzzolentire ancor più l'ambiente, né presentava cibi piccanti che avrebbero costretto a usare una quantità d'acqua potabile oltre la norma.

Il fumo era severamente vietato, ma il capitano consentiva la condivisione di qualche sigaretta, a piccoli gruppi, quando si era all'aria aperta. Non di notte, però. Altrimenti c'era il rischio di essere avvistati da lontano. Non c'era un vero dottore a bordo, per cui si cercava di limitare il rischio di malattie tipiche della vita in un tubo pressurizzato. Diarree, coliche e lombaggini erano di ritmo quotidiano.

Lo scorbuto era uno dei più grossi spauracchi in navigazione, fin dai tempi dei grandi velieri del Cinquecento. Giuseppe caricava tra le provviste varie cassette di agrumi, soprattutto limoni, e non solo per tormentare le giovani reclute. La mancanza di vitamina C era un vero flagello del mare tra emorragie alle gengive, debolezze muscolari, disfunzioni articolari.

La vita in mare aveva le sue regole, anche quelle che non trovavano posto in nessun manuale d'ordinanza o nelle accademie e che erano ancora più ferree. Non avevano uno stesso filo conduttore, né era possibile suddividerle in classi. Erano note a tutti e chi non le rispettava veniva espulso, preso per gambe e braccia e lanciato in mare per essere almeno decontaminato, o tenuto alla larga come un appestato. Erano quelle scaramantiche. Numeri, colori, parole, situazioni, era come attraversare indenni un campo minato. Particolari gesti o segnali erano inequivocabili per capire se una missione sarebbe andata in vacca o se si sarebbe riportata a casa la pelle.

Se uno era stato sfortunato in un'occasione, si portava per sempre dietro la nomea. Non c'era perdono. Se, invece, un altro era noto per la sua buona sorte, tutti lo volevano vicino. A bordo era come una polizza assicurativa. Per battere la scalogna, i marinai ricorrevano a ogni tipo di amuleto. Ognuno di loro teneva in tasca il proprio portafortuna.

***

Mio padre, nel corso della sua vita, ne ha cambiati diversi, un po' perché avevano esaurito la loro carica esoterica, un po' perché si innamorava di un altro, all'apparenza più potente. Minerali, cornetti, oro, fotografie, combinazione di numeri. La cabala è sempre stata importante nei suoi pensieri, ma a una sola figura ha veramente attribuito capacità lenitive, salvifiche, trascendenti: la Madonna delle Grazie di Montenero. A lei è dedicato un Santuario a picco sul mare sulla scogliera di Livorno, chiamato Stella Maris. Sopra l'altare e la statua della Vergine, c'è una vetrata dipinta con una nave in mezzo alla tempesta e illuminata da una grande stella in cielo, l'unica stella protettrice dei marinai.

***

"Imbarchiamo sempre più acqua, Signore".
Sergio e gli altri marinai cercavano di tamponare con tutto ciò che trovavano i punti d'entrata dell'acqua. Le loro magliette, le coperte, stracci, calze. Era come fermare il vento con le mani, era come affrontare un fiume in piena armati di un secchiello.
COFF-COFFH-UACHUFF-COFF-UACHUFFFSH.
La tosse prese a strangolare gli uomini in sala comando. Il comandante cadde per terra, in ginocchio. Si rialzò reggendosi al tubo periscopio, ma cadde di nuovo.
kaboouuummmm!
kaboouuum!
Altre bombe si udirono in lontananza. Lo scafo, colpito al ventre, andava giù ondeggiando lentamente. Lo scricchiolio delle pareti era ferro contro ferro.
IIIIEEEEIEEEEEEAAAAAAAAOOOOUUUUUU…
La campanella d'allarme non aveva mai smesso di dare il ritmo a quella danza di addio alla vita.
TUEEEEEE-TUEEEEEE-TUEEEEEE-TUEEEEEE ….
Il fracasso non cessava. Erano rumori di ogni tipo, presagi di una fine imminente e prematura. Lo scafo cigolava, emetteva strani ululati, la prua si inclinava in direzione del fondo. Volavano pezzi di strumenti, vettovaglie, tutto ciò che non era attaccato alle pareti sbatteva a destra e sinistra, colpendo marinai e altre apparecchiature.
L'infiltrazione d'acqua di mare aveva messo fuori uso gli accumulatori e per l'asfissia dell'equipaggio era partito il conto alla rovescia.
Il sommergibile andava a fondo lentamente, barcollando come in altalena. I ragazzi se ne stavano, con le loro ferite, accovacciati l'uno vicino all'altro. Si tenevano

stretti, nessuno parlava, molti tossivano. L'aria era irrespirabile, l'acqua era già oltre le ginocchia di chi cercava di stare ancora in piedi.

I loro visi erano segnati dalla rassegnazione, le guance sporche di sangue e pianto. Le mani annerite e tagliate nella lotta contro le pareti che cedevano.

Il cameratismo all'interno di un sommergibile era quanto di più solido ci fosse in una relazione tra più persone, e non certo per la condivisione della branda o per il vivere in uno spazio angusto. Ognuno di loro era legato a stretto, strettissimo filo, con gli altri. Si apriva agli altri, gli consegnava segreti, preferenze, aspirazioni. Andavano in guerra sapendo di poter contare sugli altri. Avrebbero dato la loro vita per un compagno e questi lo avrebbe fatto per loro.

Erano più che fratelli! Erano ragazzi votati al sacrificio per l'onore della Patria, un bene supremo che travalicava ogni altra aspirazione. Quei ragazzi erano eroi, l'uno per l'altro.

"NO!".

"Non morirai qui, scricciolo!!", esclamò Giuseppe.

Papà orso prese Sergio per le bretelle, ma gli rimasero in mano. Il ragazzo non aveva più la maglietta né i pantaloni. Li aveva usati per cercare di tamponare i buchi dello scafo.

Il cuoco era un gigante ferito. La sua faccia era intrisa di sangue, aveva uno squarcio che gli apriva in due la guancia sinistra, procurato da un piatto di latta che gli era volato addosso quando la prima bomba aveva colpito il suo compartimento di poppa.

Si allungò a fatica. Prese Sergio con un braccio e se lo caricò in spalla. Proprio come aveva fatto con lui quel marinaio della torpediniera-ospedale per soccorrerlo dopo il cataclisma di Messina.

Giuseppe barcollava quasi senza respiro. Le ginocchia

andavano giù una dopo l'altra. Lui si rimetteva in piedi.

Giunse alla torretta a chiusura ermetica per il salvataggio degli equipaggi. Avrebbe infilato quel piccolo fagotto umano dentro la capsula e avrebbe azionato il meccanismo con le sue ultime forze. Avrebbe poi lasciato al destino il compito di disegnare la sorte del ragazzo. Una volta salito in superficie si sarebbe potuto svincolare e aspettare soccorsi. Oppure sarebbe stato fatto prigioniero dal comando britannico. In ogni caso, non sarebbe morto in fondo al mare.

Ma il meccanismo di apertura della torretta era incastrato. Anche la maniglia girevole di sblocco era stata divelta dalle esplosioni. Non si dette per vinto. Si resse con una mano all'arco che sovrastava la paratia del compartimento siluri, aveva avuto un'altra idea, prima di lasciarsi prendere per mano dalla morte e ricongiungersi alla sua famiglia.

Per arrivare alla camera lancia-siluri c'era da superare una scaletta d'acciaio inclinata. Erano appena quattro scalini, che in quelle condizioni apparvero come una montagna da scalare a piedi nudi, come in effetti era rimasto, dopo tutti quegli sballottamenti.

I marinai in sala macchine e in camera siluri erano al limite delle forze. Un paio di loro fluttuavano a viso in giù nell'acqua, in attesa di entrare da eroi negli annuali di guerra. Non avevano avuto neanche il tempo di accorgersene. Dormivano il sonno eterno. Galleggiavano in pace.

Gli altri erano in attesa del loro momento. Lo sgomento non deprimeva la loro fierezza. Aiutarono Giuseppe senza fare domande, non avevano energia da sprecare in inutili spiegazioni. Avevano capito.

Con la testa fecero un cenno eloquente. "Dai!".

L'orso prese lo scricciolo, ammutolito, e lo ficcò dentro il tubo del siluro, che era scarico. L'attacco a sorpresa degli aerei inglesi non aveva dato il tempo di armarlo ma fortunatamente non ne aveva danneggiato il sistema di lancio.

"Addio ragazzo. Noi accompagniamo la nave in fondo al mare. Se per te ci sarà ancora una possibilità di vedere la luce, saranno i tuoi angeli a deciderlo".

Papà orso cercò di dargli istruzioni, mentre armeggiava attorno al tubo lancia siluri e alle bretelle che si era messo in spalla insieme al suo figlioccio.

"Trattieni il respiro…"

"… spingi tutta l'aria che hai in corpo contro le orecchie e nuota in su, più veloce che puoi".

Legò alle braccia di Sergio due piccole boe galleggianti che teneva in ricordo della sua prima missione a bordo di un cacciatorpediniere e gli calò sul viso una maschera Davis che aveva raccattato dalla sua cuccetta. Era un respiratore artificiale inventato dalla Royal Navy e utilizzato anche sui sommergibili italiani per il salvataggio degli uomini in caso di abbandono subacqueo dello scafo.

Facevano parte del suo tesoro e dei suoi portafortuna, insieme al tagliere in legno di quercia finemente intarsiato che aveva avuto in regalo da un nobile dopo una cena preparata per una ventina di alti gerarchi fascisti. Così come una rara collezione di coltelli sardi, spagnoli, corsi. Teneva sempre con sé anche il grembiule di suo padre, con la scritta *Arancinu di Giuseppe* ricamata dalla nonna, che era riuscito a trovare rovistando tra le macerie giorni dopo la tragedia. Lo teneva ben piegato, non l'aveva mai indossato. Non ebbe il tempo di farlo neanche quest'ultima volta.

Avrebbe voluto dare al ragazzo altri consigli, ma gli mancò il fiato. Dalla sua bocca non uscì più una parola. Insieme agli altri marinai azionò l'apertura della cappella del tubo di lancio.

SHHHHHHHHHHHHHHHHHH!

Il siluro umano schizzò via dallo scafo, tra bolle e spruzzi.

Giuseppe ringraziò con un sorriso caldo quei pochi ragazzi ancora in vita. Cadde, molle, sollevando così tanta acqua da fare le onde all'interno dello scompartimento.

Il suo viso, con la barba morbida e dorata, riaffiorò pochi istanti dopo. Il suo corpo fluttuava dolcemente, con le braccia aperte. Sembrava un angelo, pronto a volare in Cielo.

CAPITOLO XII

IL BUIO INFINITO

~

Il gigante buono aveva usato le bretelle del ragazzo per fissargli i due galleggianti sotto le ascelle. Gliele aveva ancorate poco sopra le mutande con una corda cerata, di quelle usate nel sommergibile per appendere le magliette sopra le brandine dei marinai. Giuseppe le usava per appendere prosciutti e salami, allargando la dispensa ovunque scorgeva un minimo spazio.

Con la forza della disperazione aveva legato addosso a Sergio una sorta di salvagente. L'avrebbe aiutato a risalire in superficie. Non essendo un siluro e, dunque, non avendo eliche, né moto proprio, il ragazzo non sarebbe andato molto lontano malgrado la spinta dell'aria compressa.

Sapeva che il ragazzo avrebbe avuto una probabilità minima, infinitesimale, di sopravvivere. Ma aveva voluto dargli almeno quella. Il gigante si era lasciato morire con un sorriso di speranza.

Nell'uscire dal tubo lancia-torpedini, Sergio si graffiò tutto: la schiena, le braccia, le gambe. Ma non se ne accorse, tanta era la pressione che gli schiacciava la testa e il corpo.

L'acqua era fredda, era una lastra di ghiaccio che si lasciava perforare al suo passaggio. Si sentì congelare fino alla radice dei capelli.

Era così magro che poteva sentire le sue costole attraversate dall'acqua. Spingeva le braccia come non avrebbe mai immaginato di fare. Accompagnava quel movimento forsennato con le gambe e il tronco.

Non sapeva nuotare, non aveva mai imparato. Come lui, molti altri ragazzi che prendevano il mare, lo prendevano senza averne prima né sperimentato, né dominato la sua forza. Al massimo si erano bagnati i piedi o le mani prima di salire a bordo. Il mare non si poteva prendere a piccole dosi, lo si comprava come un pacchetto completo: gloria e terrore, angelo e demone.

Acqua e buio. Intorno a Sergio era tutto scuro: nero sotto, nero ai lati. Soprattutto, nero sopra di lui. Ovunque. Non riusciva neanche a capire se avesse gli occhi aperti o chiusi. Erano congelati anche loro. I polmoni si allargavano a dismisura oltre quel petto nudo e piatto. Li sentiva cedere, prima o poi si sarebbero sgonfiati del tutto. Erano passati solo pochi secondi. Sapeva di essere vivo. Ancora vivo.

L'oscurità era come una lama, gli trafiggeva il cervello, lo disorientava, gli paralizzava i muscoli, gli annientava le speranze. Allo stesso tempo, però, lo sosteneva. Sospeso nel vuoto, ormai senza forze e vinto dal freddo, si lasciò andare.

Cercò di respirare dall'interno del corpo, cercando ogni residuo d'aria dentro di sé. Fluttuava nel nulla, si sentiva parte dell'infinito.

Non c'erano orizzonti. Nessun punto di partenza, nessun approdo. Solo energia dispersa, che non riusciva a trattenere. Avrebbe voluto usarla per risalire alla vita. Non ci riusciva.

Una barriera d'acqua, impossibile da misurare, gli sbarrava la risalita.

Il sommergibile era stato colpito dalle bombe non molto lontano dalla costa greca di Patrasso, dove la Supermarina aveva una base. I suoi compagni erano ormai molti metri sotto di lui, giacevano sul fondo del mare.

Riuscì ad aprire gli occhi un'ultima volta quasi a sperare di vedere una luce, una speranza alla quale aggrapparsi fino a scoppiare in lacrime di liberazione. Ma il buio era ancora il padrone della sua esistenza. Non vide nulla, non c'era nulla che avrebbe potuto vedere.

Nei libri delle suore spesso aveva letto della lotta fra il bene e il male, tra fatine sorridenti e un destino di sventura, annunciato da ombre o fantasmi, talvolta da enormi polipi tentacolari. Nero era il colore della morte. Quando questa forza oscura ordinava di seguirla era impossibile resisterle. La morte prese per mano Sergino, cominciò a trascinarlo tra i flutti marini più scuri.

***

Era inquietante vedere come quel fragile ragazzo cercasse di lottare disperatamente per sopravvivere. Avrei voluto sottrarmi e sottrarlo a quella morsa, anche se capivo che la stavo vivendo con uno scopo preciso. Dovevo imparare a distinguere il bene dal male, la speranza dallo sconforto. E, soprattutto, ero immerso anch'io in quelle tenebre per riuscire a percepire la presenza degli angeli, cui Giuseppe, il gigante buono, aveva affidato mio padre.

***

La morte si prendeva gioco di lui, di quello scricciolo. Lo sballottava. Inanime, il suo corpo dondolava da un lato all'altro. La testa ciondolava, le braccia e le gambe ondeggiavano disegnando movimenti sinuosi come farebbe una scuola di pesci curvando repentinamente dietro il capo branco per seguire la corrente.

Sergio si sentì morire, e rinascere. Non oppose resistenza a quello stato d'animo. Pensava a sua madre e immaginava di essere ancora parte di lei. Gli sembrò di sentirne il battito del cuore, in sintonia col suo. Le forze oscure continuavano a sballottarlo, mentre lui se ne stava in posizione fetale, al sicuro nel ventre materno. In attesa di fuggire da quell'incubo.

Pensava ai suoi primi sedici anni, che sarebbero stati, di lì a poco, anche gli ultimi. Prima di trovarsi rilassato in quell'impotente rassegnazione, la sua vita non era stata poi così noiosa.

"Ne è valsa la pena", pensò.

Con il suo Nautilus era stato in navigazione da giorni, forse in eterno. La sua vita con gli altri marinai era stata di quelle che solo i predestinati riescono ad assaporare. Ogni gesto, ogni parola era stata sottolineata da gloria, enfasi, trionfo. La paura si era trasformata in nuovo eroico entusiasmo.

Sergio era un ragazzo positivo, mai vinto dalle difficoltà. La sua mamma, ne era convinto, lo aspettava al ritorno da quella missione. Si era ripromesso di andare a cercarla, di farle sapere che stava bene, che era cresciuto, che aveva una divisa e che era stato perfino decorato con medaglie e onori. E soprattutto che l'amava.

La pressione sul petto era insopportabile, la morte nera avanzava, lo soffocava. Lo lanciò come uno straccio nella fossa delle anime perdute. Il mare aveva deciso di divorare anche quel ragazzo dopo aver fatto banchetto dei suoi compagni.

Sergio corse incontro alla sua mamma. I marinai erano tutti schierati in fila sul ponte, l'ingresso in porto era una festa di colori, fanfare. L'inno risuonava lungo le colonne della banchina, le mani degli eroi del sommergibile erano sul cuore, lo sguardo teso verso la bandiera che sventolava dalla torretta. Il comandante salutava con gesto plastico e autorevole i reparti schierati per l'accoglienza, le madri e le famiglie che lanciavano coriandoli e nastrini.

Lo sbarco avvenne in maniera molto ordinata, malgrado la fretta di riabbracciare i propri cari, la disciplina era sempre alta nel comportamento di quei ragazzi. Nessuno spinse. Appena sbarcato, Sergio si fece largo ricevendo una lunga serie di pacche sulla schiena dai suoi compagni.

"Ci vediamo al prossimo giro!".

"Non ti ubriacare subito, eh!".

" ...e stai lontano dai casini!".

Tutti gli davano consigli, lui aveva lo sguardo solo per quella dolcissima donna, avvolta in una candida mantella, che lo seguiva da dietro le transenne, asciugandosi con un velo bianco le lacrime agli occhi. Sembrava un angelo.

Lei cercava di sfilarsi dal gruppo di mamme festanti per raggiungere il suo piccolo. Aveva con sé un foglio di carta con scritto a mano a grandi caratteri:

SERGIO DAL BONI

Aveva ricostruito il percorso di suo figlio, costringendo lo zio Aldo, mosso a clemenza dalla disperazione di quella madre, che altri non era che la sua adorata nipote, a rivelarle dove era stato custodito il suo bambino fin dai primi giorni. Piangendo e inginocchiandosi più e più volte davanti a lui, era riuscita a farsi raccontare della fuga dall'orfanotrofio, dell'ingresso in Marina e del suo distaccamento prima a La Spezia, poi a Taranto.

Aldo non ne aveva più seguito gli spostamenti, perché i sensi di colpa lo soffocavano giorno e notte, e perché sperava che la nipote potesse col tempo rifarsi una vita con il buon marito che le aveva procurato.

Adele, invece, aveva trascorso gli ultimi tre anni bussando a tutte le istituzioni militari in possesso di informazioni. Era stata al ministero della Marina a Roma, all'Arsenale di Taranto e a quello della Spezia. Non aveva tralasciato le basi navali di Messina, Trapani, Cagliari, Napoli, Brindisi. Era perfino andata all'Accademia di Livorno, pur essendo in preda al tormento nel ricordare il suo Giorgio.

La visita all'Accademia era stata decisiva. L'ufficiale del servizio amministrativo si era impietosito di fronte a

Una Vita Extra

quegli occhi lucidi e scavati dal dolore.

"Signora, farò il possibile per darle le informazioni che cerca. Aspetti qui, un attimo".

Era tornato dopo un'oretta con un ampio sorriso. Adele si era sentita scorrere di nuovo il sangue nelle vene.

"In Marina abbiamo un Sergio che risponde al cognome N.N. nelle unità sommergibilisti".

"Potrebbe essere lui, non ci sono altri N.N. di primo nome Sergio".

Adele gli si era gettata ai piedi per ringraziarlo con totale devozione. L'ufficiale l'aveva fatta rialzare in preda a grande imbarazzo.

"Può dirmi, per favore, dov'è imbarcato? "La supplico".

"Signora, non posso. Proprio non posso".

"Verrei portato di fronte alla Corte Marziale, è un segreto militare".

"La prego...", lo aveva supplicato ancora Adele, ma l'ufficiale aveva abbassato lo sguardo e mordendosi il labbro inferiore aveva soffocato le parole che avrebbe voluto pronunciare.

La ragazza lo aveva abbracciato di scatto.

"Grazie, grazie lo stesso". L'abbraccio si era protratto tanto da bagnare di lacrime il bavero dell'ufficiale, che l'aveva allontanata delicatamente, guardandola commosso.

"Arrivederci.... e .... buon ritorno in Sicilia".

Adele era uscita dall'Accademia con un premio inaspettato. Era corsa a casa, aveva messo un paio di cambi dentro una valigia, preso un tozzo di pane dalla cucina e con i piedi già sull'uscio aveva salutato il "buon marito".

"Devo andare...".

Si era recata in stazione e aveva preso il primo treno verso Sud. Era arrivata a Reggio Calabria e da lì in traghetto a Messina. Aveva fatto appena in tempo, perché la navigazione era stata sospesa con lo scoppio della guerra.

La flotta di traghetti era stata quasi del tutto affondata. Per attraversare lo Stretto ci si doveva affidare alle barche di pescatori.

Giunta sull'isola, Adele aveva cominciato il suo pellegrinaggio tra i porti militari. Si era unita ad altre madri che si spostavano di base in base per avere notizie dei figli marinai.

Sergio aveva avuto indicazioni da Giuseppe, sapeva cosa aspettarsi da un incontro rilevatore con i suoi genitori. Era a conoscenza del significato di quell'appunto che si portava dietro dall'Istituto religioso per i bambini orfani.

Sergio N.N.
Data di nascita - 6 marzo 1926
Madre: Adele Dal Boni
Padre: sconosciuto.
Nato da relazione adultera. La famiglia della madre ha optato per l'affidamento a Istituto religioso per orfani.

Avevano analizzato le parole con il gigante buono.

"Vedi, qui? Dice che tuo padre è sconosciuto e che sei nato da un adulterio", aveva commentato il cuoco in un giorno di navigazione con Sergio.

"Non vuol dire che tua madre fosse una poco di buono", aveva cercato di rincuorarlo, pur non avendo nulla che potesse escludere che sua madre Adele praticasse la più antica delle arti in qualche casa protetta o, addirittura, per strada.

Lo pensava e, sinceramente nutriva qualche speranza perché si diceva "la famiglia della madre ha optato per l'affidamento". Stava a dimostrare che la ragazza aveva qualcuno alle spalle e di certo qualcuno influente se aveva la possibilità di optare. Una famiglia con diritto di scelta già elevava il ragazzo ben oltre il rango del marciapiedi.

E il fatto che fosse nato da un adulterio e che suo padre

non lo avesse riconosciuto era un altro segnale che anche la famiglia del padre era altolocata e non permetteva al figlio di separarsi dalla prima moglie. O altre autorità, come quelle militari, glielo impedivano.

"Ragazzo, il giorno che incontrerai tua madre, stringila forte, non fartela scappare più!".

"Anche lei ha sofferto come te. Qualcuno ha deciso per lei e lei non poteva opporsi", aveva aggiunto Giuseppe, che aveva perso la mamma in quel maremoto e, pur non essendo affatto colpevole, non riusciva a darsi pace.

"Se solo l'avessi tenuta più stretta...", il rimorso aveva continuato a martellargli la mente, come quando pestava il basilico nella ciotola di legno per farne un buon pesto.

Adele aveva assistito a una decina di sbarchi e ad almeno altrettanti mancati rientri. Nel primo caso, se il suo ragazzo non era tra quei marinai, si ricomponeva, faceva un respiro profondo, riprendeva coraggio e con altre madri si rimetteva in cammino verso il prossimo porto di attracco segnalato. Nel secondo, si precipitava al comando del porto con la carovana di famiglie per avere i nomi dei ragazzi rimasti in fondo al mare, con la fiducia di non vedere un Sergio N.N. in quella lista.

Aveva issato quel cartello col nome già in una ventina di porti prima di assistere allo sbarco del sommergibile che proveniva da una missione a Creta. Era un tantino stropicciato, ma sempre leggibile. Sergio lo vide appena il corteo di ragazzi che sbarcavano si separò dalla banchina.

"MAMMA!!", gridò con voce piena di sorpresa e felicità.

"SERGIO!!!", urlò con ancora più forza sua madre correndogli incontro.

I due si fermarono quando fra loro c'erano appena pochi passi. Si fissarono negli occhi, si studiarono per qualche secondo. Lei coprì quella piccola, ultima, distanza. Lo avvolse in un lungo, materno abbraccio. Gli passò le mani sui capelli. Gli prese il viso tra le mani per ammirarlo e rimirarlo, più volte e ogni volta lo stringeva di nuovo a sé.

"Sei bellissimo!".

"Amore, mio. Sei bellissimo!".

"E che ragazzone sei diventato...".

Aveva appena sedici anni e sua madre si era persa tutta la sua crescita, pur essendo lui ancora mingherlino e poco più alto di lei. Sergio riconobbe la sua voce, l'aveva sentita molte volte quando era ancora nel suo ventre, ne conosceva le vibrazioni, le alterazioni del ritmo se era preoccupata, se stava per addormentarsi. Il rapporto tra madre e figlio è così estremo che le sensazioni si duplicano. Se lei è sveglia, lo è anche lui, se lei si ferisce anche lui prova dolore.

Il desiderio di abbracciarsi era come un fuoco che li divorava e che, finalmente, poteva trasformarsi in energia vitale, tanto da proiettarli al centro di un cerchio impenetrabile. Il resto del mondo scompariva, lasciando dilatare all'infinito le loro emozioni.

Camminarono in silenzio lungo il porto, accompagnando la silhouette del sommergibile stretto negli ormeggi e fermo come una balena addormentata. La brezza marina sfiorava i loro visi e la salsedine imperlava l'aria. Si tennero per mano, i loro pensieri s'incrociavano rinviando domande e risposte. Si sedettero su una panchina del porto, con lo sguardo a una torpediniera in attesa dell'imbarco.

"Madre", disse Sergino. "Ti ho pensata ogni istante...".

"... sei più bella di quanto ti abbia mai dipinto nei miei sogni".

Lei lo ascoltò senza interrompere. Era totalmente rapita dai suoi occhi e avvolta dai suoi sorrisi, dalle ciglia scure e ampie, dalle labbra a cuore e dal quel nasino a patata.

"Com'è mio padre?". Non chiese chi fosse, ma solo come lo avrebbe dovuto idealizzare. Un uomo brillante, un politico, un banchiere, un marinaio. Ecco, sicuramente un marinaio, come lui. Alto, basso, tondo, smilzo, biondo, castano. E, soprattutto, buono o malvagio?

"Tuo padre è stato un eroe!".

Non stava mentendo. In tutti quegli anni, non gli aveva mai addossato la responsabilità di essersi tolto la vita e di avere compromessa la sua. L'amore per Giorgio non era diminuito di una sola virgola, anzi. Quella notte era valsa una vita, quella di entrambi.

"La sua vita apparteneva alla Regia Marina".

Al nominare il mare e un uomo votato al sacrificio, Sergio ebbe come la certezza di aver da sempre portato dentro di sé i geni di suo padre.

"Hai detto che è stato un eroe".

Il ragazzo capì anche che non lo avrebbe mai visto, che non avrebbe potuto fare nulla per cancellare quel N.N. e convincere il suo genitore a riconoscerlo. Ma, in fondo, anche questo lo sapeva già.

"Mamma, alla fine del mese m'imbarco di nuovo...".

"... il nemico non ci dà tregua, ma noi siamo padroni del mare".

"Sono fiero di te, figliolo".

In cuor suo, Adele non avrebbe voluto lasciarlo andare più incontro alla guerra. Non poteva minimamente rischiare di perderlo di nuovo. Ma si trattenne.

"Sei nato per essere un eroe, figlio mio".

"Ti aspetterò e sarò qui sulla banchina, in prima fila, ad accoglierti appena farai rientro in porto".

"Mamma", disse Sergio mettendo un braccio dietro la schiena di lei e tirandola a sé.

"Non devi temere".

"Sai, ce la siamo vista brutta l'altro giorno...".

Adele si lasciava stringere dal suo piccolo, mentre le passava ancora le mani tra i capelli. Non poteva smettere di farlo. La leggerezza di quel gesto era per lui come una dolce musica. Una fata lo stava accarezzando ed era sua madre. Cosa poteva desiderare di più?

"Il capitano ha ordinato l'immersione rapida perché ci siamo trovati, nel mezzo del nulla, una nave britannica. Proprio davanti a noi".

Adele non lo interrompeva, lui parlava con impeto e con una certa aria scanzonata. Non faceva il bulletto, voleva che sua madre si liberasse dall'angoscia di non vederlo più riaffiorare dalle acque profonde.

"Ci hanno lanciato le bombe di profondità. Scoppiavano tutte attorno a noi: da un lato, dall'altro, a prora e a poppa. Lo scafo ha preso a girare come una trottola".

Adele lo ammirava con tenerezza.

"Sono proprio orgogliosa di te. Hai fatto il tuo dovere? Hai onorato i tuoi compagni? Ne sono sicura".

"Insomma Mamma, i ragazzi stavano morendo. Tutti".

"Ma io sono stato infilato nel tubo lanciasiluri, hanno aperto il portellone e sono sgusciato via come un'acciuga".

Sergino strinse ancora più forte sua madre.

Riuscì a percepire il battito del suo cuore, insieme al suo. Il suo viso però tremolava, come una pellicola sfocata.

Le tenne stretta la mano, come gli aveva detto Giuseppe. E più la stringeva più sentiva il gelo dell'acqua.

Gli occhi di sua madre cominciarono a dissolversi, così i capelli, le braccia e le gambe.

Adele lo chiamava ancora.

"Sergio".

"Sergino, stai sveglio. Ti prego, svegliati".

"Ti aspetto qui, al porto. Sono qui".

La voce lo cullava, il sorriso accompagnava la sua ascesa nel buio infinito. Il candore di sua madre lasciava il posto a quell'infido e gelido fantasma nero, che d'un colpo lo inghiottì.

La base di Patrasso ebbe notizia dell'affondamento del sommergibile da una nave d'appoggio e rifornimento.

Come prassi, prima di inabissarsi, l'equipaggio aveva

Una Vita Extra

lanciato un galleggiante rotondo come un piccolo canotto circolare e abbastanza grande per essere notato. La targa sul galleggiante riportava il nome dell'unità abbattuta. In uno scomparto della boa, al riparo dall'acqua, c'era un foglio con il reparto di appartenenza, la missione assegnata, il nome del comandante, il numero degli uomini a bordo, separati per gradi: ufficiali, sottufficiali, capi compartimento, marinai, addetti ai servizi.

Quel foglio conteneva le informazioni di base per la drammatica conta degli eroi di guerra e il pronunciamento futuro delle medaglie al valore.

Il regime non avrebbe mai divulgato il numero delle navi perse in battaglia, né di quelle rimaste, tantomeno avrebbe dato notizia di quanti uomini erano stati finora immolati in nome della Patria.

L'Istituto Luce diffondeva nei suoi cinegiornali le notizie avute da fonti ufficiali. Nessuno avrebbe dato notizia di un altro sommergibile affondato dal nemico. Mussolini sarebbe stato deposto di lì a poco, la propaganda intensificava la sua attività. Non c'era modo di opporsi.

Il filmato della nave torpediniere in azione nell'Atlantico faceva parte del repertorio comandato.

La musica, stridula e inneggiante, accompagnava un testo letto sotto dettatura. Sotto una dittatura sempre più erosa dai tradimenti.

"Gli assaltatori vanno all'attacco".

"Gli inglesi sono in ritirata".

Le immagini della prua della nave nemica che si inabissava riaffermavano il dominio del mare.

"Neozelandesi, canadesi, indiani, africani. Come sempre gli inglesi si servono degli altri per coprire la loro fuga".

Messaggi diffusi per accendere il fuoco patrio in altri giovani esseri umani e comandarli a uccidere altri esseri umani al prezzo, se necessario, della loro stessa vita.

Nessuno era in grado di riferire in quel momento le dimensioni di quel sacrificio. Chi viveva in mare, però, teneva il conto.

Era l'estate del '43, qualche settimana prima dell'Armistizio e del drammatico passaggio di tutto il naviglio sotto il comando tedesco.

La nave d'appoggio comunicò via radio il numero dei nuovi eroi di guerra. In tutto 67 uomini. Nessun superstite.

Il numero dei sommergibili adagiati in fondo al mare con i propri uomini era salito vistosamente, la guerra era persa. La Supermarina avrebbe avvisato le famiglie in una delle più improbe fatiche, visto che molti dei marinai erano ragazzi che venivano da istituti come quello che aveva ospitato il piccolo Sergio.

La madre superiora avrebbe pianto e pregato per lui. E avrebbe informato lo zio Aldo, al quale sarebbe toccato decidere se informare Adele o lasciarla vivere nel sogno di un ragazzo lontano dai combattimenti, sano, felice e fortunato.

La guerra andò avanti altri due anni, nessuno si poté prendere cura di quegli eroi, ai quali se ne aggiunsero altri, a migliaia. Le medaglie al valore militare sarebbero state consegnate solo intorno al 1947, una volta fatto ordine tra le carte con i ruolini di assegnazione, il comando di distaccamento, l'unità di combattimento.

A Sergio, mio padre, venne assegnata la *Croce al Merito Militare*, per aver "disimpegnato i propri compiti con coraggio, abnegazione e sentimento del dovere".

CAPITOLO XIII

QUEL CORPO IMMOBILE

~

Fatmira era una bella ragazza, sedici anni vissuti nella dignità di una famiglia nomade che aveva stabilito il proprio campo sulle coste dello Ionio, tra l'Albania e la Grecia, poco dietro l'isola di Corfù. Un territorio prima occupato dagli italiani e poi finito sotto il controllo tedesco e devastato con la deportazione di intere comunità in campi di sterminio.

Aveva decine di fratelli e sorelle, alcuni consanguinei, altri raccolti qua e là durante gli spostamenti della famiglia per tenersi al di fuori e al riparo dai combattimenti e dalle torture militari. Solitamente, per nascondersi meglio e mimetizzarsi con l'ambiente circostante, i nomadi si tenevano alla larga dal mare.

Si avvicinavano alla costa quel tanto che bastava per approvvigionarsi d'acqua dai torrenti che confluivano in mare e allo stesso tempo per rimettersi in moto in caso di pericolo. Viaggiavano sempre via terra, con carri.

Alcuni di quei ragazzi erano stati trovati sotto le macerie, accanto ai loro genitori morti per i bombardamenti aerei.

Fatmira amava correre sulla sabbia con i suoi fratelli e sorelle. L'arena dava sollievo ai loro piedi mai coperti da tessuti o scarpe di alcun genere. Fin da piccoli la pianta dei piedi, indurita dal tempo, faceva da calzatura.

Irna, sua madre, teneva le redini di una famiglia di almeno trenta persone, fra anziani sfiniti e infanti denutriti. Non costruivano, non si lasciavano dietro nulla.

Non avevano documenti, né alcuna memoria dei posti nei quali avevano vissuto. Col passare degli anni, la loro età si faceva sempre più indefinita. I più vecchi potevano avere 50 come 80 anni, era impossibile stabilire una data certa di nascita per ciascuno di loro e il loro viso si riempiva di rughe non tanto con l'avanzare dell'età quanto per le intemperie cui erano sottoposti senza la protezione di un tetto stabile.

I più giovani avevano chiazze e striature scure sulla pelle olivastra. Neppure osservandoli da vicino si riusciva a distinguere se era l'effetto di un'abbronzatura spontanea, e dunque non omogenea, piuttosto che il risultato di strati di sporcizia oramai sedimentati. In ogni caso, i loro volti erano dei ritratti a spatola, fatti con una tecnica impareggiabile da madre natura. La loro cute era un terreno fertile per anticorpi, il contatto con ogni genere di germi e infezioni li rendeva praticamente immuni.

Lo strepitoso color verde-arancio degli occhi di Fatmira era come un faro luminoso per le navi alla deriva. Amava il mare e appena possibile correva verso la spiaggia per ritagliarsi un angolo di paradiso. Sognava di essere rapita dai raggi del sole e condotta in una favola senza tempo, dove avrebbe potuto incontrare il suo principe, un uomo coraggioso e sorridente, impetuoso e protettivo.

Quella mattina Fatmira corse a vedere l'alba. Nel campo, i vecchi dormivano ancora. Cercò di non svegliare i suoi fratelli, che di solito la raggiungevano appena avvertivano la perdita di calore e il vuoto lasciato nel pagliericcio dove si stendevano per la notte tutti insieme. La luce del giorno la sorprese alle spalle e allungò la sua ombra sull'acqua fino a farla vibrare verso l'orizzonte. Si mise a gambe divaricate e braccia aperte lasciando che la brezza mattutina le soffiasse tra i capelli e li scompigliasse come voleva il vento. Si sentiva libera da catene, leggera come una piuma.

Lo sciabordio del mare fece un suono inconsueto, qualcosa impediva il normale ritorno del moto ondoso e il regolare accavallarsi degli spruzzi sulla battigia. Fatmira scattò di lato come per scansare un grosso tronco che le veniva addosso. Davanti a lei il corpo di un ragazzo veniva sospinto dalle onde che si rovesciavano una sull'altra.

S'inginocchiò di colpo, lasciando che l'acqua scavasse una piccola barriera di sabbia fra lei e quel giovane. Aveva due strani oggetti legati attorno al torace, la testa appoggiata all'arenile, le braccia seguivano i movimenti dell'acqua che sembrava aiutare quel corpo a raggiungere la parte più asciutta della riva. Le gambe erano quasi interamente sotto la sabbia.

Fatmira rimase seduta a studiare quel corpo. Si soffermò a lungo sul profilo del ragazzo, il suo naso, i riccioli, le mani. Non si avvicinò troppo, aspettava aprisse gli occhi per sorridergli. Era un angelo caduto dal cielo, non voleva spaventarlo.

Il sole era già alto in cielo quando arrivarono i suoi fratelli. Si strinsero con Fatmira ad ammirare quella figura ancora cullata dall'acqua. Uno di loro corse a chiamare Irna. Con dei rami costruirono una barella, lo portarono al campo e lo sistemarono su un giaciglio di legno e foglie. Gli misero sopra una coperta pesante.

In silenzio lo guardava. E più lo guardava e più se ne innamorava.

"Madre, pensi che un giorno aprirà gli occhi?", chiese Fatmira.

"Sì". Rispose Irna. "Respira. Ma non è qui in questo momento".

"Cosa vuoi dire?", chiese ancora Fatmira.

"Che non è tra i vivi, e non è tra i morti", rispose Irna mentre gli leggeva le mani con gesti esperti. Fatmira gli accarezzava la fronte, come aveva già fatto altre volte in molte settimane, mesi ormai. Era diventato parte della famiglia e, ogni volta che questa si spostava, anche quel corpo immobile viaggiava col gruppo di nomadi.

Irna prese ancora la mano del ragazzo e la avvicinò a quella di sua figlia.

"Questo ragazzo ha sofferto, fin dalla sua nascita. Vedi? Guarda qui, guarda come piega questa linea", disse Irna.

"Madre, posso tenerlo con me? Sempre?".

"No, figlia mia".

"Perché?", sobbalzò Fatmira.

"Sono sicura che si innamorerà di me, avremo una montagna di figli. Saremo felici, vivremo sempre insieme!", aggiunse tentando di sostenere lo sguardo severo della madre. Cercava il segno di un suo decisivo permesso, mentre guardava il viso del ragazzo, rilassato in quel coma sereno.

"No, Fatmira...".

"... mi dispiace figlia mia...".

"Perché?", insistette la ragazza.

La ragazza riconobbe quel timbro di voce di sua madre. Lo aveva sentito molte altre volte, quando si trattava di prendere decisioni importanti o di spostare il campo. Lei e tutti gli altri componenti della famiglia attribuivano a Irna quell'autorità che si deve a persone che sanno interpretare il passato, sopravvivere nel presente, leggere il futuro e, soprattutto, guidare senza tentennamenti la propria gente attraverso le tre fasi del tempo.

"Questo ragazzo farà felice la sua donna, con la quale farà molti figli e vivrà un vita piena d'amore".

La lettura delle mani veniva tramandata fra i nomadi di madre in figlia, da centinaia di anni. La chiromanzia, secondo alcune interpretazioni, era già praticata ai tempi dell'Antico Testamento. L'unione delle parole greche *chéir* (mano) e *mantéia* (divinazione) ha portato l'arte di interpretare il domani, attraverso la lettura del palmo della mano, a stretto contatto con la scienza, la filosofia, l'astrologia. Ha resistito a persecuzioni ecclesiastiche, superando le barriere dell'incredulità. A volte, per colpa di maldestre praticanti e ciarlatani, è scivolata nel fango del subdolo raggiro.

Irna, come le avevano insegnato sua madre e, ancor di più, sua nonna, e come lei avrebbe a sua volta insegnato a Fatmira, seguiva un percorso lento e metodico quando leggeva le mani. La sua concentrazione era tale da farle raggiungere la totale connessione con gli astri, con la volta celeste. Poggiava i suoi polpastrelli sulla mano da leggere e ne seguiva le linee cercando di assorbirne i messaggi che le venivano trasmessi.

Con movimenti lenti e intensi, i suoi occhi si spostavano dalla mano al viso del ragazzo per avere una visione d'insieme tra passato, presente e futuro.

La sua credibilità era fuori discussione fra i membri del clan. Lei capì che il giovane si sarebbe svegliato ma non avrebbe ripreso subito la memoria. Sarebbe rimasto sospeso in un mondo che non gli apparteneva veramente e dal quale si sarebbe allontanato. Avrebbe avuto una breve ma intensa unione con sua figlia.

Il mondo dei nomadi, però, non era nel suo domani. Irna vide chiaramente che, senza una ragione apparente, se ne sarebbe andato via. Com'era comparso sulla riva quella mattina, così, all'improvviso, sarebbe sparito.

Irna cercò di dosare le parole. Non voleva ferirla, ma doveva avvertirla. Non aveva dubbi, un giorno la ragazza avrebbe dovuto rinunciare al suo principe, soffrendo tremendamente.

"Figlia mia ... il vostro futuro non coincide, è scritto nelle mani. Non sarai tu quella donna...".

La ragazza precipitò nel buio della disillusione. Scappò con gli occhi pieni di lacrime, seguendo la luna che si allontanava dal loro accampamento.

La guerra rimbombava nell'aria. Rumori sinistri tene-

Una Vita Extra

vano svegli e all'erta gli zingari, che si spostavano con ciò che avevano, portandosi dietro quel corpo inerte. Riarmarono il campo e si spostarono ancora, decine e decine di volte, fino a quando i combattimenti si fecero sempre più radi e negli spostamenti si notavano in lontananza più civili che soldati. Più macerie che abitazioni. Più gente armata di pala, che di fucile con baionetta.

Fatmira era cresciuta. Agli occhi degli altri era diventata adulta, era nell'età giusta per essere sposa e madre. Le famiglie nomadi s'incrociavano durante gli spostamenti, alcuni si univano al gruppo, altri lo lasciavano per seguire o formare altre famiglie. Irna prese sua figlia in disparte.

"Penso che quel giovane sia proprio adatto a te", le disse indicando uno dei figli del clan che proveniva dal Nord e si era congiunto a loro. Si scambiarono informazioni su quali posti evitare, dove approvvigionarsi di cibo, le piazze in cui svolgere un minimo di attività. Erano mercanti e mendicanti, alcuni si dedicavano al commercio dei cavalli, altri facevano la questua danzando o solo sedendo ai margini delle strade.

"No, non voglio fuggire con lui". Era questo il tipico matrimonio dei nomadi: i due promessi si allontanavano dal campo, le famiglie facevano finta di bloccarli, lei si concedeva a lui, che la riportava al campo per il riconoscimento ufficiale della coppia.

"Aspetto che lui si svegli". Voleva il giovane trovato in mare.

Irna aveva provato diverse altre volte a dissuaderla, ma la risposta era sempre la stessa. La figlia era così determinata e insistente che, alla fine, la madre dovette capitolare.

"Ragazzo mio", disse Irna a bassa voce tenendo strette le mani di Sergio.

"Sei morto in mare. Il mare ti ha conservato in vita, ti ha protetto, ti ha impedito di morire. Ti ha riconsegnato alla terra...".

"Ti concedo in sposa mia figlia, Fatmira".
"Si prenderà cura di te".
Prese le mani della ragazza e le unì a quelle del principe addormentato. Borbottò qualcosa d'incomprensibile, anche per la figlia, secondo un antico rituale ripetuto di generazione in generazione per allontanare disgrazie e malefici, per richiamare benessere e prosperità.
Insieme, le due donne misero le mani sul viso e sul petto di Sergio per trasmettergli calore ed energia.
Sergio non reagì.

***

Improvvisamente tutto aveva un senso per me. Mi sembrava di averlo sempre saputo ed esclamai: "Babbo, eri in un'altra dimensione!".
Era felice, come quando mi accarezzava la testa da bambino, orgoglioso delle mie intuizioni e del mio spirito creativo. La mia mente traboccava di conoscenza. Nuove verità mi erano state rivelate.

***

Sergio era in quell'area inesplorabile dove la vita-vissuta scorre in un lampo portando in superficie ricordi sepolti negli angoli più segreti del cervello, ricostruendo un puzzle di emozioni, frammenti di frasi, profumi, suoni, colori.
Il corpo è separato, ma non distaccato dall'anima. Non ancora distaccato. Quella zona in cui, per dirla con Irna, Sergio non era tra i vivi e non era tra i morti.
Aspettava il suo turno, il suo verdetto di fronte all'ingresso che separa la vita dalla morte. La porta che si dissolve nella luce eterna o nel buio infinito. Segna l'ascesa

in Paradiso o la caduta nell'oscurità.

È il cammino verso il destino finale, la strada maestra con mille e mille sentieri che si dipanano. In alcuni casi sono la via di ritorno, in altri no. Le scelte che si fanno nel corso dell'esistenza ci fanno deviare o riprendere la giusta via. Gli errori e le prodezze, i peccati e la generosità tracciano i punti di snodo attraverso i quali saremo visti, giudicati e ricordati.

***

"Caro Babbo, sai che sono sempre stato affascinato dalla teoria degli insiemi".

Lo sapeva, non ne dubitavo. Ma continuai.

"È un linguaggio tra matematica e filosofia che mi ha aiutato spesso a capire, o approssimare, il tuo approccio alla vita. E anche il mio. Ha a che fare con la misura dell'infinito, con varie classi di infiniti".

Finalmente interpretavo con chiarezza il suo pensiero.

"Mi hai parlato molte volte del buio che hai oltrepassato una volta lanciato in mare, del pensiero positivo che ti ha tenuto a galla, della fiducia che ti ha regalato il respiro. Nella fede in qualcosa di superiore, in Dio, negli angeli. Non hai mai voluto considerare la vita come un insieme finito, cioè determinato, completato, numerato, limitato di momenti".

"Proprio così, figlio mio", prese il filo del discorso dove l'avevo lasciato io.

"Questi momenti sono tanto più eloquenti del percorso che facciamo, quanto più riusciamo a modellarli nell'integrità di pensiero, di azione, e non ultimo e non di poco conto, di reazione. Quanto più li viviamo nel rispetto di noi stessi e degli altri, nella considerazione che la vita è un dono meraviglioso e come tale va alimentato, atteso, difeso, condiviso in modo positivo".

"Ci devi credere, sempre!", mi raccomandò mio padre.
"Lo faccio, ci puoi contare".

Certo, almeno a parole, è una linea molto semplice cui adattare i propri sentimenti. Difficile, molto difficile, da attuare se si è sopraffatti da delusioni, paure, situazioni negative di ogni tipo. Però, funziona. Se volete vederla in questo modo, e scusate se provo ancora con i numeri: la differenza tra pensare positivo e tormentarsi in negativo, è la stessa che c'è tra lo zero e il nulla.

Solo apparentemente hanno lo stesso significato, ma lo zero è un numero, dunque un qualcosa. Il nulla è il nulla.

Lo zero è il bicchiere mezzo pieno, il nulla quello mezzo vuoto. Lo zero è il fondo dal quale puoi risalire, il nulla è l'oscurità che ti attanaglia. Lo zero può diventare uno, due, mille, diecimila e continuare ad elevarsi, oppure andare in negativo, sottozero, come la temperatura. Si muove, non resta fermo. Il nulla è il vuoto fisico, mentale, è la trappola nella quale si resta imprigionati a piangere, a lamentarsi, a non reagire.

***

Fatmira continuava ad avere fiducia, malgrado quel corpo non si fosse mosso volontariamente dal giorno in cui era stato raccolto in spiaggia. Era convinta che, prima o poi, il ragazzo sarebbe ritornato in sé.

E, anche se la visione della madre fosse risultata vera, lei avrebbe avuto quello che sognava. Avrebbe dato a quel ragazzo una nuova speranza di vita, lo avrebbe baciato, lo avrebbe accarezzato ancora, avrebbe visto il colore dei suoi occhi e li avrebbe uniti ai suoi. Lo desiderava con tutta l'anima e a questo si dedicava giorno e notte.

I nomadi si spostarono ancora, Fatmira risistemò il suo carro e fasciò con la coperta il corpo del ragazzo affinché viaggiasse comodo, senza strappi e contraccolpi.

Una Vita Extra

Lo guardò intensamente, cercando di infondergli energia, calore e speranza. Le parve di vedere formarsi un sorriso sulle labbra chiuse. Forse non era la sua immaginazione.

Sergio aprì gli occhi.

La ragazza, che non lo perdeva di vista un solo istante, gli prese le mani, cominciò a baciargliele, se le appoggiò sulle sue guance per fargli sentire immediato calore.

"Mio principe!", sussurrò.

"Ti ho aspettato tutto questo tempo...", non smetteva di accarezzargli le mani e il viso, gli sistemava i capelli, mentre lui cercava di capire dove si trovava, perché era lì, chi era quella splendida fanciulla che lo riempiva d'amore.

Sergio fece per tirarsi su con la schiena, facendo leva con le mani sul fianco di quel carro. Lei lo sorresse subito, dolcemente.

Gli parlava in una lingua sconosciuta, ma non smetteva di sorridere. Le parole che uscivano dalla bocca di Fatmira erano incomprensibili, ma avevano il suono e i colori della felicità, erano melodia pura. Lui non capiva, ma le sorrideva con gli occhi, reggendosi a lei nel tentativo di mettersi a sedere.

Col passare delle ore, Sergio si riprese quasi completamente. Riuscì a rimettersi in piedi e, sempre sorretto da Fatmira, cercò di scendere dal carro.

Sergio era tornato alla vita.

I due si voltarono verso quel corpo senza vita ancora sulla barella. Sui loro volti brillava un sorriso di pace e serenità.

***

"Ma!? Di chi è allora quel corpo sulla barella?", chiesi a mio padre.

Il bianco bagliore che irradiava mio padre, mi avvolgeva. La sua espressione d'amore cancellava tutte le mie paure. Mi sentivo in pace, avevo capito e non avevo paura.

Non era il corpo di Sergio.

Era il mio!

CAPITOLO XIV

GLI SQUALI

~

Alexa è una ragazza meravigliosa. Sono fortunato, molto fortunato. Ne sono profondamente innamorato e lei lo è di me. È sempre con me, anche quando non lo è fisicamente e le sorrido come se fosse davanti a me.

Non ha avuto un'infanzia facile. Germana, sua madre, mi avrebbe amato, ne sono sicuro. E io avrei amato lei. Non l'ho potuta conoscere perché è morta di tumore quando Alexa aveva solo otto anni.

Ricordo alla perfezione il viso di Germana, la sua delicatezza, lo sguardo intelligente. L'ho vista parecchie volte in una fotografia, un po' ingiallita, nella quale tiene in braccio quella piccola peste che è entrata nella mia vita quando ero già ben oltre i quarant'anni.

Alexa è la mia inseparabile metà da quando avevo quasi 46 anni, lei ne aveva quasi 38.

Sempre competitiva, allo spasimo. Ci siamo sfidati ogni minuto, in qualsiasi contesto, in una gara infinita perché continuamente si è spostata su nuovi campi di gioco: le vacanze a sorpresa per festeggiare il suo o il mio compleanno, la conoscenza delle cose e delle persone. Tutte le competizioni sono finite nel sorriso, in abbracci al di sopra di tutto e di tutti.

Ogni nuova sfida è sempre stata migliore della precedente. La fine è sempre stata la stessa, un'altra scusa per baciarsi e amarsi.

Abbiamo giocato a calcio, ovviamente in squadre opposte. Ogni volta Alexa si trasformava in una specie di bulldozer incurante dei calcioni ricevuti negli stinchi da avversari senza alcuna clemenza per il gentil sesso.

A tennis ho quasi sempre perso con lei, forse perché essendo uno contro l'altro, e nessun altro in mezzo o a fianco, è sempre riuscita ad esprimersi alla grande. Non mi ha mai regalato un punto e ogni suo vincente è stato sottolineato da un esilarante balletto accompagnato da divertenti urla di guerra.

Anche quella volta ci sono andato vicino, ma ho finito per perdere di nuovo. Vivevamo a Tampa, nella Florida che si affaccia sul Golfo del Messico, dall'altra parte rispetto a Miami. Anno 2015, tre giorni prima di Natale, ancora cinque mesi e avrei festeggiato i 60 anni.

Finita la partita mi sono accasciato su una sedia, al riparo dal sole. Qualcosa di strano stava accadendo. Avvertivo una fitta terribile al petto. Mi mancava il fiato, non riuscivo a respirare.

"Amore, mi manca il respiro..."

Alexa mi vide scivolare giù dalla sedia come una gelatina e accasciarmi al suolo. Fissavo il cielo e cercavo aria spalancando la bocca e il naso, cercando di allargare il petto. Ma non ricevevo alcun premio.

Alexa non disse nulla, si inginocchiò affianco a me e cominciò a pigiare con forza sul petto, una mano sull'altra. Una, due, dieci volte, sempre più decisa. Cercò di farmi la respirazione bocca a bocca, mi strinse il naso mentre soffiava il suo respiro nella mia bocca.

Altre volte mi era capitato di aver speso tutte le mie energie in una partita di tennis, ma le mie buone condizioni fisiche mi cullavano nell'idea di essere un super-uomo, quasi soprannaturale. Nulla avrebbe potuto scalfirmi.

Non ho mai bevuto alcolici, fatta eccezione per spumanti o champagne ai compleanni o per brindare a qualcosa. Una bottiglia per celebrare è sempre stata nel frigorifero, forse per un'abitudine assunta negli anni in America

Latina, dove vige il motto *Que sea un motivo*, dove ogni scusa è buona per bere e stare allegri in compagnia, compreso ai funerali.

Non ho scelto di astenermi dall'alcol per chissà quale voto. Semplicemente non mi piace. Può sembrare assurdo, eppure nemmeno il buon vino m'interessa.

Un giorno, con mio padre, andammo in una trattoria in Toscana e l'oste, una volta scoperto che disdegnavo il suo Chianti, tornò dalla cucina con una doppietta da cacciatore di cinghiali.

"O gli spari te, o gli sparo io. Se non beve, non merita di vivere", disse scherzosamente serio a mio padre. Quella volta mi toccò accettare la gentile offerta.

Non ho mai fumato, fatta eccezione per una sigaretta che il mio fratellone Claudio, accanito fumatore fino al suo ultimo respiro, mi mise in bocca quando avevo 13-14 anni per non essere il solo a dover subire il castigo per aver violato il divieto assoluto imposto da mio padre. Fummo scoperti e passammo veramente un brutto quarto d'ora!

In più, mi rimase in bocca e in gola un saporaccio di carta bruciacchiata e nicotina, dei quali chiesi conto a Claudio anche negli anni a seguire.

"Ma non ti fa schifo?".

"NO!", rispondeva lui lanciando in aria cerchi di fumo, mentre sua moglie Anna mi guardava storcendo il viso in una smorfia di disgusto, mista alla consapevolezza di non poter far nulla per impedirglielo.

Mio padre ha fatto a tempo a conoscere Alexa, ad innamorarsene. Quando se n'è andato, in un freddo pomeriggio del febbraio 2006, sono sicuro, che era sereno perché mi sapeva felice, finalmente.

La nostra vita è stata sempre illuminata dall'amore anche quando si sono presentate difficoltà e momenti di stress. Numerosissimi, ma non fra di noi, mai.

Giocare con Alexa è stato come giocare a scacchi con

mio padre, a parti rovesciate. Lei ha sempre vinto anche quando non l'ho fatta vincere. Non mi sono mai tirato indietro, però. Ho sempre accettato le sue sfide, come quella volta in cima alla montagna più alta che abbia mai potuto immaginare.

Eravamo sulle Alpi Pennine al confine fra l'Italia e la Svizzera. Il Cervino o Matterhorn, a seconda del Paese dal quale lo si affronta, è un monte scolpito dai ghiacci e dalla deriva dei continenti centinaia di milioni di anni fa. La sua cresta supera il limite delle nevi perenni, i suoi fianchi sono ripidi, le pendici sono insidiose, soprattutto per gli alpinisti dilettanti, come me. Non come lei.

Ero felice di dimostrare, prima di tutto a me stesso, che non avevo timore reverenziale per quella cima incoronata da nuvole bianco-panna. Arrivammo su-su fino all'ultima stazione della seggiovia e poi funivia, pronti a tornare a valle disegnando serpentine sulla neve fresca.

Non avevo quel tipico segno di domanda stampato sul viso. "E adesso, come faccio a tornare giù?".

No, non me lo sono chiesto. Neanche Alexa, perché sapeva che, essendo sempre positivo di natura e abitudine, un modo l'avrei trovato.

Lei con gli sci ai piedi è elegante, volteggia sui pendii come un pennello sulla tela, dipinge morbide linee sulla neve, accarezzando i profili della montagna.

"Amore, questa è una pista nera, per sciatori super esperti, come te", mi disse con aria furbetta.

"Ci avrei scommesso!", le risposi digrignando i denti. Non stavo protestando, stavo raccogliendo la sfida.

Alexa sorrise malandrina mentre si dava la spinta con gambe e braccia per attaccare quel ripido pendio di neve accecante.

Lanciandosi, urlò divertita: "Vediamo quanto ci metti ad arrivare al rifugio a metà discesa!", che era come dire "Non hai alcuna possibilità di vincere!".

Non rimasi ad aspettare, mi tolsi gli sci e tenendoli in mano mi lanciai nel vuoto. Seduto!

Mi ricordai quando da piccolo con i miei fratelli ci lanciavamo con i cartoni giù da altissime colline di sabbia, argilla, erba o cemento. Ne trovavamo ovunque, a Cuba, in Colombia, Panamá, Venezuela, seguendo mio padre che si spostava continuamente con tutta la famiglia in cerca di maggior fortuna.

Una di quelle volte, con i miei fratelli costruimmo col cartone un veicolo da discesa, con tanto di buchi al posto dei finestrini. Ridendo come forsennati non avevamo preso bene in considerazione le leggi della fisica.

Eravamo come proiettili senza controllo. Invece di andar giù scivolando, la scatola-auto prese a rotolare, con noi dentro. Arrivammo giù graffiati e contusi, ma sempre ridendo.

I pantaloni da sci erano come i cartoni che usavo da bambino, la neve era più soffice della sabbia o del cemento, ed era semi-ghiacciata. Andai giù senza fatica.

Gli sciatori esperti mi sorpassavano guardandomi come uno sprovveduto che si presenta (da adulto!) su una pista nera armato di niente e senza alcuna idea di dove e come si tengono gli sci.

La cosa mi faceva ancora più sorridere, dal momento che le nozioni di sci le avevo, eccome!

Aspettavo solo di superare il primo pezzo, troppo stretto e in pendenza verticale, per dimostrare a quegli smorfiosi e alla mia amata in fuga, di chi si volevano prendere gioco.

Arrivato finalmente dove la montagna si apriva in tutto il suo splendore, lasciando immenso spazio alla fantasia sulla pista da scegliere per la discesa, mi rimisi gli sci ai piedi.

Ovviamente c'era un problema, che per me significava una soluzione. Ero bravo a sciare, ma sull'acqua.

Sulla neve zero. Ho detto zero, non nulla. La tecnica dello sci alpino prevedeva combinazioni tra peso a valle, sci a monte, o forse il contrario, e comunque troppo complicato da mettere in pratica in quella situazione. Così decisi di ripetere quanto avevo imparato da bambino, che si poteva tradurre allegramente in un movimento un po' di qua, un po' di là. Insomma, il classico zig-zag.

Presi a zig-zagare velocissimamente, senza alcun tipo di freno. Spruzzavo neve creando vortici irregolari, mentre prendevo una velocità da brivido.

Alexa era già quasi arrivata al rifugio a metà discesa, si godeva l'aria fresca sul viso, sembrava stesse pattinando, non sciando. Le passai di lato ridendo, proprio come ai tempi delle discese sui cartoni.

Prese a inseguirmi ma era troppo tardi e in segno di affronto alzai la gamba sinistra come facevo in mare, una scena che aveva già visto in una nostra vacanza ai Caraibi.

Con lo sci destro sulla neve e quello sinistro sollevato, percorsi gli ultimi metri, ma era troppo divertente per star lì a fare il campione. Mi fracassai su un bordo innevato a pochi metri dal traguardo, Alexa si tolse gli sci e si lanciò verso di me prendendomi a pallate di neve.

"L'hai fatto ancora, ti picchio!", si ricordò subito di quella vacanza. Lei era sul motoscafo, io volevo fare lo sbruffone. Chiesi al ragazzo che guidava il motoscafo di accelerare al massimo. Volavo sull'acqua.

Mi tolsi lo sci sinistro, che rotolò via dietro la scia della barca, e misi il piede nudo dietro quello destro, appena appoggiato sull'unico sci rimasto.

La corda era talmente tesa che, quando saltavo superando l'alta colonna d'acqua sollevata dai motori, volavo di lato, tanto da spostare il motoscafo, con Alexa a bordo.

In una di quelle prodezze arrivai parallelo allo scafo, le feci maramao agitando le dita della mano sinistra e tenendo il pollice come perno sul naso. D'un colpo presi a rotolare all'impazzata su quella lamina d'acqua come un sasso lanciato con forza e destrezza che rimbalza più e più volte.

Quando risalii sul motoscafo, Alexa era a dir poco eccitata. "Amore, ma dove hai imparato a sciare in questo modo? È pazzesco!".

Il premio fu da album dei ricordi.

Uscimmo dalla stanza dopo molte ore. C'era ancora musica sulla spiaggia. Mentre ballavamo confessai. Non era per toglierle l'ammirazione per quella performance atletica, era piuttosto per darle modo di picchiarmi con dolcezza come faceva al termine di una gara persa per un mio qualche inganno.

Con gli anni si è ridotta sempre più la mia capacità di tenere questi simpatici segreti oppure, conoscendomi alla perfezione, le sorprese durano meno.

"Sono caduto, amore mio".

"Cosa?".

"Sono caduto, ho perso l'unico sci che mi era rimasto!".

Non avendo più tavole ai piedi e avendo tirato la corda fino all'estremo, ero diventato una trottola, giravo sulla schiena e rotolavo rimbalzando come una palla lanciata dalle scale.

Me l'ero cavata con qualche contusione passeggera, ma avevo portato a casa un bel trionfo, anche se non avevo mai preso lezioni di sci nautico, né di nessun altro sport.

***

Altri ricordi riaffioravano. Sentivo la mia mente espandersi e potevo vedere in grande dettaglio la mia vita precedente. Questa volta ero con mio padre in Venezuela.

***

Una Vita Extra

"Dai, prendi gli sci che ti faccio fare un giro", mi aveva detto un giorno mio padre.

Adoro il mare dei Caraibi, mi ricorda tutto di lui. Chissà perché? Lo vedo in simbiosi proprio con questo mare più di altri. Forse perché è lì che mi ha fatto diventare uomo, come diceva lui.

Il suo legame con il mare era così forte che spesso anche le sue lezioni di vita avevano le onde per palestra. Appena possibile mi portava in barca. Lui prendeva il sole, io ero il suo marinaio. Poi arrivava il momento di *fare un giro sugli sci*, lui prendeva il timone e accendeva il motore, io mi tuffavo in acqua dopo aver lanciato fuori bordo le tavole da sci e la corda.

Una di quelle volte eravamo in un club di Catia La Mar, sulla costa di Caracas. Era l'unico in Venezuela ad essere ben attrezzato per gli sport nautici e, soprattutto, il solo ad avere un *malecón*, un molo di enormi sassi e cemento a protezione del mare grosso. All'interno del *malecón* c'era una larghissima baia piatta e rassicurante dove nuotare, pescare, andare in barca a vela, sciare. Fuori c'era il *fuori*, il mare aperto con tutti i suoi inquilini!

Mio padre mi ha sempre amato. A volte penso che vedesse in me una luce particolare, come se potesse comunicare con me con il solo pensiero. Aspettò che mi mettessi gli sci e controllò che la corda fosse bella tesa per portare a regime il motore e tirarmi fuori dall'acqua al momento giusto, senza strappi.

Fece un paio di giri della baia e al terzo, che di solito era l'ultimo della serie, incredibilmente tirò dritto, puntando verso il mare aperto!

"Babbo, Babbo!!!", avrei voluto strillare pensando si fosse distratto, ben sapendo che non avrebbe fatto alcuna differenza. Aveva deciso di farlo, e lo stava facendo.

Vidi scorrere sui fianchi il *malecón* e alla prima onda la barca, guidata da mio padre, s'inerpicò fin sulla cresta e subito dopo scomparve nel nulla, lasciandomi solo con quel mostro. Davanti a me c'era una montagna d'acqua che mi veniva addosso e a cui andavo incontro vedendo il blu più scuro che avessi mai percepito, interrotto solo dalla corda che mi legava al motoscafo.

Per fortuna la vedevo ancora così tesa che tagliava l'acqua, segno che ero ancora legato al motoscafo!

Riuscii ad arrivare in cima e fu il mio turno a scendere dall'altra parte del mostro, mentre mio padre e la sua barchetta, che mi sembrava sempre più piccola in quell'immensità, cominciavano a scalare l'onda successiva.

Nella mia testa si affollavano i racconti dei marinai del Catia La Mar e i cartelli in uscita dal *malecón*. *Peligro. Tiburones!*. Non erano fantasie o avvertimenti privi di sostanza, contro il pericolo degli squali. L'ingresso della baia era protetto da reti elettriche sottomarine. Nelle spiagge fuori dal club era rischiosissimo, spesso fatale, fare il bagno anche a riva.

Cinque, dieci, venti onde. Mi sembravano più di mille, fino a quando mio padre fece un giro largo per prendere le onde nell'altro senso e tornare alla baia. Tenevo il manubrio della corda così stretto che le mie mani erano ormai incollate a quel tubo di gomma. Non mi scostavo dalla scia della barca. I miei occhi erano fissi sull'acqua incisa dal motoscafo e sugli spruzzi che uscivano dal motore.

Nella mente ho chiara e limpida la pinna dello squalo che scompariva tra le onde e ricompariva subito dopo la cresta. Poco importa se era frutto dell'adrenalina o se insieme alla pinna c'era anche un essere feroce pronto a divorarmi con un solo colpo di mascella.

Quando la barca ritrovò l'ingresso del molo mi sembrò chiaro il messaggio che mi stava lanciando mio padre. Non si era mai voltato indietro a controllare se fossi ancora attaccato alla corda o se un enorme pescecane mi avesse inghiottito. Non posso dirlo con certezza, perché guardavo fisso il motore e la poppa della barca, ma credo l'avrei notato se si fosse girato anche solo per un attimo. Era più sicuro di me, di quanto lo fossi io.

"Fabino, hai compiuto 14 anni. Ora sei un uomo!", mi disse mentre tiravo a riva la barca e la legavo al palo del porticciolo.

Non era nessun richiamo al fatto che lui alla mia età era andato in guerra. Né voleva rimarcare la storia del sommergibile e del fatto che si era salvato dalla morte attraversando prima il buio infinito del mare e poi l'oscurità di un coma da ipotermia.

"La vita va affrontata a viso, mente e cuore aperto", ricordalo sempre.

Rimasi in silenzio ad ascoltarlo. Avrei voluto dirgli che non avevo avuto paura. Che in quattordici anni mi aveva già trasmesso tante volte quel misto di serenità e follia che chiamava *equilibrio interiore* e che ti permetteva di passare da uno stato di difficoltà e pericolo a uno di forza e speranza.

"Non ribellarti alla grandezza dell'universo, costruisci il tuo percorso combattendo piuttosto le debolezze degli uomini privi di coscienza. Non lasciarti mai contagiare dalla superficialità. Apriti alle idee degli altri. Allungati verso i sogni. Afferrali. Se non ci riesci, ricomincia di nuovo".

***

Grazie Babbo per questi insegnamenti. Sono felice che tu abbia potuto condividerli anche con Alexa, la sua vita è fatta di sogni che coincidono con i miei. E molti li abbiamo raggiunti assieme.

***

Alexa capì che da sola non ce l'avrebbe fatta a rianimarmi. Stavo collassando. La vidi scomparire dentro il circolo del tennis, un grande ed elegante capanno al di là dei campi.

"CORRI!", strillai nel tentativo di farmi sentire da lei.

Non sentivo più i piedi, come se me li avessero amputati.

Col passare dei minuti, non credo poi tanti, forse solo un paio, quella tremenda sensazione di paralisi era sempre più insistente e saliva, s'inerpicava lungo le caviglie e poi su, fino alle ginocchia.

Sentivo le gambe intorpidirsi, poi via via congelarsi, erano come paralizzate.

Nella mia testa gridavo come non ho mai fatto in tutta la mia vita e come non ho mai sentito nessuno fare in quel modo. Ma dalla mia bocca non usciva un suono. Anche se mi avesse sentito pronunciare tutte quelle parolacce, una dietro l'altra, Alexa mi avrebbe perdonato.

Qualcosa di assolutamente sconosciuto e fulmineo mi stava separando da lei, dalla nostra vita. Urlavo contro un nemico invisibile che mi consumava da dentro.

Alexa arrivò di corsa con Allegra, la direttrice del centro sportivo. Riuscii a vedere la sua espressione di terrore, ma anche la tenacia con la quale mi somministrava un paio di aspirine.

"Prendile Amore mio, ti faranno stare meglio", mi disse Alexa mentre Allegra mi apriva la bocca.

Non piangevo ma mi disperavo.

"Sono completamente paralizzato dalla cintura in giù, non riesco ad alzarmi …".

Parlavo, ma non riuscivo a intuire se quello che dicevo rimaneva confinato nel mio cervello.

Alexa cercò di tirarmi su.

"Oddio, sono paralizzate anche le mie mani!"

"No, No, NOO".

"Non morirò qui, te lo prometto!".
"Non sono pronto!".

L'ambulanza arrivò in pochissimo tempo e si fece largo tra i campi da tennis per raggiungermi.

Riuscivo solo a muovere gli occhi. Mi pareva di non respirare più, né riconoscevo più la mia voce, nemmeno internamente. Le parole che mettevo in fila erano confuse, scoordinate. Continuavo a inveire in qualche modo contro il destino che mi stava portando via.

Mi caricarono su un lettino mobile e da lì mi ritrovai in breve tempo all'interno dell'ambulanza.

Non capivo gli infermieri. Si affannavano intorno a me, mi riempivano di fili e agitavano siringhe. Pensai mi volessero sedare, presi a lottare e dimenarmi, o almeno era quello che cercavo di fare per impedire a me stesso di cadere in un sonno definitivo.

"Signore, signore... si calmi!".
"No, NO CHE NON MI CALMO!".

Mi misero a forza la mascherina dell'ossigeno. Non vidi più Alexa. Mi teneva sveglio il tentativo di capire se era riuscita a salire sull'ambulanza o se la seguiva con la macchina.

Arrivammo in poco tempo al Centro Cardiologico del Florida Hospital di Tampa. Mi sembrò di aver fatto tutto il tragitto in apnea, mi parve un'eternità!

Mi ricordai di essere stato in quella situazione almeno un altro paio di volte, se non tre o più. Non erano ricordi diretti, erano più che altro barlumi di memoria recepiti dal subconscio. Non erano così gravi, ma li presi a modello per convincermi che ce l'avrei fatta anche questa volta.

La prima volta avevo sì e no tre anni. Qualcuno - uno dei miei fratelli - per gioco mi spinse dentro una piscina. Non sapevo nuotare e, per quanto mi dimenassi, andavo a fondo come un sasso.

Mentre la sirena accompagnava la corsa dai campi da

tennis all'ospedale, mi vidi lì, seduto sul fondo della piscina, con la faccia piena di bolle, gli occhi sbarrati e un grattacielo d'acqua sopra di me.

No, non era giunto così presto il mio momento. Vidi quel bimbo darsi una spinta con le gambe e muovere le braccia come una ranocchia e salire, salire fino a raggiungere il bordo dove qualcuno, immediatamente, lo tirò fuori dall'acqua.

Sorrisi e trattenni il respiro da dietro quella maschera.

Mi capitò un'altra volta di rischiare grosso in piscina. Avevo preso l'abitudine di fare a gara con me stesso ad andare più giù, sempre più giù fino a toccare il fondo. Avevo sette-otto anni. Arrivai a fatica nel punto più profondo, dove c'era la grata di raccolta degli oggetti persi dai bagnanti. Di solito ci trovavo monetine e altri simpatici trofei.

La toccai con la mano ma, in quel momento, la catenina che portavo al collo s'infilò nella grata, anche perché risucchiata dalla pompa che tirava a sé quei trofei. Avevo giusto il fiato per tornare a galla e non riuscii a sganciarla.

Rividi quel ragazzo adagiarsi sul fondo come un peso morto.

Mentre l'ambulanza rallentava, vidi il ragazzino graffiarsi le mani e il collo nel tentativo disperato di strapparsi di dosso quella catenina, girarsi di scatto e spingere forte con le gambe per tornare in superficie.

Sorrisi ancora e trattenni il respiro, anche se avevo ben poco da respirare. Nessun muscolo rispondeva più ai miei comandi. Non so neanche se muovevo gli occhi, però volevo muoverli all'impazzata per cercare Alexa.

L'ambulanza si fermò del tutto, in breve ero circondato da camici bianchi, verdi, azzurri. I miei pensieri mi tenevano in vita, lottavo contro il terrore di staccarmi del tutto dal mio corpo, di veder volar via la mia anima.

Ripensavo ai bimbi in piscina e al salvataggio estremo.

Rivedevo il grande squalo che mi girava attorno agli sci e l'onda successiva che lo ricacciava indietro.

Rivivevo il devastante terremoto di Caracas del '67, con il crollo a fisarmonica del palazzo di trenta piani dove vivevamo, e il miracoloso trasloco fatto il giorno prima per andare a vivere in un altro quartiere.

Ognuna di queste immagini, e me ne scorrevano a decine nella testa, mi gettava nel panico, mi descriveva l'arrivo della morte, mi annunciava un taglio netto con Alexa, i miei figli, i nostri sogni.

Ognuna di queste immagini, però, aveva un'insperata via d'uscita, un intervento superiore, uno scudo protettivo. E a questi mi aggrappavo con tutte le mie forze.

Non vidi Alexa. Vidi, invece, una squadra di medici e infermieri già pronti a prendermi in carico.

Non conosco i loro nomi, non di tutti almeno, ma ricordo i loro visi e le parole che uscivano dalle loro bocche.

"Lo stiamo perdendo! Presto, PRESTO!!".

Non riuscivo a crederci.

Non avevo una spiegazione logica del perché stesse accadendo a me, perché sul quel lettino c'era il mio corpo, non quello di mio padre.

Non capivo perché, settanta anni dopo quei tragici momenti di guerra, che per fortuna non mi appartenevano direttamente, stessi vivendo in fulminea sequenza i sogni, i deliri, le delusioni, le speranze di due generazioni prima della mia. Quella di mio padre, Sergio, e dei suoi genitori Adele e Giorgio.

Conoscevo le loro storie, mio padre e mia madre me ne avevano parlato più e più volte. Credevo fossero perse, non immaginavo di ripercorrerle. Il risveglio di mio padre dal coma tra le braccia di Fatmira e il loro addio. L'incontro con sua madre Adele, proprio come lo aveva immaginato nel buio profondo. I suoi viaggi in America Latina e l'abbraccio in Brasile con la mia dolce mamma

Erika. La morte di mio padre nel 2006, quella di mia madre nove anni dopo, nel giorno del mio compleanno e appena sei mesi prima di quel mio tremendo infarto.

Era come un romanzo che non volevo leggere, come se lo avessi tenuto sempre sul comodino, senza mai aprirlo.

Il lettino correva, spinto dagli infermieri nel corridoio del Pronto Soccorso con sopra il mio corpo paralizzato, i miei occhi disperati alla ricerca di Alexa, i miei polmoni vuoti, il mio cuore ormai a riposo.

Non sono riuscito a strappare la catenina o a darmi l'ultima spinta con le gambe. Perdonami Alexa, perdonami Babbo. Avrò cura di voi.

In quel preciso istante sono morto.

CAPITOLO XV

ANGELI

~

Alexa era entrata con me nell'imprevedibile cammino dei ricordi. Forse lo stava percorrendo in un mondo parallelo, con i suoi frammenti d'infanzia, con la desolazione nel cuore per un futuro non più insieme. Il senso della vita si era vaporizzato, dematerializzato. Lo lasciava defluire, non era in grado di opporsi a quello che stava accadendo.

La sensazione d'impotenza è una delle più devastanti per un essere umano, è come cadere in un buco dal quale è del tutto impossibile uscire e dopo mille, centomila tentativi andati male, non si trova più la forza, né la volontà di continuare a provarci. È peggio che arrendersi, è perfino peggio che abbandonarsi senza un filo di speranza e, molto peggio, che perdere l'ultimo richiamo alla fede.

Gli occhi di Alexa erano pieni di lacrime, fissi su quella linea piatta che riusciva a intravedere dalla porta socchiusa della stanza nel pronto soccorso. Era stata mandata fuori in tutta fretta quando il monitor aveva cominciato a suonare e non registrava più alcun battito cardiaco. Da ormai troppo tempo. Lei assisteva attonita a quel gran agitarsi intorno al corpo inerte di suo marito, del suo miglior amico, della sua anima gemella, l'amore della sua vita.

"Ti avverto, io sono per l'amore totale!", le avevo detto quando c'eravamo conosciuti. Era un po' per metterla in guardia e un po' per ricordare a me stesso che di amori sfortunati ne avevo già avuti abbastanza.

Significava a grandi linee: niente scorciatoie sulla strada della verità, tolleranza zero delle scappatelle, dedizione piena verso la famiglia, che di lì a poco avremmo creato.

Lei aveva trovato molto divertente quel monito. In verità era la mia richiesta puerile di una cambiale in bianco, sapendo che nessuna donna sarebbe stata in grado di firmarla così, a priori, senza una controprova. Cosa chiedevo in fondo? Un amore eterno? Che follia!

Alexa, tra le lacrime, sorrideva ancora al ricordo di quella richiesta. Sorrideva, non perché la ritenesse ingiusta o ingiustificata, tutt'altro. L'avrebbe fatta lei a me, se non l'avessi preceduta. "Non chiedo di meglio, amore mio!".

Alexa cercava di richiamare a sé tutta la forza d'animo imparata negli anni del collegio, dove era stata lasciata dopo la morte di sua madre, da un padre incapace di gestire tre figli piccoli.

Cercava dentro di sé il coraggio che l'aveva guidata nei suoi reportage nelle zone governate da bande armate durante la dissoluzione dell'Unione Sovietica, ben prima di conoscermi. Faceva parte del team di giornalisti del *New York Times* dell'ufficio di Mosca proprio negli anni della caduta di un sistema di potere che aveva perso la sua morsa su intere popolazioni.

Avevo appena lasciato dietro di me quell'invisibile porta di cui aveva parlato Irna di fronte al corpo immobile di mio padre. La mia vita si era staccata dalla stazione di mezzo, fra vivi e morti. Una gran luce mi rischiarava gli occhi, mi riscaldava e mi rasserenava.

Il bianco era assoluto.

Il bagliore mi veniva incontro. Non ero io che avanzavo verso l'infinito, era l'infinito che mi avvolgeva. L'Immenso si stava impadronendo dei miei sensi: udito, vista, tatto. Mi stava spogliando di ogni preoccupazione, delle più recondite passioni, dei più tenaci desideri.

O forse era la mia anima che si stava espandendo a dismisura, libera dal corpo, senza confini. Non avevo peso, non un solo legame che m'impedisse di levitare, beato, senza mai muovermi.

È capitato a tutti - con il massimo rispetto, non riuscireste a convincermi del contrario - di cercare la felicità. Di augurarla a qualcuno, di costruirla e difenderla a caro prezzo. Di condividerla.

È uno stato primordiale che si evolve con miliardi di sfaccettature, come in uno straordinario caleidoscopio. Cerchiamo felicità in una vacanza, associandola al divertimento, al rifugio dai grattacapi quotidiani. Nell'amore, richiamandola con il benessere che si ricava dal sorriso della persona che per te è il mondo intero, è la vita stessa. Nello studio, quando ci si rende conto che il limite è il cielo, e si può andare oltre perché la nostra mente è capace di tutto e del suo opposto. Nello sport, nel lavoro, nello scrivere un libro, nel fare l'elemosina, nel chiederla.

Cerchiamo di misurarla, con le dimensioni di uno spazio, di un'area, di un perimetro. Con lo scorrere del tempo, ore, minuti, anni. La desideriamo per i nostri figli, per i nostri cari. In molti casi è ciò che desideriamo di più per loro e, per ottenerla o metterli in condizioni di raggiungerla, ci facciamo carico di problemi, ci addossiamo responsabilità. Carichiamo sulle nostre spalle i loro dubbi.

E mai e poi mai ce ne pentiamo. E, cascasse il mondo, lo rifaremmo, magari con più dedizione, se non ostinazione. E chissenefrega se non ci sarà gratitudine o se, dopo tutti gli sforzi fatti, avremo sbagliato, perché, in fondo, non era ciò che la persona amata desiderava veramente.

Non so voi, ma per me il significato di felicità è sempre stato, prima di tutto, *dare*. Dare felicità. Poi riceverla, anche per via indotta. Se sei felice, io lo sono di più. Lo sono della tua, per prima, e della mia, anche di conseguenza. Non voglio dire che non sono mai riuscito ad essere felice per conto mio, altroché! Ma se lo sei anche tu, io lo sono il doppio.

Felicità, contentezza, gaudio, gioia, estasi, benessere. Sono tutti rami dello stesso albero, sul quale ci arrampichiamo giorno dopo giorno cercando di toccare l'aria, e continuiamo a salire per scoprire se ce n'è di più fresca.

Superata quella porta e a mano a mano che mi elevavo a spirito, che diventavo parte dell'infinito o, se volete, che entravo in Paradiso, quei rami si facevano palcoscenico, si univano a formare una grande, totale beatitudine.

Beatitudine. Ho detto prima che volavo, beato, senza più legami. Avevo assunto la condizione degli angeli. Uno stato pieno, perfetto, costante di felicità. Celeste, del tutto soprannaturale, eterna.

Non avevo sensi di colpa, nessun rimorso, né rimpianto. Ero stato liberato da tutti i tesori e i fardelli di una vita bella, a tratti difficile, con accumuli di tristezza messi da parte per non soffrire e guardare avanti, con momenti di adrenalina estrema e di estremo godimento. Una vita come altre, ma unica perché era la mia. E non c'era più.

Ero in Paradiso, letteralmente. Il posto dei giusti, e non mi chiedevo se anch'io lo fossi, o lo fossi stato sempre. Ero un eletto, predestinato alla gloria, alla grazia eterna e all'amore di Dio. La luce salvifica che avevo attorno mi dava coscienza di quanto vi vado raccontando. Il bianco era assoluto.

Mai, in natura, avevo avuto la possibilità di assistere a una rifrazione così netta, così cristallina. Da studente, durante il corso di fisica, feci l'esperimento classico del bastone immerso a metà in un bicchiere d'acqua, tanto da vederlo, a seconda del punto d'osservazione, spezzato o piegato nella linea di separazione tra aria e liquido. Il bastone si sdoppiava o deformava per la deviazione dei raggi luminosi.

Il bianco che avevo negli occhi, e tutto intorno, era bianco. E coloratissimo. Non avevo mai visto tanti colori tutti assieme e così brillanti. La luce non era come quella del sole che, se provi a guardarla alla sorgente, anche per un solo istante, ti bruci gli occhi.

La luce era bianca. Bianca era la sua fonte, bianchi i suoi raggi, bianco il candore che emanava, bianca e sincera la lama illuminata che mi penetrava lo spirito, coloratissima la sua dispersione. Rosso di infiniti rossi, azzurro di impensabili azzurri, verde di incredibili verdi, eppoi miliardi di raggi viola, giallo, arancio. Grigi dalle tonalità maestose, sì. Ma del nero neanche un filo.

Un prisma ineguagliabile, bellissimo!

Tutto era bianco e allo stesso tempo con contorni netti, ma non taglienti. I tratti erano delicati, le curve morbide e la linea d'orizzonte era a portata di mano.

Pur vedendo tutto bianco, riuscivo a distinguere le mie forme, i miei colori naturali. Anche la mia pelle era bianca, così i capelli. Non avevo vestiti, né scarpe, niente che fosse estraneo alla mia persona fisica, seppure ormai inesistente. Era come se fossi uscito da un bagno purificatore. Ma non mi sentivo nudo. Il colore e le forme erano parte della mia rifrazione mentale, ma il bianco era superiore, era dettato dall'Altissimo.

Mi vedevo di schiena, come se stessi riprendendo quelle immagini con una telecamera posizionata a qualche metro di distanza, dietro di me.

Il silenzio era assoluto, rispettosamente assoluto. Nessun rumore spezzava quell'immacolata, meravigliosa purezza. Il cielo era candido e risplendente. Non c'erano suoni che rimbalzavano tra il suolo e gli orizzonti. L'azzurro di un mare limpido, i riflessi verdi e dorati di colline in fiore, tutti i colori dell'universo confluivano in uno specchio bianco che mi ricordava latte, puro, purissimo. Era pacifico, rassicurante.

Mi sentivo come in una nuvola di cotone che ti copre senza soffocarti, ti sostiene senza fartelo notare, ti rischiara le pupille, ti rigenera i polmoni. Era misticamente familiare. Mi sentivo a casa, come non mi fossi mai mosso di lì. Era senza pareti, senza finestre, immensa, grande fino a dove può arrivare il desiderio di scoprire nuove galassie, confortevole oltre ogni disagio.

Tenevo per mano la mia dolce Alexa, che vedevo un po' offuscata, quasi non fosse lì. Non era lì. Ne distinguevo l'aura, era dentro di me.

Vedevo angeli danzare leggeri. Erano figure che esprimevano bontà e generosità. Ne ammiravo i dettagli, mi trasmettevano una carica positiva.

"Adorato Babbo, sono felice di rivederti".

Mio padre era in piedi davanti a me in una lunga veste bianca, i suoi occhi verdi, profondi e limpidi, erano parte del prisma che trasformava tutto in luce eterna.

Nessuna voce rompeva l'aria. Non c'era aria. Nessuno respirava, le emozioni circolavano leggere come il sonno appagato e silenzioso di un neonato sul seno materno.

Le mie parole non producevano movimenti delle labbra, né riverberi musicali. Nemmeno quelle di mio padre.

Le parole e i pensieri attraversavano le menti, scorrevano fluidi, senza sbalzi di vibrazione o cambi di tonalità.

Mio padre mi sorrideva. Non ha mai smesso di sorridermi. Sorrideva con gli occhi, con il viso, con le mani, con le spalle, pur senza muovere né gli uni né le altre.

Mi comunicava comprensione, equilibrio, pace. Benessere.

Era davanti a me. Ma non era solo. Con la mano sinistra teneva Germana, in modo dolce e protettivo. Germana era davanti ad Alexa, era il riflesso naturale tra madre e figlia. Non c'era comunicazione fra loro, non si vedevano. Germana era solo nella mia sfera.

Non mi chiesi perché ci fosse la mamma di Alexa e non la mia. Nessun dubbio o timore mi attraversava. Anche lei mi sorrideva con la stessa intensità.

La storia fra Giorgio e Adele, il frutto del loro amore, quel bambino irrequieto, i giovani Balilla, le bombe, il buio del mare che stringeva mio padre fino a fargli perdere conoscenza...

Il romanzo che non volevo aprire mi scorreva davanti agli occhi, usciva dal sorriso di mio padre, mi apparteneva fin dal momento in cui ero stato concepito. Era parte di me.

"Ci sono angeli, ovunque, Fabino".

Non mi dava spiegazioni o consigli, solo lasciava che la mia testa si aprisse ai ricordi, anche quelli rimossi. Tutto risaliva in superficie con contorni nitidi.

Sentivo le carezze degli angeli che si manifestavano, uno dopo l'altro, nei racconti di mio padre. Quelle storie si fondevano con le mie memorie.

Piccole o grandi disavventure cui siamo stati sottoposti, attimi terribili dai quali siamo usciti fuori, situazioni gravi che abbiamo dovuto affrontare. Abbiamo ringraziato la fortuna e tirato dritto. Dietro la fortuna c'erano gli angeli!

Alexa, in sala d'attesa, aspettava immobile il verdetto del cardio-chirurgo. Il dramma le sconvolgeva le idee. Si chiedeva cosa sarebbe successo se non ce l'avessi fatta, cosa avrebbe detto ai nostri figli piccoli.

Era impietrita, indifesa, persa. Lasciava scorrere i tanti momenti belli vissuti insieme, che ora s'intrecciavano all'impazzata con la realtà inaccettabile della mia morte.

La linea piatta vista sul monitor continuava a scavare in lei un solco terribile fra razionalità e panico. Avrebbe voluto morire lì, anche lei con me nello stesso lettino. Lasciarsi tutto dietro. Immediatamente se ne vergognava, respingeva con sdegno il pensiero di dare ai figli lo stesso dolore provato da lei quando era una bambina di otto anni. Intelletto e senso di responsabilità avevano ingaggiato una lotta spietata contro l'impulso e la negazione della vita stessa. Piangeva, tremava, cercava di risalire da quel buco dove era finita. Cercava lo zero per ripartire. Non voleva mollare.

Si ricordò di quando a 13 anni era finita in un burrone durante una sciata con scarsa visibilità. Aveva percorso quella pista innumerevoli volte e come apripista aveva preceduto il gruppo di amici. Sapeva di dover girare a sinistra, ma in quel punto il cordone di sicurezza che delimitava la pista era stato divelto dalla tormenta di neve del giorno prima.

Precipitò nella scarpata ghiacciata della montagna, cercò di chiamare soccorso. Ancora non era il *nostro* Cervino, era solo il *suo* Cervino.

"AIUTO".

"AIUTO!", gridò a più-non-posso, ma non si vedeva anima viva, erano tutti rientrati nei rifugi di montagna. Non si vedeva nulla.

Pianse e quando le lacrime le si ghiacciarono sulle guance cominciò a pregare. Aveva capito che nessuno sarebbe venuto a cercarla e la barretta di cioccolato che aveva in tasca non sarebbe servita a molto. Si preparò a morire assiderata.

"Aiuto, aiuto". Sentì un'altra voce reclamare soccorso. Era sua sorella, Eugenia, di un paio d'anni più grande di lei.

Era tutto nella sua testa, ma Alexa trovò la forza di rialzarsi, sua sorella era in pericolo.

Si tolse gli sci e li piantò nella parete di neve ghiacciata. Li spinse a fondo come fossero un piccone. Si issò a forza, pochi centimetri alla volta. Ripeté quell'operazione infinite volte per salire ancora, e ancora. Aggrappandosi con disperazione a quel costone liscio e gelato, arrivò in cima dove la pista di sci era nascosta dalla nebbia. Eugenia la chiamava ancora.

"Aiutami, aiutami". Alexa, stremata, si rimise gli sci e solo allora vide le luci del gatto delle nevi con i soccorritori che erano venuti a cercarla.

"Dottore, vuole l'ora del decesso?", chiese l'infermiera, che non era l'unica a sentirsi sconfitta.

"Il paziente, 59 anni, maschio, si è presentato in reparto di emergenza", cominciò a leggere il rapporto medico.

"… con una coronaropatia a vaso singolo con arteria sinistra discendente occlusa al 100 per cento…".

"Un'altra vittima della *widow maker*", le fece eco con voce cupa un altro assistente, commentando le bassissime probabilità di uscire vivi da quel tipo d'infarto tristemente noto come fabbrica di vedove.

"Fabino, spesso non li vediamo perché sono donne, uomini, esseri viventi che incrociamo durante il nostro percorso…", mio padre era diventato sempre più mistico col passare degli anni.

Era maestro Reiki e molte delle persone cui aveva dato sollievo vedevano in lui un faro, persino una fonte di vita. Mi aveva portato a un seminario Reiki e aveva cercato di farmi intraprendere il percorso per diventare master.

Non c'era riuscito perché insistevo nel non prenderlo sul serio. La logica m'impediva di vedere la spiritualità della dottrina di origine giapponese. La mia incredulità non dava spazio all'incontro tra energia primordiale ed energia vitale universale, chiavi per capire *Rei* e *Ki*.

"Babbo, raccontami come hai imparato a imporre le mani, a trasmettere guarigione". Per la prima volta non lo stavo irritando come facevo quando eravamo in vita ed ero visibilmente scettico.

"Presto, molto presto, lo apprenderai da solo, non hai bisogno di me. Hai più energia di quanta ne abbia mai avuta io. L'ho sempre detto a tua madre…".

"… Fabio ha dentro di sé la forza dell'universo, un giorno la scoprirà e sarà in grado di concentrarla su se stesso per dare felicità piena agli altri, a cominciare da chi ama davvero".

Le sue parole mi davano una gioia quasi infantile, pensavo a mia madre e la vedevo compiacersi di fronte a quelle frasi. Era orgogliosa di avermi messo al mondo, anche se non smetteva di ricordarmi come fosse stato un prodigio.

"Ti sei aggrappato alla vita e non l'hai più lasciata andare", mi diceva la mamma raccontandomi di com'era caduta durante la gravidanza ed aveva seriamente rischiato di perdermi.

"Un angelo ti ha riportato indietro", aggiungeva mia madre che con mio padre è sempre stata in sintonia perfetta.

"No, non ancora", esclamò il chirurgo, calmo ma determinato, fermando i suoi assistenti che sconsolati stavano registrando i dati per il referto finale.

"Dottore, sono passati quasi otto minuti, ormai...", gli fece notare un membro dell'equipe medica.

"Voglio provarci, voglio rimetterlo in piedi!".

"Presto! Preparatemi una scarica", ordinò il dottore indicando il defibrillatore, che era ormai stato riposto come un'arma spuntata.

Se ne stava semi-piegato sopra quel corpo in attesa di piazzargli sul petto una specie di bomba elettrica. Stava studiando gli esatti punti dove intervenire. Si strinse le mani per riscaldarle e raccogliere tutte le sue forze.

"Ecco, dottore", gli passarono le due piastre di metallo con manici. Le impugnò come se volesse sollevare un pilastro di cemento.

"VIA!", ordinò la scarica elettrica su quel petto senza vita.

Il sorriso di mio padre vibrò di magia, ancora più vivido e caldo.

"Fabino, io quella porta che hai lasciato dietro di te non l'ho mai superata. Il mio cuore era congelato, ma funzionava ancora".

Ascoltavo con estrema devozione i suoi messaggi.

"Nel buio infinito del mare, gli angeli mi hanno riportato indietro, non mi hanno permesso di entrare qui. Non era il mio momento".

"Mi hanno guidato verso tua madre".

L'energia che mio padre mi stava trasmettendo era infinita. Raggiungeva ogni singola cellula, anche la più remota e spenta.

"Quando dicevo che avresti imparato da solo la via della guarigione, intendevo proprio questo, in questo preciso istante".

"Fai scorrere l'equilibrio dentro di te, ritrova l'integrità che ti appartiene, espandi i tuoi sensi. Ci sono gli angeli con te. Aiutali…", le sue parole si erano fatte mistiche, insistenti, non meno amorevoli.

Il sorriso di mio padre e quello di Germana si unirono in uno solo.

Sentii l'Immenso riversarsi su di me, con una forza mai provata fino ad allora.

"Non sono pronto!", dissi di scatto.

"Lo so. Torna da Alexa, adesso!", fece mio padre, con la serenità di chi sapeva guidarti attraverso la luce.

Il suo abbraccio era poderoso, la sua bontà era esplosiva. Ci siamo guardati un'ultima volta, fino a quando l'ho visto espandersi nel bianco, fino a scomparire.

La linea piatta e muta sul monitor ebbe un sussulto.

"Dottore, l'abbiamo ripreso. L'abbiamo ripreso!".

"Mio Dio, mio Dio!", un assistente cercò di verificare se insieme al battito del cuore vi fosse ancora qualche segno di vita.

Il bianco radioso e piacevole si diradò improvvisamente, lasciandomi con un senso di inquietudine. Per un secondo o due provai fastidio per come ero stato strappato via dal Paradiso. Quella strana sensazione svanì istantaneamente.

Il bianco assoluto venne sostituito da un bianco giallastro e puntiforme. Come un minuscolo sole opaco. Era la piccola torcia che un medico dell'equipe mi stava roteando davanti agli occhi.

"Signore, come si chiama?".

"Fabio", risposi immediato.

"Lo ripeta lettera per lettera", m'incalzò.

"F - A - B - I - O", risposi senza esitare.

La sala operatoria era un coro di festa, riuscii a vedere la loro agitazione, questa volta leggera e raggiante.

"Presto, procediamo con lo *stent*". La sala operatoria era stata allestita in fretta e il chirurgo aveva già pronto quel tubo microscopico da inserire nell'arteria femorale per arrivare al cuore ed eliminare il blocco.

L'intervento durò una ventina di minuti.

Il cardiologo uscì dalla sala operatoria e si avvicinò ad Alexa che ancora si teneva il viso tra le mani.

"Signora, è andato tutto bene!".

Alexa si sentì vacillare mentre il suo corpo si riempiva di calore, di nuova energia. Il colore tornò sul suo viso, il sangue era in ebollizione. Le sue mani avevano raggiunto il bordo di quel maledetto buco oscuro. Ne stava uscendo!

Riprese a respirare con vigore. E fu facile preda di un pianto liberatorio. Abbracciò il chirurgo, il pianto si trasformò in singhiozzi.

"Il suo cuore ha ripreso a correre, come un ragazzino!", il dottore prese un po' di fiato per decidere come descrivere quello a cui aveva assistito.

"Le sue funzioni vitali sono sane. Tutte regolari...".

Alexa lo strinse di nuovo, lui condivise l'abbraccio con emozione sincera, mentre cercava di spiegare a se stesso quel ritorno da una morte già scontata.

"... è la prima volta che mi capita qualcosa del genere, il cuore che riprende a battere dopo così tanto tempo e le funzioni vitali che tornano come prima...".

"... nessuna necrosi, come se nulla fosse accaduto ...".

Era un uomo di scienza, avrebbe voluto pronunciare la parola *miracolo*. Alexa la lesse chiaramente nei suoi occhi, mentre si scioglieva dall'abbraccio. Il chirurgo aveva del lavoro da completare.

Tornò in sala operatoria, dove ero sveglio e mi guardavo intorno cercando di capire.

"Sono il dottor G", mi chiamano tutti così.

Era giovane, non arrivava ai 35 anni, aveva un sorriso più che familiare, mi dava serenità.

"È un cognome indiano, nessuno riesce a pronunciarlo", mi disse amichevole.

"È il più bravo idraulico del mondo", aggiunse un medico del suo team.

"Sei capitato al momento giusto, col dottore giusto", fece un altro.

Le parole di mio padre sull'esistenza degli angeli mi risuonavano con chiarezza, ancora le percepivo.

"I miei angeli. Li vedo, tutti qui intorno!", pensai dentro di me mentre il dottor G mi teneva la mano e il suo team rimetteva a posto le macchine per salvare altre vite.

"Fabio, tua moglie ti aspetta, fra poco sarai in grado vederla".

"Cosa è successo dottore?", chiesi girandomi verso di lui.

"... è successo che sei morto!", rispose senza esitazione con tono affettuoso.

"... ed è successo che sei tornato in vita!", non si prese alcun merito, pur avendo creduto fino all'ultimo di potercela fare, malgrado tutto, malgrado i testi di medicina.

Lo guardai come si guarda una figura celeste, frutto della luce e della speranza.

"Grazie, dottor G!", lo salutai con le lacrime agli occhi.

"Fabio...", fece quell'angelo prendendomi la mano destra fra le sue.

"… non sono stato io…".
"… qualcuno ti ha regalato una vita extra".
"Goditela!".

CITAZIONI

~

1. Dal discorso di Benito Mussolini, noto come *Discorso del Bivacco*, pronunciato alla Camera dei Deputati il 16 novembre 1922.
2. Dal libro *Colloqui con Mussolini*, scritto da Emil Ludwig durante i suoi incontri con Benito Mussolini nella sala del Mappamondo di Palazzo Venezia, a Roma, tra il 1929 e il 1932.
3. Dal Discorso dell'*Ascensione (Il Regime Fascista per la Grandezza d'Italia)* pronunciato il 26 maggio 1927 alla Camera dei Deputati.
4. Dalla prefazione di Benito Mussolini alla traduzione italiana del libro di Riccardo Korherr, *Regresso delle nascite, morte dei popoli*, edito dall'Unione Editoriale d'Italia. Settembre 1928.
5. Dal Programma del *Partito Nazionale Fascista* del novembre 1921.
6. Da Annuario Italiano *Giuoco del Calcio 1932 - 1930/31* - Fa- scicolo: Vol.3
7. Da *Il Balilla*, numero 17 - Anno X - 28 Aprile 1932
8. Da *Ventimila leghe sotto i mari* (Jules Verne) - 1870
9. Decalogo del *Milite Fascista* (1935)
10. Regio *Decreto 5 settembre 1938*, n. 1483
11. La *Canzone dei Sommergibili* (Guglielmo Giannini-Mario Ruccione, 1941)
12. Da *Il Cinema - Miti, Esperienze e Realtà di un Regime Totalitario* di Luigi Freddi (L'Arnia - 1949)
13. Da *Cinegiornali* dell'Archivio Luce (Istituto Luce, Roma)

14 Da *Cinegiornali* dell'Archivio Luce (Istituto Luce, Roma)

15 Da *Cinegiornali* dell'Archivio Luce (Istituto Luce, Roma)

NOTA DELL'AUTORE

～

Una Vita Extra si basa su una storia vera, la mia. È anche una saga familiare che racconto al meglio delle mie conoscenze e di come ho vissuto gli eventi. Ho passato anni a ricercare date, luoghi, nomi e momenti storici e ho cercato di essere il più preciso possibile.

Per motivi narrativi alcuni nomi, personaggi, luoghi e episodi sono frutto della mia immaginazione o sono usati in modo fittizio per esigenze di privacy. In tal caso, qualsiasi somiglianza con persone reali, vive o morte, eventi o luoghi è del tutto casuale.

INDICE

7   **INTRODUZIONE**
Un segreto ben custodito

11   **CAPITOLO I**
Don Sergio, mio padre

21   **CAPITOLO II**
Diamanti in un'automobilina giocattolo

39   **CAPITOLO III**
Una ballerina in Accademia

57   **CAPITOLO IV**
Una tigre in gabbia

73   **CAPITOLO V**
Un ragazzo irrequieto

91   **CAPITOLO VI**
Evviva! Siamo di nuovo in guerra!

111   **CAPITOLO VII**
Il mare. Finalmente!

129   **CAPITOLO VIII**
Il primo porto

145 **CAPITOLO IX**
Il Nautilus

161 **CAPITOLO X**
Il limone

177 **CAPITOLO XI**
Le bombe!

193 **CAPITOLO XII**
Il buio infinito

207 **CAPITOLO XIII**
Quel corpo immobile

219 **CAPITOLO XIV**
Gli squali

235 **CAPITOLO XV**
Angeli

251 CITAZIONI

253 NOTA DELL'AUTORE

Made in the USA
Columbia, SC
29 October 2024